[鹿 小 姐 书 系]

今知昨日情事

番薯糖水 著

百花洲文艺出版社
BAIHUAZHOU LITERATURE AND ART PRESS

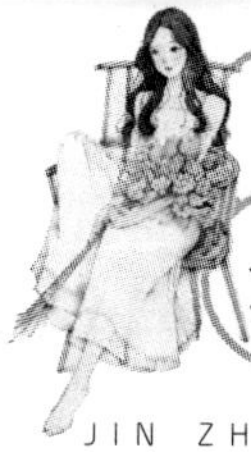

目录

JIN ZHI ZUO RI
QING SHI

01 夕拾朝花间

如果知道失去的是心爱的人，你还会不会答应？
可惜所有的如果，不过源于春夏秋冬永不间歇的爱。

楔子

2017年8月1日。

电脑屏幕亮起，那头有一个俊朗清雅，却满面疲倦的男人，他穿着灰蓝色的衬衫，迟疑地在空栏里输入了四个字：荣华富贵。

“人世间有欲望、利益、情爱，诸事纷扰。他们迫不及待想要换来令自己满意的事物，不顾会失去些什么。他不知道，他将会失去自己最爱的人。”

那道来自于主机系统的声音冰冷而缥缈，纠缠吴碧迦足足三天了，她从一开始的恐慌到冷静，也不过三天。

“我不答应。”

“这是命运，你必须服从。”

吴碧迦闭着眼，想起那个在梦里都轮廓清晰的，说要一生一世爱她的男人。他曾在无数个只有两三颗星星的夜里拥着她，附在她耳边说着世间最动人的情话。

“在那里干得不开心的话，”他笑得和煦，“等你成了傅太太，就安心相夫教子吧。”

她在他怀里问：“那傅先生，我什么时候才能名正言顺？”

“再等等吧，”他说，“碧迦，再给我一点时间。”

每次都是这句话。

她以为她终于等到了，前段时间她因为辛辛苦苦做出的策划案被同事独揽邀功，哭得昏天黑地时，他拿出戒指，单膝跪地向她求婚，说请她嫁给他，问她是否愿意。

在被眼泪模糊的视线里，他的神情真挚，她接过戒指，破涕为笑：

“我愿意。”

只是现在，人心变了，誓言幻作烟云字。

“吴碧迦，我们分手吧。”

三天前接到傅之远打来的电话时，吴碧迦正一个人在中环的婚纱店里听着店员的殷勤介绍。

这件白纱的适合她的肤色，蕾丝那款衬腰身，抹胸那款花边显得高贵大方——

“要那件鱼尾的吧，他喜欢。”

话音刚落，噩耗随之而来。

“我们不合适。”他声音冷漠，全然没有那两个春秋里温暖的模样，“家世、背景、性格都差太远。下周我要和李氏集团的千金订婚，我们以后不要再见了。”

“什么叫差太远？”她颤着声音问他，“两年前刚认识的时候你怎么不说？”

“碧迦，祝你幸福。”

“傅之远你给我……”他直截了当挂了电话，不给她任何问清楚的机会。

一片阴霾笼罩了吴碧迦，她愣在原地，不知这种情绪是失恋的悲伤还是结婚前夕被抛弃的痛苦。

粗声粗气的老板在她失魂落魄的时候打来电话：“吴碧迦，你不要以为你是计算机系毕业的就了不起，我告诉你，我们这里不缺人才。今晚你要是不把最新的游戏网站雏形交上来，明天就给我走人。”

回到家，吴碧迦烦躁地对着一处空缺的数据，正在高速运转的电脑忽地黑屏。她撒泼一样砸着键盘，头发蓬乱，映在屏幕上的那张脸一时间变得憔悴不堪。

突然，屏幕上出现了一行字——

“吴碧迦小姐，你已成功研发出换乐网站，被选中成为主操控手，必须服从安排审批每对世俗男女的命运，请留心客户提交的申请。”

这大抵是哪位闲来无事的黑客无聊，篡改了代码，玩起了恶作剧。她正欲伸手关掉主机，忽然一道声音传了出来。

“这是命运，你必须服从。”

吴碧迦往四周看去，小小的屋子里分明只有她一个人，她不由得打了个冷战。

从三天前的回忆里抽身，她觉得分外疲倦，似有一张网笼罩下来，将她困在其中。

“你能操控别人的悲欢离合，审批他们提交的请求。只有经历失去的痛苦，才懂得拥有的珍贵。”

“但我将束手无策，只能眼睁睁看他们受苦。”

所谓的主操控手，不过是在屏幕背后看着他们一次次把命运交托，她明明知道他们会为其想要得到的物事付出什么代价，却不能阻止他们扑火。

“就拿这个姓敖的男人来说，生意失败，宁愿冒着未知的风险去换回富贵，他若知道将会失去的是自己的枕边人，也不在乎吗？”吴碧迦冷声道，“我也要不在乎自己，为他的一己私欲而当魔鬼吗？”

“同你相恋两年的初恋男友在结婚前抛弃了你，选择家世相当的豪门联姻，你就不怨恨、不埋怨吗？”

吴碧迦的心一颤，泛起涟漪。

“当你每完成一对男女所有的交换，你能换取自己的一个心愿。”

“白头偕老，永远相爱，哪有不遇阻碍顺顺利利的道理？”

“你就不想阻止这场拆散你们的订婚吗？”

她抿着嘴，心里已经动摇：“我应该怎么做？”

系统似乎将她这样的反应看作意料之中，命令道：“在主页上设定这句话：你是否确定进行本次交换，以未知的失去为代价？”

吴碧迦轻轻抚了抚左心房，那里有个微弱的声音在叫嚷着住手，自私与良知，就像两个在厮杀挣扎的小人。

“再等等我。”

“吴碧迦，我们分手吧。”

她攥紧拳头，一个小人耀武扬威地踢开了另一个，轻轻说：“你看，你还是不得不服从命运的安排。”

“你需要换的话，可承诺不后悔、不遗憾？”

“你是否确定进行本次交换，以未知的失去为代价？”

那头的男人没有片刻的迟疑，重重地点击了“确定”。

第一章 离岛

七月份的长洲岛，闷热如火炉。

“恳请余花小姐帮忙，陈某必有重酬。”

那个黑衣男人已经低声下气地劝了十分钟，我依旧一言不发地炸着鱼蛋。

海风都似有些发烫，岛上人少，只有他站在露天的摊边，陪我晒得皮肤发红。

“第一，我对钱没有什么概念，所以钱不能吸引我；第二，你说我长得像那个人，那又怎样？虽然我只是个鱼蛋妹，但我不会当替身。”我不耐烦地道。

名叫陈文的男人失落地愣在原地，叹了口气：“我知道这个要求很无理，叱咤中环金融圈的才女徐子琳，怎么可能还在呢……”

我囫囵吞了一颗新鲜出锅的鱼蛋，自觉满足，任由他黯然神伤。半个小时前，我正冒着骄阳日复一日地炸着鱼蛋，一个路人突然停在我面前，死死抓住我正在撒盐的手，声音发颤：“你……你……你是子琳姐？”

我眼都懒得抬：“我叫余花，生于上海，后移居长洲岛。”

他仍不肯放手：“你是不是徐子琳？”

一股无名火涌上脑门，我破口大骂：“我说了我姓余，你是耳朵进水了吗！”

陈文愣了一下，脸上的表情变幻莫测，他缓缓从口袋里掏出一张照片：“抱歉，你和相片中的人实在太像，我心急了。”

我瞥过去，照片里的女人和我的确有八九分相像，披肩黑发，穿着一袭珍珠色洋装，略施薄妆，笑得如皎洁明月。但一个是接受过良好教育、被宠爱着的富足女子，一个是皮肤黝黑、举止粗鄙的渔村穷女，再看亦有别。

“余小姐，陈某在此恳求你能帮忙。”陈文道，“我想聘请你当陪护。”

他见我已经忍不住想要舀起一勺热油往他脸上泼去，忙解释：“你应该有听过敖氏集团，我是当家敖先生的助手，至于子琳姐，”他顿了一下，喉间有些哽咽，“她和先生雌雄双璧，贵为金融圈的金童玉女，但……”

“但子琳姐一年前遭遇沉船事故，自那后先生一直萎靡不振，用工作和酒精麻痹自己……他上个月突然失明，却一直拒绝医生的检查，梦里都在念着子琳姐……先生真的很爱子琳姐，我很担心先生的身体，所以我想着能找一个和子琳姐长得相似的人陪在他身边一段日子，也算是种慰藉。”

我手一滞：“他失明了？”见他点头，我垂眸加调料，“那找谁不成？”

陈文急了起来，又絮絮叨叨说了一大堆，话语间都在描述那两人曾经的深厚感情，我只觉耳边嗡嗡响个不停，脑袋一热就脱口而出：“我答应你。”

待船泊到中环码头靠岸后，我才醒悟过来，就这样听一个人的片面之词，收拾细软来到他身边，未免过于草率。

“今日恒指收盘前比开市降了一百多点……”陈文从公文包掏出一份文件，朝我道，“下半年预调货币政策后，银行那里……你怎么看？”

我的人中穴开始隐隐发疼：“看什么？你为什么不问我炸鱼蛋的油跟盐是放多少？”

陈文叹了口气，收好文件：“抱歉。”他继续掏出一份较厚的东西，“这里面写了关于先生的喜好和禁忌，你熟记，做好些。”

我拿过文件翻了翻：“喜好里怎么没有星光茶餐厅的加央多士？”从七十年代开业至今，这处已经成了西环的标志。

陈文“啊”了一声，看向我指的那栏：“是我疏忽了……不过你怎么知道的？”

“你不是说，他是一个长情的人吗？”

我坐在车上，别过头看向窗外，僻静曲折的青石路两头都栽有鲜花，别墅在灯影幢幢的绿荫下显得安宁，淡棕色的砖被藤蔓覆盖，眉眼清冷的男人临海而立，即使双目失焦，却也不失俊朗。

“先生名智光。到了，下车吧。”

第二章 长情

“子琳，是你回来了吗？”

我端着粥，敲了敲虚掩的房门，刚一进去，敖智光又在说着胡话了。

他浑身散发着酒气，胡子拉碴地躺在床上，皱着好看的眉眼，在梦里都显得一脸惆怅。我把踢落在床边的被子轻轻捡起给他盖好，那碗粥被我放在床头柜上，青花瓷碗里是软糯的小米粥，上面缀着一颗红枣，喝了之后会让人感觉温热舒服。

“子琳，”他突然坐起身，用手拽住我，“是你回来了吗？”

我挣开他的手，和他保持一定距离：“我是你的陪护余花，先生，请起身吃早饭。”

敖智光僵在原地，他颓丧地再次瘫倒在床上，冷声道：“我说了我不需要陪护，你回去吧，我会依约付你薪酬。”

昨日下车后，陈文同敖智光交代了我的陪护身份，却隐去了我同徐子琳长得相似这点。

“敖先生，余花小姐是专业陪护，负责照料您的起居生活。”

敖智光面朝大海，声音带有海风的咸涩：“都是骗人的，不是说好会带她来见我吗……我不需要陪护，我要等她，你请回吧。”

“你嗜酒好睡，这就是你所谓的长情？”我缓缓开口，“据我所知，徐小姐最厌恶酒精的味道，对好吃懒做这点尤其反感。”

“你和她的口气真像。”半晌后，他叹了口气，无神的双眸泛起一丝涟漪。

“这是红枣小米粥，养胃安神。”我无视他，把碗端到他面前。

敖智光依旧紧闭着眼睛，我的耐心被耗尽，舀起半勺粥就往他嘴里塞。他猝不及防被呛了一口，急忙抢过我手中的碗和勺子，自己吃了起来，却找不准方向，吃得嘴角都是。

我抽了张纸巾，刚想帮他擦擦嘴角，又觉得那样太过亲昵，想了想还是作罢。

“子琳不喜欢油烟味，所以从不进厨房。”他垂眸，“她不会做饭，可是没关系啊，只要她能回来，我可以继续天天给她做她喜欢吃的。”

我把四处东倒西歪的洋酒瓶清理好，开窗透气，身后的男人突然道：“余小姐，请你到书房把我的手提电脑拿来。”

我转身去把手提电脑拿来，放在床头柜上。

“帮我查下这几只股票的实时行情走势。”敖智光虽看不到，表情却冷峻，活脱脱是八卦杂志上描写的那个港岛金融圈最瞩目的操盘手，他说了一些号码，问，“成交量大概多少？”

我笨拙地把他说的那些号码输进去，走势图密密麻麻的，交织弯曲。我一看数字脑袋就发疼，忙别过脸，捂着心口喘气。

“余小姐？”

“我只会卖鱼蛋，我一看数字就不舒服。”

敖智光顿了一下，半晌后才低喃道：“若子琳还在就好了，多复杂她都能一眼看明白。”

我却被屏幕上的一角锁住了目光，心里裂开了一个窟窿。浏览网站的历史记录里有着“换乐”二字，我脑海里闪过一个画面，还没来得及细看那条记录，他却把电脑“啪”地合上，夺了过去：“没你的事了，你去忙吧。”

他想换得什么，又为此失去过什么吗？

“你真的……是一个长情的人吗？”

我轻轻把门关上，喃喃自语。

第三章 共苦

“我答应你，我会努力赚钱，买大房子，让你过上好日子。”

“你这些年来受委屈了……可是，你能不能永远陪在我身边？”

“我不是说了不要来烦我吗？”

我蓦地睁开双眼，睡衣已经被汗浸湿。梦中那些面孔交错着，我揪紧被子，只觉呼吸声在安静的房间里显得格外清晰，一声响雷让我清醒了过来，我才发觉大雨已经要拍破玻璃窗了。

雨越下越大，电闪雷鸣，刺眼的白光一道接一道，我心里莫名焦躁，干脆起身去客厅倒了杯水。

喝完之后，我正欲回房，敖智光的房里却传出重物坠地的闷声。

“先生，敖先生。”我忍不住去敲门，一声接一声，半天没回应最后我直接开了门进去，“敖先生？”

我被眼前的敖智光吓了一跳，他像个小孩一样蜷着双腿缩在角落发抖，双目无神，嘴里含混不清念着什么，我凑近一听，发现他意识似乎已经不太清醒。

“子琳，你回来好不好？”敖智光面色苍白，把头埋进膝间，“我什么都愿意换……”

他突然抬头，摇摇晃晃地起身。我一慌，拉住他的手，扶着他。敖智光把身子都倾过来，声音哽咽得像伤口被撒了盐：“子琳，我好想你。”

我本来想推开他，心里却一软，干脆顺水推舟：“我……我回来了。”

我一遍遍哄他入睡，顺着背轻抚，语气极其温柔：“我会陪在你身边。”

敖智光并没有蛮缠多久，他紧锁的眉头慢慢舒展开，很快就睡熟了。我轻轻帮他掖好被子，想起陈文说过，他自幼在孤儿院长大，在旺角街头当了许久的小混混，多得徐子琳慧眼识才，带他离开街头。两人坠入爱河后，她背弃了优越的家庭，吃苦耐劳，同他打下江山。

“你真的不会再爱上第二个人了吗？”我侧着头趴在床边，影影绰绰间，他的呼吸在黑夜里显得格外绵长，“哪怕……她待你很好很好，你也不会心有所动？”

那时已是午夜两点多，我抵挡不住睡意，迷迷糊糊也睡了过去。不知过了多久，我听到身边有人在喃喃什么，睁眼一看，天边已泛起了鱼肚白。

“子琳，我们去星光，你要奶茶，少糖。”敖智光一下子坐起身，胡乱摸索着，“你陪我，不，我陪你一起去，你……你别离开我好吗？”

我撑着沉重的脑袋，看他睁大了失焦的眼睛，心里突然一阵不耐烦。我冷冷地挣开他的手：“你认错人了，我说过我不是徐子琳。”

我没再看他，落荒逃到客厅。脑海里的画面不停重叠，我难受地蹲下了身，能轻易放下的，从来就不过鸿毛重量，真正放不下的，如千斤重担压身，让人生生世世不得解脱。

我抬起头，酒柜边放着一个相框，里面一对璧人，靠在一架扶梯边，挽着敖智光臂膀那人长发披肩，温婉如玉，笑得眼里再无他人。

“徐子琳。”我抚着相框，缓缓收紧手指，“别来无恙。”

第四章 归期

陈文打电话来的时候，敖智光已经摔碎了第十二只碗。

“出去，我不吃。”他面上青筋暴露，地上都是碎裂的青瓷片，米粒散落得到处都是。

我走到他身边：“我做了你爱吃的糖醋鱼。”

敖智光沉默不语，额间的发丝凌乱，遮住了那双暗淡的眸子。他哑声道：“以前我是一无所有的穷小子，但子琳从不嫌我，她放弃了那么好的生活随我去吃苦。最艰难的时候，我们饿过两天，我连一串鱼蛋都买不起。”

“后来她手把手带我进入金融圈，我很努力，因为我答应过她，要给她一个美好的未来。”

我拾起一块碎片，手指渗出血丝。我在心里问他：但是你做不到，是吗?

“陈文？”突兀的手机铃声唤醒了我，我忍着痛感，悄悄走了出去。

“先生最近情况如何？”

“还好。”

他叹了口气：“余花小姐，你若是方便，就带先生出去散散心吧，这一年多来敖氏危机迭起，先生已经很久没有放松过了。”

我疑惑：“怎么可能，敖氏不是在港岛风生水起吗？”

“实话说吧，曾经是，但后来走了下坡路。”他语气凝重，“先生为了让子琳姐不那么累，独自接管了集团大小事务，不让她再插手。”

“一年前敖氏一度出现资金链中断，先生走得很艰难。不过天无绝人之路，敖氏神奇地活过来了，只是子琳姐却……”

我只觉耳边嗡嗡作响，待回过神来，听见“哐当”几声，敖智光沿着墙壁一路磕磕碰碰地向我走来。

“今天是几号？”他焦急地问。

“八月三号。”

他神色变得柔和，温情地“看”着远处酒柜上的相框：“余花，你带我去一趟澳门吧。”

船在平静无波的海面上驶了半个多小时后，我终于忍不住打破了沉默。

彼时的敖智光像一座雕像，和我保持一定距离，安静地靠着窗。他偏过头迎着阳光，神色晦明不定，灰蓝色衬衫挽到肘中部，比那蓝色大海还来得冷寂。

“为什么？”我问。

“一年前的这个时候，子琳答应了我的求婚。”他不由自主抚了抚右手无名指，含笑又凄怆，“但我来不及给她一场盛大的婚礼，过了不久，她就离去了。你说，我要失去些什么，才能换回她呢？”

“失去……”忽然间，一道巨浪突兀地翻滚而来，船颠簸得厉害，我慌忙抓紧敖智光的手，脑海里也随着船颠簸百转千回。失去，换回，那天的换乐网站、交易记录……电光石火间，我的心漏跳了一拍。

“你是否确定进行本次交换，以未知的失去为代价？”

如果我没猜错，敖智光毫不犹豫点下的，是“确定”。

那么，敖智光，你的失明是代价吗？

这句话哽在我的喉间，心里无比悲哀。

下船之后，敖智光一直固执地不肯让我搀扶。

“我自己走。”他挣开我的手，一个大男人似赌气的小孩一样，“以前我们住几平方米的地下室，晚上我就摸黑去后巷点心铺里偷几块卖剩的点心，子琳喜欢桂花糕……走开，你别扶我，我能行，不需要谁帮忙……”

我静静跟随他的脚步，不紧不慢，只是当他偶尔失去平衡的时候才稍稍搀一把。敖智光抿着嘴，不再言语，八月的阳光像袈裟一样披在他身上。往大三巴的路上尽是游客，友好的店员一路都端着蛋卷、肉脯在店门口朝我们招手，我看着他顺着飘香在一家蛋挞店门前停下。

我问：“你想吃这个？”

“求婚成功后，子琳说她想吃新鲜出炉的蛋挞，我买了一盒，她说比蜜糖都要甜几分。”

我把一顶鸭舌帽扣在他头上，为他被晒得微红的脸颊挡住炙热的阳光。

“那她陪在你身边，一定每一天都过得很快乐吧。”我涩涩地开口，语气听不出悲喜。

敖智光抬手扶了扶帽子，过了半晌才道：“如果她能回来，我会让她过得比从前更快乐。”

我攥紧了拳头，又缓缓松开，暗叹承诺如烟云，聚拢又散开，又有多少能兑现，能隽永流传？

过了很久，敖智光才哑声道：“余花，带我去澳门塔吧。”

站在澳门塔第57层的那面硕大的玻璃窗前，我腿有些虚软，后知后觉原来一路敖智光都牵着我，手心的汗水都是温热的。

“你很害怕吗？”他轻笑，“子琳也是，一直死死抓紧我的手，以为是世界末日。”

我反手牵着他，看着他的眼睛，只觉他遥远得似隔山海。

“她说‘阿光，你要是敢跳下来，我就嫁给你’。”

“后来你跳了？”

“是啊。”敖智光松开我的手，轻抚上心口，“这里有她，都是她。”

“这么高跳下来，你怎么会愿意？”我喃喃自语。

我偏头看去，他的侧脸似乎被暗淡的光笼罩，我静静地看着他，此刻左心房的位置像是有一根细细的长针，一下又一下，戳破了前尘过往。

“你这么爱她，为什么还会……”我干咳一声，“当时我看八卦杂志说，你和李家千金走得很近……”

他倚在栏杆边，轻轻旋着那枚戒指：“那时敖氏遭受重创，李家伸出援手，八卦周刊却借题发挥。我一直想给她足够的安全感，却忽略了她的感受。现在我才明白，荣华富贵，远不及陪伴重要。”

“那你……为什么不和她解释？”

敖智光落寞地喃喃：“造化弄人，这就是交换的代价吧。”末了，他涩然道，“她太爱我，所以更害怕我不在。”

我忽想起陈文说过，那时敖氏几近被逼上了绝路，突然得到李氏伸出的援手，原先投资的房地产项目才能继续走上轨道，解除了困境。

“你是不是担心她因为你没钱了，就会离开你？”见他点头，我忽地愤怒，“你比她更傻，你们是全世界最傻的一对。”

他逆着光，远处有人吊着绳索跳了下去，像是冲破了光阴。

“我比她更患得患失，所以我急着去换回新的金山银山……可是我怎么会知道，这个代价是失去她呢？”

我心里被撞开一个巨大的窟窿，直至这一刻我才醒悟，他这往后的岁月，都不会再爱上其他人。

他的心里，自始至终，都是那个在暴雨夜带他离开混乱街头，受他承诺的她。

“敖智光，我……”我想要触及他的无名指，不料却被他的手机铃声打断。

我默默收回手，转而帮他摁下接听键，不过几秒，他的瞳孔却猛地缩紧：“陈文，你再说一遍，你说她回来了？”他反复询问着那头，直到喉间哽咽，“我如愿了，子琳，你终于回来了……”

我难以置信地看着他眼里泛起了泪花，他刚刚说的，是徐子琳回来了？

“我们回香港。”敖智光在原地焦急地说，“要不要带一盒蛋挞回去？这几日还好没喝酒，不然子琳一定会生气。余花，你看我会不会觉得我很沧桑，我得刮一下胡茬……”

我别过头，任由他独自欣喜若狂。

失去过，才会懂得拥有的珍贵。

“你是否确定进行本次交换，以未知的失去为代价？”

我没有告诉任何人，在一年前，我也曾做过一场交换。点下“确定”后，我也失去过很宝贵的东西。但于敖智光而言，金山银山，都不抵他心里的那颗明珠宝贵。

他愿意用一切做赌注，都不过是因为深爱着她。

情深不寿，而哪怕不能共白头，他都想再陪陪她。

第五章 真心

我们回到敖宅后，陈文和徐子琳还没有到。

“快，余花，你帮我把熨好的新的灰蓝衬衫拿来，子琳最喜欢我穿那衣服，我得换件干净的。”敖智光激动地朝我道，“还有……”

“还有那对银色的袖扣。”

我把袖扣拿来，替他扣好：“很好看。”

他有些紧张：“还有房间……”

“房间已经打扫干净。”我道，“她喜欢茉莉香味，我摆了一盆在阳台。”

“谢谢你，这些琐事也记这么牢。”敖智光难得拘谨，“这段时间，多得你担待照顾了。”

“我只是欣赏你不会移情别恋这个良好品质而已。”

他还想再说什么，门外却有人摁了门铃，于是他便不顾跌撞顺着声音去开了门：“子琳？”

我倚在酒柜边，一言不发，只见陈文恭敬地站在一个女人旁边。她和那张双人合照上的样子重叠，一头乌黑长发，穿着端庄的洋装，露出温婉的笑容。

“阿光，我回来了。”她迎着光，本来柔情似水的眸子不经意瞥了过来，突然惊得大叫，“她……她是谁？”

“她是先生的陪护余花，这段时间多得她照料。”陈文道。

她似一只受惊的小鹿，同我面面相觑，好比看着镜中人。敖智光并不知道她受惊的理由，专注地看着她，哪怕眼里都是灰蒙蒙一片。他伸手抚上她的脸庞，涩声道：“你知不知道，我等了你多久？”

“你就是徐子琳？”我走到他们的身边，“当年纵横中环的才女，徐子琳？”

“余花。”陈文暗暗斥了我一声，示意我离开。

我置若罔闻，见她毫不迟疑地点头，继续问她：“你知道敖智光喝咖啡的时辰和喜好吗？”

“晨起八点，加两块方糖。”她对答如流。

“他对什么过敏？”

“吃不得苋菜和螃蟹，会起红疹。”

我挑眉，含笑点头：“功课的确做足了，那我最后问你一个问题，一年前他在澳门塔向你求婚，你见他跳下去的时候，是什么感受？”

她理了理鬓角的头发，慢条斯理地答道：“当然是心疼，这是我最爱的人。”

敖智光原本因为被我打扰而皱紧的眉头突然锁得更深，他微微抬了抬头，似乎想要找到我的方向。

“你错了。”我偏头对准他的视线，“他根本就没有跳下去。”

“他同全世界的人都宣称他成功从61层高空跳下去后顺利求婚。”我缓缓道，“只是徐子琳又怎么会舍得让最爱的人去冒险？”

她真的很害怕，脚步虚软，苍白着脸，哭得像花猫一样，拥紧她最爱的人：“我收回我刚刚说的话，你别跳下去，万一绳子断了，你哪有命娶我啊……”

“只有爱到深处，这些时刻才会像生离死别一样。”我道，“所以，真相不需要向无关紧要的人透露。”

陈文先一步惊叫：“余花，你……”

我摇摇头：“不过晒黑几分，搬到渔村后举止粗鄙许多，你这浑小子还真不认得我了。快把整容变装为爱痴狂的李千金送出敖宅，引狼入室这事，我迟些同你算账。”

旋即，那女人似疯了一样大喊大叫，想朝我扑过来。陈文眼明手快拽住她，唤来保镖拖她下去，一场闹剧终于画上了休止符。

“陈文，这是怎么回事？”敖智光疲倦地坐在沙发上，“余花又是怎么回事？”

我让陈文先行离开，心里的怨恨终于消失殆尽，轻轻靠在他的肩膀上：“你别怪他，是我让他隐去我和徐子琳容貌一样这件事，他其实也不知晓。”

我并不是余花，我自始至终都是徐子琳，一切隐瞒，还是逃不过命运。

我抱紧他僵直的身子：“阿光，我回来了。”

敖智光很久都没有说话，直到我感觉有液体轻轻滚落在我脸上，我才发现他哭了。

“你个傻子，哭什么，我不是回来了吗？”

他闷声道：“你为什么不告诉我，不早点告诉我真相？”

“因为我们是天生一对的傻子。”我不告诉他我就是徐子琳，是因为藏在心里的郁结太深。我重新以一个崭新又陌生的身份出现，他无法认得我，我却忘不掉他。

太爱一个人就容易患得患失，我曾把他一时的不耐烦当作喜新厌旧，冲动之下，选择了逃离。

“那时我根本控制不住自己性情大变，让你变得多疑多虑。”他拥住我，“我只想换回让你衣食无忧的生活，却不知道这是失去你的前兆。”

世间事皆有蝴蝶效应，一环扣一环，第一次换回荣华富贵，第二次换回我，敖智光做的两次交换，都是为了我。我心里泛起一阵苦，第一次，他不知会以失去我为交换代价；而第二次，他也不知会失去光明，但仍义无反顾选择让我“复活”。

失去和获得，不过一念之差，相差的，不外乎是爱多或是爱少。

“后来你沉船，那个网站我却找不回了，直到最近才突然冒出来……”他喃喃道，“换乐换乐，子琳，我好想看看你，你有没有按时吃饭，你是不是瘦了……”

“我过得很好。”我吻了吻他的脸颊，“阿光，你真傻。”

许是有我陪在身边，他累极的神经终于不再绷紧，渐渐安心睡熟，梦呓着：“你别走了，我们现在什么都有，我答应你的都做到了。”

我轻轻把他的头枕到沙发上，踱步到书房，打开他的手提电脑。密码数年如一日，是我的生日。

我颤着手登录了换乐网站，页面熟悉，黑色的花边勾勒出短短的一句话：

“你需要换的话，可承诺不后悔、不遗憾？”

一年前，我心灰意冷地闯进了这个网站，取下那枚戒指，希望换取一个崭新的身份。我乘上了那艘前往长洲岛的船，隐姓埋名，往后世间再无徐子琳，世人都以为我遭遇了沉船事故。

在我假死之后，这场神秘的交换让我变成了余花，除了容貌相似，我大可从此苟活。尽管到后来我才发现，我为此失去的，是对金融数字敏锐的洞察力，我从此只会笨拙地卖着鱼蛋。

直至在敖智光做了第二次交换后，命运齿轮转动，我顶着余花的身份假装不认识苦苦哀求的陈文，听到敖智光失明后却又忍不住重回故地想要照顾他。一举一动，我还是控制不住浓浓情愫，他是敖智光，永远是我的男人。

深呼吸一口气，我轻轻敲打着键盘，屏幕的蓝光在密闭的房间里显得幽暗。

“你是否确定进行本次交换，以未知的失去为代价？”

我抚上了心口，那里有他，都是他。

尾声

每年的四月初八，长洲民间节庆太平清醮，岛上舞龙舞狮锣鼓喧天，数万游客拥来，参观一年一度的“抢包山”。

我随着人潮在飘色巡游的围观队列里前行，经常来买炸鱼蛋的三婶孙女扎着哪吒式的发髻，站在手推车上，我觉得可爱，笑得前仰后合。

“余花，吃不吃平安包？”包子铺老板递给我一袋包子，“豆沙和麻蓉馅都有。”

我道谢，拿出一个，吃得满嘴都甜腻腻的。

“对了，你帮忙把这两袋拿给朝夕旅舍506房的那对老夫妇，女的姓吴，男的姓傅。他们特意叮嘱这馅儿得甜几分。”

我提着两袋平安包，离开人潮，朝着旅舍走去。这塞满甜馅儿的包，这么甜，他们相爱的日子必定也如蜜糖一般。沿路清风徐来，经过情锁墙的时候，我停了下来，那里千万把密密麻麻的锁，大小不一，但都包含着对伴侣的承诺。

“不知道会不会有个人给我写呢？”说完我便笑自己痴心妄想。

我正欲离开的时候，一个男人突然从身后叫住我：“小姐，你知不知道如花鱼蛋店怎么去？”

我转头一看，那人突然愣住，手里一把爱心锁坠落在地，他难以置信地向前了几步，迎着光线，俊朗清雅。

他穿着灰蓝色的衬衫，别一对银色的袖扣，那双就像揉碎了星辰的眸子里，波光粼粼。他朝我走近，轻抚上我的脸，明明是陌生人，我却舍不得挣开他的手，熟悉得好像在梦里见过。

“子琳，别来无恙。”他笑着泛起泪光，“我能看见你了，你肯定没有按时吃饭，怎么瘦了那么多？”

“先生，你认错人了，我们认识吗？”我有些不好意思地拉下他的手，偷偷再看一眼，那面目仿若烙印在心里，只一眼就一生。

“你也偷偷做了交换吧。你真傻，为了让我能重见光明。”他把那把锁捡起来，“没关系，失去的记忆我会帮你找回，你忘了我，但是我们还有一生……”

我看向那把锁，在阳光的照耀下显得明媚动人，上面用黑色水笔写了短短一句话：我答应你，不论富贵与贫穷，这一生都与你共度。

“你也答应我，你不要再离开我了，好吗？”

他朝我伸出手，无名指的戒指折射出晶莹的光：“你好，我叫敖智光，喜欢晨起八点喝咖啡，加两块方糖；喜欢星光茶餐厅室的加央多士；不喜欢心爱的人不在身边的日子。”

“你……你好，我叫余花。”

我把手放在他的右手上，他微笑着紧紧抓住我的手，就好像抓住了往后爱意绵绵的一生。

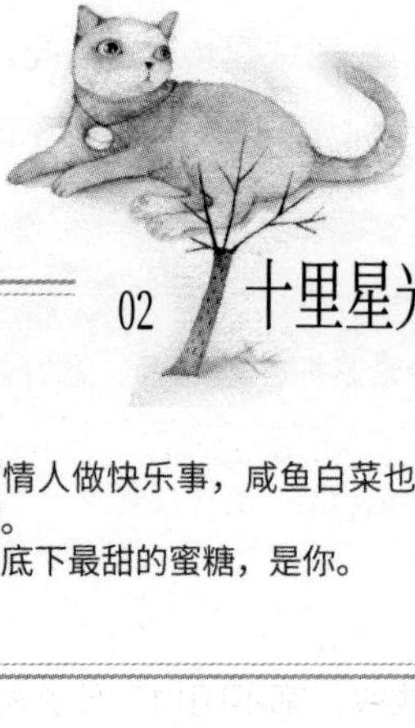

02 十里星光下

和有情人做快乐事，咸鱼白菜也胜过满汉全席。
这天底下最甜的蜜糖，是你。

楔子

“曾闪电宣布订婚的李氏千金李月和十二海味行家族独子傅之远日前出席记者招待会，承认取消婚约，尽管两人表示日后依旧是朋友，但据知情人爆料，婚约泡汤的原因是……”

是什么？

吴碧迦把十多本八卦周刊堆在一起，颇为好笑地看着一个又一个的所谓知情人爆料，甲说是因为性格不合，乙说是八字犯冲，丙也自有说法。

“恭喜主操控手达成心愿。”主机系统的声音依旧冰冷，“一笔交换，一个你能得到的心愿，公平交易。”

一周前吴碧迦审批了第一笔交易，让那个姓敖的男人换得了荣华富贵，而她同时也得到了一个心愿的奖励——傅之远宣布解除婚约。

“碧迦，我和上头守了三天才摸出端倪。”狗仔队出身的好友欲言又止，“你……千万别因爱生恨，把这秘闻说出去，我们等着做特辑头条的。”

因爱生恨。

吴碧迦把这四个字细细咀嚼了无数次，都不明白为什么她不能生恨。嗔恨痴爱，从蜜糖到砒霜，也不过短短两年。

和傅之远的第一次见面，是两年前快春节时，吴碧迦奉命去海味街挑几大袋花胶、海参、瑶柱。彼时他也在店里，轻佻地朝她吹了声口哨：“小姐，你长得特别像明年的港姐冠军。”

“谢谢，你看着也不像肥头大耳的港岛金龟。”她说这话时并没有抬头看他，只是想着快点挑完就离开这腥味颇重的地方。

傅之远却走近吴碧迦，摁住她的手，声音低沉："挑花胶要看颜色，不是大小。"

吴碧迦惊讶地抬头看他，后来她才知道，他是十二海味行的独子，从六十年代祖辈一手创立十二海味行至今，他不幸生在了年轻人口味逐渐西化的年代。

"捍卫传统，有心无力。"他曾叹气。

回忆结束后，吴碧迦已经在熟悉的海味行等了五个小时。那个水灵的店员平时最喜欢和她聊化妆护肤，此时却一声不敢吭，直到眼角瞥到少东家才松了口气。

一周未见，他的眼底浮着淡淡一片青色，胡茬也冒了出来。

"你来做什么？"傅之远皱皱眉，见吴碧迦想要靠近，忙后退两步。

最不适宜见面的，是曾经相爱过，却反目成仇的人。

"我来看看被李大千金过河拆桥的你，有没有找到下一任东家接手？"吴碧迦慢条斯理道，"是陈千金、刘千金，还是我这个家世、背景、性格都和你差太多的吴小姐？"

傅之远身体僵直，他动了动嘴角，突然把她拉进了店里的休息室。那里有一壶冷了的龙井，他惆怅地灌了满肚："十二海味行的名声，曾一时无两。每逢年节，邮包生意枝蔓伸到国外，一到过年，鞭炮屑堆积五六寸厚，多么热闹。只可惜我遇不上这最鼎盛的年代。碧迦，我是家中的独子，不管风光还是衰败，我迟早都要负责去扛。"

所以他给好吃懒做的四叔善后，在正式接手海味行生意之前，接受家里安排的联姻，想要借助李氏的雄厚财力重整旗鼓。此处联姻两家互利双赢，李氏也可在人们心里留下捍卫传统的好印象，打个漂亮的口碑仗。

只可惜，李家千金真正的心上人回来了，所以她愿意不顾一切和家族撕破脸面。

“四叔不是做生意的好材料，当家三十年来，祖辈辛苦打下的江山几近被亏空。”他苦笑，“一家人不说两家话，电视都有讲，齐齐整整就好。”

“所以，你从来就没有把我规划到你的未来，是吗？”吴碧迦颤着声音，不知该感谢他伟大，还是怨他懦弱。

“碧迦，我……”

“这是你四叔的事情，他没能力，为什么能当家三十年？”她愤怒地起身，“笑话，他惹下的烂摊子，你要去收拾？”

傅之远看着空了的茶杯：“家族稍微有能力的人，都被四叔气得从此甩手不理。而最有能力的……三十年前英年早逝，归于尘土。如果他还在世，海味行绝不会如此。”

“那人是谁？”

“我的远房三叔，原本是海味行的当家，死于三十岁。”

吴碧迦灵机一动，蓦地出现一个想法：如果他的三叔还在，那么当家的位子就不会传给四叔，傅之远就不会背起联姻的重担。

一切仿似蝴蝶效应，最关键的一环，就在三十年前他三叔死去的那天。倘若能改变历史，傅之远就不会和她有今日的分别。

“傅之远，”吴碧迦深吸一口气，“你信我吗？”

他迟疑地看向她，眼里满是迷茫：“什么意思？”

吴碧迦没有回话，拿起手袋就匆匆离去。沥青路被炙烤得烫人，平底鞋的温度传至脑门，她只想快些回到家中。

“你的第二个心愿，想好了吗？”吴碧迦刚开了主机，系统的声音又冷冷传来。

吴碧迦缩了缩手。

“你退缩了。”

吴碧迦沉默地盯着屏幕，于那些想进行交换的人而言，失去的是未知数，于她而言，她却是不得不掌握他们命运的主操控手。

“我似小人。”她不忍道，“他们太痛苦。”

“你不是想回到三十年前扭转局面吗？”那个声音似魔咒，“你审批完第二宗，可以获得一次回到三十年前的机会。答不答应，你自己拿捏。”

吴碧迦定了定神，那头的男人穿着洁白的制服，活脱脱是茶餐厅里最俊的厨师。他的神色淡定，输入了一行字：重振星光茶餐厅。

他为了心爱的人的愿望，为她捍卫传统，不过几秒，吴碧迦已经在这头得知他会失去什么。

“你需要换的话，可承诺不后悔、不遗憾？”

“你是否确定进行本次交换，以未知的失去为代价？”

毫不迟疑地，他点了“确定”，眼里似星光璀璨。

第一章 重寻

我风尘仆仆赶到杭州的时候，季廷之正怡然自得地舀着一碗西湖牛肉羹。

明明油腻又昏暗的小饭馆，他仍似翩翩贵公子，氤氲的雾气衬得他越发清朗。

“跟我回香港。”

“只有一个条件，”他眯着眼笑得无赖，“和他悔婚。”

店里唯一的大吊扇嘎吱嘎吱转得慵懒，寥寥无几的客人散落两三桌，老板娘叼着牙签，总爱往这边看上几眼。我顺着那落在他身上的视线瞪了回去：“不回作罢。”

季廷之伸出手轻轻拉住我：“我都快忘了鸳鸯是什么味的了。”

往昔的回忆猝不及防袭来，我别过头，挣开他的手：“我要订婚了。”

“下个月3号，西南大酒店。”季廷之站起身，从后面拥住我，“知道了，我会准时去抢婚的。”

我挣扎着甩开他的手，他耸耸肩：“我去趟洗手间。”

待季廷之走后，我才用力将剧烈的心跳压下来，不料空空如也的肚子却叫了起来。得知季廷之躲到了杭州后，我连行李都来不及收拾就坐上最近的航班，这段时日，食不下咽，寝不安席，大抵说的就是发现身边人突然走失的我。

“这也太咸了吧。”我皱皱眉，那锅牛肉羹根本入不了口，可明明胃口刁钻的季廷之适才还吃得津津有味。

我瞥见他回来：“这么咸，你还吃得这么香？”

季廷之愣了一下，随即用笑意掩盖了。

“我喜重口味，不然，怎么会看得上你？”

初遇季廷之，是在两个月前的星光茶餐厅。

从七十年代开业至今，星光茶餐厅始终沿袭冰室的装修，入门是黑绿白相间的马赛克地砖，一栏红白色手写餐牌挂在卡座的上方，对面一栏挂着粤语长片电影的宣传画，俊男伊人，梳着油光发亮的发型，眉眼弯弯。

人人都说，星光是西环的标志。只是嚷嚷着追寻集体回忆的他们，忙碌奔波，一杯丝袜奶茶都喝不见底，就匆匆离去。

自从发生那件事之后，茶餐厅开始一蹶不振，我接手之后硬撑了几年，想了许多法子，仍旧无力回天。

所以在遇见季廷之的一个小时前，我精心筹划了一场活动。

“先生小姐，要不要进来参加我们的活动？”十二月的寒风呼啸，我哆嗦着站在门口，笑意盈盈地招揽过路人。

“蒙眼试吃？”一只手指修长的手接过传单，有着好看眉眼的男人饶有兴致地问我，“免费？”

我愣在原地，看着他含笑的眸子似要陷进去，直至他伸手在我眼前招了招。

“是，是免费。”我低头把他带了进去，这次的活动不过又是一个噱头，为了吸引顾客，蒙眼试吃闯关，目的是希望能用最传统的港式风味留住他们的胃，届时口口相传，曾被誉为西环标志的星光说不定能重整旗鼓。

里面挤着不少看热闹的人，摩拳擦掌来试吃的，却都输在了前几关。

“还是去尖沙咀那间意大利餐厅吧。”

“菠萝油哪有比萨好吃。”

我突觉烦躁：“下一位。”

我用黑色的长布条将他的眼睛蒙得严严实实，其间他长长的睫毛拂过我的掌心，霎时间一阵酥麻。

“现在开始。”我定了定神，掀开第一个盖子。

他听着我的指示找准位置，小口咀嚼：“加央多士。”

“炒蛋三明治。”

“奶油猪仔包。”

“……”

我惊讶地停住了手，接连掀开盖子，直至最后一个，这个男人都能在三秒之内说出准确答案。

“还有吗？”

“没……没有了。”

他弯了弯嘴角，把布条摘下来，慢悠悠地扫了桌面一眼：“首先是多士，烘烤得太硬；还有热柠茶，柠檬和茶的比例倒转；还有炒蛋……”

周围开始发出窸窸窣窣的指点声和笑声，不少人更是一边摇头一边走了出去。我攥紧了拳头，忍住不把面前的柠茶泼到他的脸上。

“曾经叱咤西环的星光茶餐厅，什么时候沦落到这种水平了？”

他说完最后这句话的时候，茶餐厅只剩下我和他四目相对。

“慢走不送。”我怒极，收回瞪他的目光，径自收拾着凌乱的桌面，无疑，这又是一次失败的尝试。

“这就是星光的待客之道？”他摁住我忙碌的手，眼里似有揉碎的星辰，“我叫季廷之，你们缺不缺优秀的厨师？”

“你到底是谁，手艺这么好，为什么不去那些大食肆？”

我第四十次问这个问题的时候，季廷之已经填补了星光空缺已久的主厨位子，之前一直懒于掌锅铲的二厨乐得清闲，干脆辞工，把重担扔给了他。

“命中注定要来救场。”季廷之把刚起锅的云吞面递给我，“喝点热汤，暖暖胃。”

后厨不过小小一方地，熊熊大火映得他的厨师服却越发洁白，我看着他去拿勺筷的背影，脑海里突然想到了一个词语——

蓬荜生辉。

“现在还有没有不服气？”他看我吃得狼吞虎咽，自己却不紧不慢地喝着汤。

我偷偷翻了个白眼，又不得不承认，他开工的一周来，客人确实比以前多了不少，有些街坊老熟客也问我是不是换了厨师。连同我，也在他早午晚三餐的顺手伺候下，服服帖帖地从了美味的诱惑。

“拥有这样的黄金味觉，真是幸运。”

他挑了挑眉：“还不是要来伺候你这个老板娘？”

“星光是我父亲一手创办下的心血，从我接手的那一刻起，我连做梦都在想怎样让这家充满我童年回忆的店恢复到它最美好的样子。”我叹了口气，“到头来，痴人说梦。”

过了很久，季廷之才开口：“周子嘉，明天关一天店，我带你出趟门。”

第三章 甘愿

为了这句话，我紧张兮兮的，一晚都没有睡好。

“这件大衣会不会很显老？穿这套裙子显得腿粗，米色那条会不会好一点……”

第二天醒来，我顶着两个黑眼圈，把整个衣柜的衣服都翻了个底朝天。

“八点半，糟糕，快来不及了。”我跺了跺脚，选了勉强心仪的一套衣服，急急跑出了家。

还没等我走下最后一层楼梯，就见季廷之倚在店门紧闭的店铺边，一身黑色风衣，衬得他丰神俊朗。

“又有新活动？”他忍着笑，“熊猫美女服务员？”

我假装没听见他的调侃，心里却暗暗松了一口气，还好我挑了白色，看起来和他倒是挺般配。

般配？我蓦地被这一闪而过的念头吓到了。

“我挑了十来家老字号茶餐厅，这么多年下来生意一直很红火。”季廷之道，“招牌菜的水准一直很稳定，我们这回去当一次顾客。”

我跟在他后面：“我们去偷师？”

“以你的水平，哪怕把菜谱送到你面前，你连十分之一都学不到。”

“到了。”

搭巴士到石塘咀下车，季廷之带着我又拐了好几条街道，最后停在一家门面颇小的茶餐厅前。

这处并不是闹市的位置，唯独这家店，里面密密麻麻都是人影。

“这里最出名的是奶茶，夏天不加冰，用冷水樽装雪冻。”他加好糖，递给我，“女孩子，冬天要喝热的。”

我耳根有些热，低头喝了一口，眼里闪过在他意料之中的惊艳。

“下一家。”季廷之笑着护我出门，辗转奔波。他就像一个食评家，带我几乎吃遍坚尼地城最值得品尝的茶餐厅。

从最后一家店出来之后，天色已暗，我和他坐上叮叮车，靠窗的位置能看到外面的红绿灯一闪一闪，好比星光。

“现在的人，猎奇，都追求新口味。今日吃法餐，明天吃日料，新风潮一波一波，却忽略了最传统的童年味道。”我叹气，把头抵在窗边。

“可是，今天带你去的那些店，生意不是照样红火吗？”季廷之认真地看向我，“只要我们好好做，星光会好起来的。”

“季廷之，”我忽然好奇地问，“真金白银换你的金舌头，换不换？”

“不换。除非，”他声音似远古钟声，声声入耳，“我心甘情愿。”

第四章 情事

“可是，这样你以后就煮不出美食了。”

“和有情人做快乐事，咸鱼白菜也美味。”

翌日醒来，我昏昏沉沉地躺在床上，脑子里一边重复着季廷之那番话，一边回想昨晚是怎么回到家的。

待我回到星光的时候，电光石火间，我什么都记起来了。

“周子嘉，你还真是看着很瘦，抱着很重啊。”季廷之一早已经守着等我开店门，他委屈地撇撇嘴，“睡得这么沉，从车里抱你到家，手都要断了。”

我深吸一口气，把一张花花绿绿的传单甩到他怀里：“你代表星光，去参加这个。”

季廷之疑惑地盯着上面的字样：“首届十八区茶餐厅厨神大赛？”

我点点头，虽然是首届，但这场联合各大媒体举办的比赛早在一个月前开始了声势浩大的滚动宣传，无奈之前星光的厨艺水平正走下坡路，我一直犹豫要不要冒险报名，毕竟关系到不少著名大集团食肆的青睐度，影响星光能否起死回生。

“要在电视上播出？还有神秘评委？我……我不行，我不去。”季廷之像摸到了块烫手山芋，一直摇头。

“你有才有貌，难不成还有镜头恐惧症？”我嗤笑一声，见他一言不发地抿着嘴，才哀求道，“季廷之，你行行好，要是获胜，星光就能赚尽眼球了。”

我可怜巴巴地朝他眨着眼，过了很久，久到我都快掉进他眼里渐渐编织起来的网，才听到一句温柔的回答。

递交网上报名表的一周后，我们接到了初赛的通知。

“大利记最擅长的是红豆冰，一茶应该会考虑奶酱多士……”我急得团团转，“你想好用哪个招牌菜了吗？”

这几天季廷之就像不知道要上场一样，照样窝在后厨里做好分内事就收工，哪怕现在距离开始仅剩下十分钟，他仍像云游野鹤一样坐在后台椅子上闭目养神。

“你这个样子，万一给哪个大集团的老板看到怎么办？”我恨铁不成钢，“你可是很有希望飞上枝头的。”

他轻笑了一声：“这些比赛，最多就场内观众图个热闹。”

“我没跟你开玩笑，三叶食府听过吧，还有陈氏、刘氏那些，据说是当家亲自来做评委。”我瞄了瞄手表，“还剩五分钟了！”

季廷之的神情突然变得很古怪，眼睛往四处扫了扫，忽地僵直了身子。我见他一动不动不太对劲：“你没事吧？”

他没应话，径自擦过我的肩，匆匆忙忙跑了出去。我来不及思考，只能跟着追了出去，直到跑离电视台很远，他才停下来。

“你……你神经病啊！”我扶着柱子大口大口喘气，“比……比赛，弃权？”

季廷之沉默地盯着我看了半晌，我往旁边躲了躲，不明白他到底想要说什么。

“来做个IQ题。”他突然笑道，“假设我喝了一口咖啡，你喝了一口奶茶，怎样才能变成一口鸳鸯？”

我想了想，正欲摇头，心里却突然荡开一阵碧波：“你……”

“你真聪明。”他轻轻拥住我，我只觉面前笼来一道阴影，唇上有柔软的触感袭来，“周子嘉，我喜欢你。”

“周子嘉，”季廷之拽住我，“三天了，你好歹也吱一声回应一下啊？”

彼时我已躲了他足足三天，从被告白的不知所措以及偷偷欢喜，到现在的假装矜持，我始终没告诉他我的真实心意。

“我吱还是不吱，你猜猜？”我憋住笑，“哦对了，3号桌的客人点了加央多士，我要算采购清单，等会儿你自己拿出来。”

无视季廷之委屈的表情，我心情大好地走回柜台，只是看到店里只有一位客人，视线还是不由得落到那位客人身上。他的皮囊生得极好，穿灰蓝衬衫，只是面目憔悴，红着眼死盯着手提电脑的屏幕。

季廷之把碟子端到他面前的时候，却停在那里好半天。

“你看人家的电脑干吗？”我悄悄把他拉回来，低声斥骂。

季廷之摸摸我脑袋：“这人大概有点神志不清，一直叨叨着要换什么荣华富贵。”

我耸耸肩：“荣华富贵，人人都想换，可是哪有那么容易就天上掉馅饼？”

“你说，是不是真的有一个网站能换取任何东西呢？”他若有所思，又问我，“如果是你，你想要换什么？”

我看着他的侧脸，心里泛起一片柔软，心想那我金山银山都不要，我只要你能长长久久留在我的身边，说着世间最动人的情话。

“谁是这里的老板？”突然，店里进来一个身形彪悍的大汉，手里拿着一沓单据甩在桌上，“店铺欠租一期了，这周不把尾数结余，就另找新铺位！”

我沉默地看着他离开，才去把那沓单据拿过来。西环地段的租金越来越贵，这段时日起初生意的确是回暖不少，但大多数人只图个新鲜感，哪怕季廷之有再高的厨艺，都无力回天。

我强颜欢笑：“季廷之，等关门大吉，你就不用伺候我了。”

季廷之皱着眉，伸出手来，却停在头顶又悄然放下：“子嘉，你放心，相信我。”

他的眼神似旋涡，吸进了一大片在白天里也熠熠生辉的星光。我看着他，突然埋头扑进了他的怀抱里，被温暖臂膀收紧，就像从未有过寒冷与孤独。

第五章 命运

从回忆中抽身后，我已经和季廷之坐上了回香港的航班，一路沉默。

“陈氏集团少东家陈家伟一向被誉为‘睡在兰桂坊的男人’，与众多模特花旦绯闻不断，此次却高调宣布与不知名穷女择日订婚，据悉，其未婚妻经营西环某街道一家面临倒闭的茶餐厅……这是麻雀飞上枝头变凤凰，还是富公子吃惯了海味想换白粥？”

隔壁传来窸窸窣窣的翻报声，我听着旁人刺耳的言论，也只能假装事不关己。

“我不过就走了一个月，头上就绿油油的了。”季廷之幽幽开口。

我冷笑一声，当初告白说喜欢的是他，悄悄一走了之的也是他，我只能在他连一张字条都没留下的日日夜夜里，对着冷清的厨房回忆。

“可不可以悔婚？”季廷之凑近我，可怜兮兮地撇着嘴。

我和陈家伟也不过认识一个月。当时我正守着没有客人的店铺发呆，突然有一个醉汉推门进入店铺，瘫倒在地上。我吓得赶紧去煮醒酒茶给他灌下，又煮了碗面。他吃完之后垂着眼睑，很久都没有说话。

“吃饱了吗？我不收钱。”我看他有些邋遢，心里多了分同情。

“从来只有人拼命灌我酒，但醉之后不会有人管我死活。”他认真地朝我道，“我家的老头子一直嚷嚷让我找个正经姑娘过日子，我觉得你挺合适的。”

那一刻我的表情就像生吞了苍蝇，后来才知道，他说的都是真话。

“我知道你急需资金振兴茶餐厅。”陈家伟道，“合理交易，你答应和我签婚约，我就给你拨款。”

而我从满心相信季廷之，到他突然离去后的心灰意冷，到最后，为了救回老爸和我的心血，我只能答应。

“十年前星光的大厨造谣宣称星光对员工刻薄冷血，导致名声下滑，又把我爸多年的积蓄和秘方食谱卷走，一手创办了如今大名鼎鼎的四季饮食集团。”我轻笑，“你是知道的，他也姓季。”

季廷之僵直了身体，他颤抖着声音：“子嘉……”

当我抱着手机一遍遍翻看偷拍季廷之的照片时，陈家伟无意中瞥到了：“这个不是四季老总的独子吗？他行事低调，也不沾名利场，所以只有极少的宴会才能见到这个大帅哥呢，你是怎么拿到这么多私照的？”

多亏陈家伟，我才定位追踪到季廷之去了杭州。

“我父亲是厨师出身，却忘了对食物的初心，成天只讲究生意。”季廷之疲倦道，“我也是前不久才知道四季是这样发家的。”

他用手圈住我的肩膀，不顾我的挣扎，用力拥紧：“我不喜欢算数，我只喜欢做菜，给心爱的人做一日三餐。”

“我不是为我父亲赎罪。”他的下巴抵住我的头顶，“我是以季廷之，以爱你的人的身份，想要和你并肩渡过难关。”

所以他选择离家出走，机缘巧合下进了星光，带着一颗愧疚和好奇交织的心，却付出了真正的喜欢。

我鼻子发酸，闭着眼不看他，既然这样，那为什么又要在我最无助的时候离去？

“我有回去找过父亲，但条件是要和你永不相见，我怎么可能答应呢……”他似读懂了我的心思，声音苦涩，“我离去，是因为失去了一些东西，我很怕，我怕你会觉得我没用，才懦弱地逃避……子嘉，你要相信我，从今往后，我不会再离开了。”

命中注定遇见他，命运让我寻回他，我们明明应该是仇人，最后却成了爱人。

“那婚约怎么办？”我吸了吸鼻子，“第一笔资金已经注入，星光现在慢慢走回正道了。总不能……过河拆桥吧？”

季廷之叹了口气：“要不是给你面子，我会多踩几下再拆。”

和陈家伟摊牌那天，我并没有去，而是留在茶餐厅煮了三荤两素，等季廷之帮我收拾烂摊子。

“让你欺负我，我也让你好看！”我淡定地往每一样菜里加了十多勺盐，势要让味觉刁钻的季廷之尝尝苦头。

我把全部菜端上桌的时候，季廷之已经进了休息室，眉目含笑地等我转头。

“谈完了？”我笑眯眯地问。

“他答应继续拨款注资，条件是等星光盈利稳定后利息加三个点。”他慢悠悠地擦着汗。

我大惊：“那我们不是亏死了？”

“后来我把一些他和几个小花旦花天酒地的照片拿出来，即将拨通陈老总的电话时，那个条件就没了。”

我默默为陈家伟抹了把冷汗，面前这只笑面虎可不好惹。

“辛苦了，尝尝我的手艺吧。”我把面前的菜夹给他。

季廷之倒是愉悦地笑了，他欢快地吃着，面不改色：“手艺不错呀。”

“看你能忍。”我不动声色地微笑。

“你怎么不吃？”季廷之夹了青菜给我，“厨艺有进步，火候都掌握得很好……”他絮絮叨叨说了一大堆。我越来越觉得不妥，忍不住打断他：“你真觉得好吃？你吃得最多的肉丝，我放了整袋盐。”

季廷之愣在原地，半晌才笑得惨淡：“对于没有味觉的人来说，盐和糖都是一样的。”

“什么叫……没有味觉？”我耳边嗡嗡作响，四周像默片，只有季廷之的嘴在一张一合。

“我做了笔交换，想要重振星光。”他温柔地摸着我的头，“我不知道会失去味觉，但即使知道，也值得。”

我突然想起他说过的心甘情愿，那一天他的眼神，就像现在一样坚定又温柔。爱情这场命中注定里，智者通通都变成了傻子，可是这样的甘之如饴，又生生世世不得休，令人忘也忘不掉。

“子嘉，你会觉得现在的我很没用吗？”他失落地移开手，我却一把紧紧抓住。

“不会，并且永远不放手。”

食环署来查牌那天，季廷之给我做了一个爱心煎蛋。

“吃掉了就没有了。”我撇嘴。

“这样爱才能溶进四肢百骸，懂不懂？”季廷之细心切好一块喂进我嘴里。

他见我吃得愉悦，也笑着切了一块放入嘴里，却突然惊叫：“啊！我……我吃出这是什么味了！”他兴奋地大叫，全然没有之前的颓态。

季廷之欣喜地晃着我的肩，我被他摇得发昏，才止住他：“好啦好啦，味觉回来了就行。”

“会不会有人偷偷做了什么交换？”他忽地苦恼地挠挠头。

我还没来得及回话，几个穿着制服的工作人员就走了进来：“请问谁是星光茶餐厅的持牌人？”

“我是。”我皱了皱眉，隐隐觉得大事不妙。

“昨天下午，我们接到了多宗食客举报星光茶餐厅食物中毒的案件，我们需要进行一段时间的调查，在这段时间里餐厅不得营业。”

“店里一直采购新鲜的食材，我相信，这件事和星光无关。”我慌张地看向季廷之。他低声安慰道：“要查就查，我们清清白白，不怕。”

我强笑着点点头，道了声：“好。”

回到家后，我愣愣地坐在电脑桌前，黑暗的房间里，只有屏幕的蓝光显得幽冷。我颤着手点开了网页的浏览记录，“换乐”二字显得诡异又真实。

黑色的花边勾勒出短短的一句话：

“你需要换的话，可承诺不后悔、不遗憾？”

“你是否确定进行本次交换，以未知的失去为代价？”

我比任何一次都无畏，为了爱无畏，我不知道会不会有人在这个问题前犹豫，但季廷之和我，都像一直带着爱意奔跑的十七岁的莽撞少年，点了“确定”，不惧付出。

只是，如果知道代价是失去星光，我恐怕没法那么坚定地做个勇士。这家店凝聚了两代人的心血，老爸曾经说，他最大的欢喜，就是遇到老妈和我，以及创办星光。

“可是怎么办？我快要弄丢星光了。”我撑着额头，很久很久，眼泪才从指缝流了出来。

季廷之打来了电话，担忧地问：“子嘉，你还好吗？”

我忍住哽咽：“我很好……季廷之，能遇见你，我真的很开心。”

他没有听出我声音的古怪，松了口气：“没事就好，明早早点来，我给你煮五谷杂粮粥。”

我没有说好，挂了电话，在心里偷偷说了道别。

“我会永远不放手。”

季廷之，对不起，我食言了。

尾声

“第二届十八区茶餐厅昨日圆满落下帷幕，冠军为西环星光茶餐厅的大厨季廷之。据悉，他是著名饮食连锁四季集团的前继承人，一向行事低调。而星光茶餐厅的前任老板是陈氏集团少东家陈家伟的前未婚妻，这错综复杂的关系……”

我把手中的报纸折好，码头的天色渐渐昏暗。我从早坐到了晚，踌躇要不要回到星光。而那对恩爱的老夫妇依然相拥着坐在一旁看日落，见我孤独，忍不住过来搭讪。

“小姐，你一个人在这里坐了很久了吧？”她有着温婉的眉眼，颇为自来熟，“别担心，我们不是坏人。”

聊了几句后，我卸下防备。她的丈夫一直含着笑看她，并不多言。

“你在等人？”她问。

“是有人等我。”我苦笑，“可我不敢回去。”

“不论谁等谁，都是煎熬的事。如果你们之间是真心的，就不要蹉跎。”她紧握了握我的手，“别等失去了才懂得珍惜。趁拥有时，好好去相爱。”

她的话似有股魔力，迫使我离开后，循着熟悉的轨迹，一步一步走回了那个地方。

阔别一年重回香港，一切都像已变，却又没变。比如星光，一年后重新开张，反而赢得了很多新客人，不变的是那里的招牌菜依旧如一，以及掌厨的季廷之，穿着洁白的厨师服都清朗英俊。

“季廷之，我回来了。”我深呼吸一口气，走到熟悉的后厨，看着瘦削许多的季廷之眼里从难以置信到聚起隐忍的泪光。

“你还回来干吗？扔下我永世孤身一人好了。”他别过头，肩膀极力忍住颤抖。

一年前我害怕面对现实，选择逃避，到其他城市辗转游历、打工，把烂摊子扔给季廷之一人收拾。我见了许多风景和人，经过一段段旅程后，心也慢慢恢复平静，我开始把封起来的想念放出来，直至他的面容清晰到在梦里都可触。

“谢谢你，把星光救回来了。”我环抱住他，“为什么四季集团那里……你成了前继承人？”

季廷之良久没说话，直到我快要松开手，他才一把反抱住我：“第二笔交换，我换了星光的平安无事，失去了继承人的身份。做平凡人挺好。”他叹了口气，“食物中毒事件查清是乌龙，那个网站消失了一年，无法进行交易，平白无故让星光蒙受了这么久的冤屈，子嘉，对不起。”

他用额头抵住我的额头：“那老板娘，我以后能不能继续伺候你？”

“我考虑一下。”

季廷之并没有给我多少时间考虑，第二天的晚上，他就把我拉到了楼顶天台。

“你带我上来这里做什么？”

我一头雾水，只见他在一张废弃的桌子上铺好桌布，摆上了几只碟子：“新鲜出炉的夜宵，可还满意？”

“季廷之，你也太失水准了吧。”我忍不住吐了出来，“奶酱多士、丝袜奶茶、蛋挞，也太甜了。”

“那你想不想更甜点？”

我不明所以地看着他，星空下，只余下他的眸光盈动。

“比如，”他单膝跪下来，缓缓打开一个戒指盒，“周子嘉，你愿不愿意嫁给我，一生一世，无论贫穷与富贵，都不再放开我的手，陪我度过或困苦或圆满的余生？”

我愣在原地，心脏“扑通扑通”乱跳，却浑身僵直说不出话。

“看来还不够甜。”他叹了口气，一把拥过我，轻轻吻了下来，“愿不愿意？”

距离太近，呼出的热气近在咫尺。在十里星光下，我像以往每一次一样，沉入他深情的眼里，无法自拔，又不愿意逃离。

他紧了紧臂膀：“你也傻，为什么也去做交换？我说过，只要你在我身边，咸鱼白菜也美味。”

我偷偷把戒指戴上，柔声道：“笨蛋，那你怎么能再尝到鸳鸯的味道？”

“季夫人，谢谢你愿意。”

我看向他，璀璨星光下，他从此牵起我的手，一生一世不放手。

03 致爱丽丝

致我爱的你，永远为期。
愿能两情相悦。
望与你共余生。

楔子

1987年，电眼美女杨宝玲当选港姐冠军，同时获得自这届开始设立的“国际亲善小姐”奖项；

1987年，是谭校、梅姐等人的巅峰期，在红馆分别开了卖座的演唱会；

1987年，华尔街股灾席卷香港，恒生指数跌了四成。

吴碧迦站在三十年前的香港街边，恍惚得很。

她努力回想以前看过的一些乱七八糟的史料记载，也只能拼凑出这些碎片。她还未活够三十年，对这个年份只有陌生感。

“虽然迎着风/虽然下着雨/我在风雨之中恋着你/没有你的日子里/我会更加珍惜自己……”

齐秦在这一年初发行了《大约在冬季》，缱绻深情的歌词传到吴碧迦耳中，无来由地，她鼻子一酸。

几日前，她固执地站在傅之远的海味行里苦苦等了五个小时，那样无望，甚至绝望的等待，在他们相爱的两年里，是绝不会有的。

她不明白的是，为什么他会变得这样快，说好一生一世的，怎么到头来却像一个玩笑？

后来她得知，原来他是有苦衷才不得已离开她的。吴碧迦便做了一个决定，她再次狠心做了魔鬼，在那个循环的无底洞旋涡里，接受了网站交换第二个审批的请求。

她用那个厨师的味觉，换取了一个心愿，她毫不犹豫地穿梭到了三十年前，只有回到傅之远的远房三叔死去的那天，改变那人被刺杀的局面，傅之远的四叔才不会败了海味行，他也就不会受家里摆布，和她有今日的分别。

“小姐，你的打扮和气质很符合我们公司新电影的女主角人选，有兴趣去试镜吗？”突然，一个戴着墨镜穿着夹克马甲的男人，笑意盈盈地走近她。

吴碧迦吓了一跳，下意识后退几步。那男人却不依不饶，试图把名片塞到她手里：“我不是坏人，小姐，你真的很适合上镜……”

“不是说好三点在海味行等吗，现在都四点了，还得让我出来找你呢。”正当吴碧迦与那男人呈你追我避的僵局，不知如何是好时，一道温润的声音传来。

吴碧迦转头，愣在了原地。

她模模糊糊想到一句话：春风来，公子归。

那个男人梳着八十年代最流行的大背头，穿着白衫黑裤，在他身上，冷硬的正装却格外柔软妥帖。他一步步朝吴碧迦走来，眉梢都带温暖的笑意：“我来了。”

他来了。

星探走远，吴碧迦把目光投在他的身上：“谢谢你帮我解围。”

“举手之劳。”他朝她伸出右手，“我是十二海味行的傅永森，小姐是异乡人？”

吴碧迦心里咚咚直跳，是他了，这人就是她不顾一切想要回到三十年前找寻的人。

傅永森见她只是直勾勾地盯着自己却不说话，一下也不知该如何继续话题：“我无意冒犯，只是你的气质和打扮，的确和这里的女生不太一样。”

吴碧迦回过神来，环顾四周，街上人潮涌动，晒成古铜色健康皮肤的女生大都留着蓬松的卷发，像毛茸茸的小狮子，衣服鲜色又清凉，妆容化得明艳——而她披着乌黑长直发，穿着细肩带白裙，皮肤白皙，不施粉黛。

“你是觉得我太过朴素？”她回嘴，“比你傅家见识过的女人都差一万倍？”

傅永森慌忙地摆手：“我不是这个意思，我的意思是……”

“是你温婉可人，像一朵栀子花。”他的声音愈来愈小，一副清俊的模样，耳根染上淡淡的粉色，竟显得有些可爱。

莫名其妙地，吴碧迦的心漏跳了一拍。她别过头，一定是这个男人太像傅之远了。想到这里，她拍拍脑袋。

“我都给忘了正事。”她急急拽住傅永森的手，“现在是几月几日？”

傅永森低头看着自己的手，女生柔软的手，带着点温湿的汗水，覆住他的手。

“8月6日，怎么了？”他温声问。

糟糕，吴碧迦吓得脸色煞白。她愣愣地抽出手，一时大意，她只记得要穿越回三十年前，却忘了最关键的一点。

她千方百计向那个交好的店员要来了傅家的家史记载，那本泛黄的册子有短暂的一句：十二海味行第三代继承人，傅家永森，因饮酒中毒，卒于1987年12月5日，时年三十。

还有四个月的时间，才到那命运齿轮转动的一天。

傅永森细细观察着吴碧迦的表情变化，像调色盘一样生动明朗。他落寞地想，她从哪里来，又会回到哪里去，三十年来从未有过的万千柔情，能缱绻几刻？

认识他的人都说，他性格温文尔雅，待人和善，年纪轻轻就接手了十二海味行，并把它发扬光大，几乎整片港岛都只认傅家的花胶。逢年过节，傅家门前的鞭炮屑堆积五六寸厚。他忙得天昏地暗，一杯茶都喝不完，又要去谈生意。

他最悠闲的时刻，会轻轻踏过那丛疏松的粉屑，那是织出的桃花毯吗？不是，他想，只有身边有人相伴走过，才是最美。

“你听过十二海味行吗？”傅永森开口，“今天新进了滋补养颜的燕窝，你……”

那金漆明亮的五个大字，十二海味行，是他傅永森未来最骄傲的聘礼。

吴碧迦只是含糊地点头，并未听入耳，她根本没有任何闲情逸致，心里想的念的都是该怎么弥补导致这个局面的错误。

“现在选择回到二十一世纪，这次的机会就失去了。”

是系统冰冷的声音，只有她能听得见。吴碧迦的心一沉，她抬头看了看傅永森。

她叹了口气：“傅永森，我们下回再见。”

这意味着，她因为自己的疏忽，需要第三次做魔鬼。

傅永森来不及和她道别，只见到她匆匆跑到一个角落里，越跑越远，很快就隐没不见。

“还未……正式说再见，是因为下次还会再见吗？”他站在原地，很久都没离去。

吴碧迦醒来后，面前是家里熟悉的电脑，那个诡谲的页面，她只想远远逃离。

“如果此时终止审批，会有什么结局？”

“你只不过差一点，你会甘心吗？”

她沉默了，从一开始她就选择了摁下起始键，此后一切都像蝴蝶效应，环环相扣。一步错，步步错，她的私欲，已经像无底洞，系统说得没错，她真的不甘心，在即将找到突破口的时候，懦弱地逃脱。

吴碧迦振作起来，屏幕那头的女子有着修长的手指，似乎只要落下琴键，悠悠的钢琴声就会响起来。她和以往两人都一样，并没有半点犹豫，坚定地输入几个字。

“她要换爱的人平安。可是，她会失去……”吴碧迦止住声，她用左手摁住发抖的右手。

吴碧迦，你要狠心，有得必有失的道理，世人都应该一力承担。

“你需要换的话，可承诺不后悔、不遗憾？”

“你是否确定进行本次交换，以未知的失去为代价？”

不知是不是错觉，那首《致爱丽丝》，像是在那个女子点下“确定”之后，响得缠绵、悠扬。

第一章 酒醉

我见到陈家伟的时候，他醉得像烂泥一样，倚在车边吐着烟圈。

“先生，麻烦出示证件。”

兰桂坊有一百个醉汉，但没有一个像陈家伟一样，醉得理智又糊涂。

“铁马玫瑰？”他眯着眼睛，像狐狸一样。我以为他把我认成是酒吧里哪一位金发碧眼的女郎，但下一秒，他却叹了口气，踉跄着身子歪倒在我的肩头。

他闭着眼喃喃："我喜欢的人，她不喜欢我，你说，我该怎么办？"

耳边酒气烫人，我穿着厚厚的警服，躲在笨重的头盔下不知所措。

我说："先生，你再等等，总会遇到与你两情相悦的。"

陈家伟似笑非笑地嘟囔一声，过了很久，我听见清浅绵长的呼吸声。他睡熟了，我轻轻扳过他的脸，撩人的桃花眼闭着，多了份孩子气。

只是，孩子从不贪杯醉酒。

"陈氏集团少东家陈家伟一向被誉为'睡在兰桂坊的男人'，与众多模特花旦绯闻不断，此次却高调宣布与不知名穷女择日订婚，据悉，其未婚妻经营西环某街道一家面临倒闭的茶餐厅……这是麻雀飞上枝头变凤凰，还是富公子吃惯了海味想换白粥？"

我把报纸折好，彼时周遭一片漆黑，我的房间里面堆满了大小杂物，只余下一张铁架床的空间。陈家伟蜷缩在床上，入夜有风，我轻轻替他掖了掖被角。

第二天早上他醒来的时候，我正在厨房里煮粥。

"说吧，多少？"我转身，见他不耐烦地倚在墙边。

头顶上的老式吊扇嘎吱嘎吱作响，逼仄的空间里一片闷热。楼下是旺角街头，还没到营业的时间，卖煎酿三宝和奶茶的店铺还没开门，只有推着垃圾车的阿婶吃力地过着马路。

"什么？"我盛了一碗粥，愣愣地看着他。

"昨晚。"陈家伟上下打量了我一会儿，从裤兜里摸出荷包，"给你四位数，萍水相逢，昨晚一笔勾销。"

“我要的，你给不起。”我把粥倒回锅中。

陈家伟像是听见了天大的笑话，挑了挑眉：“我说，平口能靠近我的起码是中西区级别，你这种嘛……”他拖长了尾音，“也就值一杯丝袜奶茶。”

还是这样，从我认识他起，十年如一日的公子哥儿脾性丝毫未改，说出轻佻的话时喜欢手插着裤袋微微仰头，眼角似生桃花。

窗外金色的阳光洒了进来，我看着他的轮廓，突然开口问：“你……你认得我吗？”

“用这招来搭讪已经很老土了。”他挑眉，“我不吃这套。”

“你信不信，我们很快会再见面？”我倒是笑着问他。

他愣了一下，过了半晌才顺着我的方向看过去，那是一套警服，青黄色的褂子整整齐齐叠好，上面是我的工牌。

“PC25648……”陈家伟干咳一声，“Madam，我们还是少见为妙吧。”

第二章 相遇

隶属香港警务处行动处支援部的交通总部，旗下的执行及管制组简称E&C，专责处理道路交通问题，比如，对非法赛车等违例分子做出指控。

“西九龙总区电台呼叫支援，佐敦道往新村北行方向疑似有人非法赛车，目前在第二个红绿灯处已截停两辆……”

我赶到现场的时候，发现陈家伟正一脸丧气地踹轮胎，神色烦躁。

“上次你怎么说来着，少见为妙。”我把头盔摘下来，“这回妙不了了，怎么办？”

陈家伟眯着眼看了我一会儿，好似在脑海里搜寻了很久才辨得我是谁：“Madam，拜托你们工作认真点，我挑赛车点也不会挑到市中心吧？”

我盯着他手中的一沓罚单，来之前同事已经告诉我，是因为他的车试图逼停另一辆，两辆车超速，才在红绿灯处被截下。

同事还说，据在场另一名当事人的口供，缘由是他拿着八卦报章说风凉话，嘲笑周子嘉的身份和背景连进豪门世家做保姆都不配，才被愤恨的陈家伟追着车屁股跑。

“罚单这么多。”我道，“社会服务令，总可以挑到市中心了吧？”

他滞在了原地：“服……服务令？不会是72小时那种吧？”

“警务人员需要随时监督。”鬼使神差地，我脱口而出，“所以我也要去。”

陈家伟只是敷衍地点了点头，却不知道我在他的背后，鼓起了多大的勇气。

“喂，骆子秋。”陈家伟不满地拦住我，“我觉得穿这身衣服很不舒服。”

“来这里做义工穿得又红又绿，你以为自己是兰桂坊的圣诞树吗？”我停住脚步，把手中的玻璃水壶递给他，“天气热，喝口酸梅汤消暑。”

孤儿院门前几棵庇荫的大树绿枝垂落，扎着双丸子发型的小女孩和挂着鼻涕的小男孩们挤成一堆，不大的一片水泥地只有几架秋千，我上前几步，帮他们轻轻推起。

“哥哥，你能陪我扔沙包吗？”突然，一个怯生生的小女孩走近，把一个沙包递给陈家伟，“我喜欢你穿的米老鼠衣服。”

他换下了平日纨绔子弟的装束，习惯敞开两粒扣子的花衬衫变成了米奇头像的棉质T恤，简单的卡其色沙滩裤更为清爽养眼。

陈家伟微微一笑，蹲下身子：“那下次哥哥来，给你的沙包缝上一只米妮好吗？”

小女孩笑得梨窝深深，拉着他的手跑远。他扔起沙包，柔软的发丝随着弹跳在阳光下熠熠生辉，我偷偷拍了张他的侧影，加密的相册里，全都是他。

“今天是芳芳的六岁生日。”修女静静走到我身边。和陈家伟玩得满头大汗的小女孩察觉到我们的视线，偏头笑得灿烂。

还没回话，陈家伟突然捂着肚子跑过来，眉头皱得深深的：“你煮的是什么酸梅汤，放了泻药吗？”

“要不要我陪你去……”

“我告你非礼啊！你留在这儿陪芳芳就好。”他再也忍不住，踉跄着跑远。

“对了，骆小姐，你会不会弹钢琴？”修女突然拍拍脑袋，“我们小朋友准备了生日歌，正愁着即场伴奏呢。”

我心一顿，正想摆摆手，却因为看到芳芳期待的眼神而僵住。

“我很久没碰琴了。”我有点担心，“万一走调了……”

如今这双手，用来开罚单，用来骑铁马，却太久没有再与悠悠琴声做伴。多少年了？我恍惚地想，那个年少的自己，好像早已藏在岁月深处。

修女给了我一个鼓励的眼神。钢琴并不新，许多撞凹掉漆的地方显得十分斑驳，上面那层褐红色的布已经落满灰尘。我轻轻掀开琴盖，一阵熟悉又陌生的感觉排山倒海涌来，以至于我的手滞在半空，都怯于摁下黑白琴键。

芳芳站在我身边，好奇地睁大了双眼，我牵过她的小手。

“芳芳。”我轻轻吻了吻她的脸颊，“如果你长大了，有喜欢很多很多年的男生，千万不要像姐姐这么懦弱。”

芳芳不解地眨着眼睛。我笑着弹起生日歌，旋律欢快，一群小朋友叽叽喳喳跟着唱了起来。

祝你生日快乐，祝你生日快乐，从此岁岁无忧，英勇无畏，比我懂得争取，比我懂得说尽心中事。

最后一个音符结束，我想了想，继续弹起另一首闭着眼都会默背下来的曲子。

致爱丽丝，致我爱的你。

一曲完毕后，我放下琴盖起身，小朋友们簇拥上来，陈家伟的声音也越来越近：“怎么这儿这么热闹？刚刚我好像听见了有人弹钢琴……”

“骆子秋？”他推门进来，疑惑地看着我，“是你弹的？”

他脸上的表情很丰富，交织着惊诧和怀疑。待我点点头，他又上下把我打量了一番，啧啧摇头。

走出门后，陈家伟偏头看我，单手摩挲下巴：“真是……人不可貌相。”

“是是是，我这么粗鲁，只适合开罚单、骑铁马。”我没好气地瞪了他一眼。

“不过刚刚我想了想，”他有点迷茫，“我觉得你有点面善。”

我的呼吸一窒：“像谁？”

“以前我念中学的时候，学校里有一个钢琴天才，”他道，“每次圣诞会演都穿着红裙子在舞台上弹琴。”

“那你……还记得她的样子吗？”我抑制住擂鼓般的心跳。

“我每年见过的女生都以卡车计的。”他嗤笑一声，“我记得她这么个人，是因为我以前有时经过琴房，她都挺直腰杆背对着我，每次都弹《致爱丽丝》。之后我出国念书，香港的同学也只有几个有往来，所以我至今不知她是谁。”

“连名字都没放在过心上吗？”我哑声问。

陈家伟摇摇头，径自坐在秋千上，荡得高高的。过了很久，他才垂眸：“能让我深深铭记的，心里却不会住着我。所以，其他的都不重要。”

不在乎，所以不重要。

“陈家伟。”我忽地问，“除了她，其他的都不再可以了吗？”

他逆着光线，轮廓或明或晦，身上那个大大的印花米奇咧着嘴笑得一如他一般孤寂：“你说过，或许再等等，会有与我两情相悦的。”

我看不惯他的颓丧，脑子一热，一把拉住秋千晃动的绳子。他险些摔在地上，抚着心口喘气：“Madam，你知法犯法啊！”

“那……”我声如蚊蚋，“我希望能等到那天。”

他没听清：“你在说什么？”

“没什么。”一片落叶落到他的头上，我伸手替他轻轻拂掉，“时候不早了，明天见。”

蝴蝶翩跹飞过，咫尺间，他的眼神仿似有一瞬即逝的柔意。

第三章 勇气

“电台呼叫支援，深水埗西钦州街往南田屋邨方向五车连环相撞……”

“兴业街东区大楼附近有货车漏油，两名行人受伤……”

“电台呼叫……”

我气喘吁吁回到警署的时候，整套警服都湿淋淋地贴在背后，汗水酸臭。

“子秋，这段时间你也太勤快了吧。”同事关切地问，“不怕中暑？”

我口干得连话都说不出，摇摇头，又开始伏在桌前写报告。

“今晚我临时有事，多出两张电影票。”她朝我挤眉弄眼，“去放松下，找个人陪陪你。”

她硬把票子塞到我手里，是最近很火的一部文艺爱情片，晚上七点半放映。

“两张？”我叹了口气。

自从那三日的社会服务令结束后，我就再也没和陈家伟有过联系。通讯录里他的号码静静躺着，我一遍遍翻看，又拼命忍住拨过去的念头，不停地工作，以此麻痹自己。

“师妹，要不今晚我舍命陪你？”有师兄嬉笑着走过来。

“我约了人了。”我脱口而出道。

约了人？

“喂？”电话铃声响了很久，才有人接起，“我最近没作奸犯科，找我干吗？”

“那个……”我打好的腹稿全都化为流水，“今晚……今晚你有没有空？”

他嬉笑道：“真不巧，我约了新任港姐冠亚季军。”

“我……”我支支吾吾，“我……我想请你去看电影，最近有一部很火的片子，听说还不错。”

他沉默了很久，久到空气静谧得只能听见两个人的呼吸：“几点？”

“七点半，旺角东影院。”我握紧了手机，“不见不散。”

傍晚后的旺角喧闹鼎沸，影院旁边卖鸡蛋仔和混酱肠粉的小店前排着两条长长的人龙。我攥着门票，看着人来人往，队伍的末尾成了领头，不断循环，也不知过了几分几秒。

七点整，这一带两旁都亮起了暖黄色的街灯。

七点二十八，最后几对情侣抱着冒尖儿的爆米花步履匆忙地赶来。

八点十分，陈家伟依旧没来。

“小姐，十点半了，我们去喝两杯，等等来看午夜场？”沿途有三两醉汉过来搭讪。

我面无表情地亮出警牌：“不如我载你回警署喝？”

他们一窝蜂散开。我自嘲地笑了一声，原来已经十点半了。

我忍不住再一次拨了电话，终于，陈家伟接起了第三十个来电。

“骆子秋，”陈家伟的声音带着反常的疲倦，“你能来一趟圣安德中学吗？我在侧门的台阶上。”

我疑惑：“这么晚了，怎么可能放行？”

“你来就行了。”他直接挂了电话。

我急忙赶过去之后，才明白他的意思。

“你这男人婆还穿裙子？”陈家伟蹲在墙头，见我走来，咧了咧嘴。

我一言不发，为了今晚的约会，我翻箱倒柜了个把钟头，还化了淡妆。女为悦己者容，只是如今他不悦我，四周也一片漆黑，我即便穿得再华丽也于事无补。

“我先翻过去，然后你跳下来，我接住你。”陈家伟起身，利落地翻了过去。

那厢的声音隐隐约约传来：“放心过来吧。”

我并没有理他，跑到一侧丛生的杂草旁拨了几下，一个隐蔽的小门就出现在眼前。门虽小了点，但总比翻墙来得容易。

“你是怎么过来的？”陈家伟瞠目结舌。

“你在这儿那么久，都不知道这里墙边有个小门吗？”

他摇摇头，奇怪道：“你以前是这里的学生？”

我避开那探究的目光，含糊地点点头：“嗯。”

陈家伟没再追问下去。他沉默地低头走了很久，那道孤寂的影子被拉得长长的。我跟在他身后，明明应该对影成双，却始终隔着一道鸿沟。

“你应该有关注这段时间的八卦周刊吧？”他突然停住脚步。

“从来只有人拼命灌我酒，但醉之后不会有人管我死活。我和她认识的时间很短，短到只是一杯醒酒茶和一碗暖胃的面条。用婚约换来注资，她以为真的是公平交易。”他轻笑，“我骗了她，哪里公平了，我喜欢她，可她不喜欢我。”

“今晚，你为什么没来？”我低头看着自己的鞋子。

“她的心上人回来跟我摊牌，要求解除婚约。”他叹了口气，“无妨，能帮到他们，她能幸福就好。”

“陈家伟。”

“嗯？”

“你能不能……”我站进他的影子里，“你能不能回头看看？”

他回头对上我的眸子，直至我看到那汪清泉里倒映着我的面孔。

“并不是只有她。”我一字一句，“陈家伟，你回头看看，我也可以。”

陈家伟主动给我打电话的时候，已经是一周后。

他在电话里的语气扭捏：“你……你明晚有没有空？”

我装作镇定：“什么事？”

“明晚我爸六十大寿。”他道，“我之前擅自订婚又取消婚约的事，让老头子很生气，他喝令我如果不带个正经姑娘出席，就和我断绝父子关系。我想了很久，身边也只有你算得上他眼里的正经姑娘了，所以劳烦卖我个人情可好？”

我的心失落得如坠冰窟，原来不过是邀我做一场戏。

“好，”我故作轻松，“五点半，警署楼下，不见不散。”

第二天，陈家伟准时前来，穿西服打领结，意气风发。他递给我一个大的盒子：“拆开看看合不合适。”

“红裙子？”我打开盒子，一条剪裁简单的红裙，配细钻石项链，倒是很大方。

“老头喜欢喜庆点的。”陈家伟揉揉鼻子，“不喜欢吗？”

“没有。”我轻抚裙子，想起自己很久都没有穿过了。

“那就是老头。”陈家伟附在我耳边说着，用眼睛示意。

他挽着我走近，威严的陈父见我们走来，眼里闪过一丝探询的目光。

“伯父，祝您福如东海，寿比南山。”语毕，我正欲敬酒，一道娇媚的声音又传了过来：“陈总，这位是陈公子吧？两父子站在这儿，气场真是不容忽视。”穿着雍容晚装的女人大抵五十岁，身边站着一个穿着白色洋装的女生。

“这位是？”她把目光投在我身上，蔑视地打量一番。

陈家伟没有回话，只是暧昧一笑，就足以使那两位脸色一变。

“素闻陈公子品位向来上佳，这位怕也是琴棋书画样样精通，不如露两手，给我们见识见识一下？”她步步紧逼。

我的脸上终于挂不住，径直走到台上。一瞬间，台下静寂一片，目光齐刷刷落在我的身上。我偏头寻着陈家伟，他微微笑着，冲我举了举酒杯。

“别怕。”他朝我做了个口型。

我想了想，那首熟悉到刻进骨子里的曲子自然流淌。

“《致爱丽丝》也太过容易了。”台下那道娇媚的声音又响起，“这算什么啊？”

我偷偷翻了个白眼，努力搜刮曾经的记忆。拉赫玛尼诺夫的《第三钢琴协奏曲》，当时我苦练了两个月，整篇乐谱在梦里都那么明晰，以至于时隔多年，我还是忘不掉。

一曲完毕后，我利落起身，看向台下：“还要再来一首吗？”

鸦雀无声的人群突然响起一声掌声，慢慢地越来越多，直至陈家伟上台把我带下去。他拉着我走到后花园，睁大双眸惊奇地看着我：“你是那个穿红裙子的爱丽丝？”

他终于模糊地记起来，哪怕我仍是他记忆里的无名氏。

“所以你是那个钢琴天才？”他见我点点头，颇有兴致，“哎，骆子秋，不过你怎么跑去E&C了，跟你原先的淑女气质不般配啊？”

月光下，他的样子和十年前的少年郎重合，喜欢翻墙逃课，冬天的毛衣里永远内衬着花色衬衫，坐在台阶上咬着吸管和身边不同的小女朋友对饮着原味维他奶，以及在我无数次在琴房假装镇定自若的时候，从窗边路过的他。

我抬头看那轮皎皎明月，像是剪破了岁月尘世过往，光阴呼啸。

“我喜欢了你十年，从中学到现在。”我自嘲道，“我曾很傻地想，你会不会记得我，后来才发现自己想太多。我只是你生命里的匆匆过路人，你身边莺莺燕燕太多了，你就算记得我又如何，记得又不代表喜欢。”

“我向来懦弱胆小，这么多年，我只敢在背后偷偷靠近你。你莽撞，总是开着跑车在路上乱闯，所以我想，我努力当一名小铁马，这样是不是能更好地保护你，替你挡下危险。”

“你要当骑士，我陪你；你要当星星，我也陪你。我只希望你能明白，我也有一个王子和太阳，他去守护别人，却在我一个人的世界里发光发亮。”

末了，我咧嘴笑了：“如果没有遇见你，我现在多潇洒啊。”

可是现在，晨钟暮鼓，斗转星移，往后岁月迢迢，我的心里，装的都是你。

“骆子秋……”他踟蹰着开口。

“没关系，你不用理我。”我故作无谓地耸耸肩，脱下高跟鞋，

“我憋了这么多年，说出来舒服多了。”

我朝他挥挥手，转身光着脚跑过石子散落的路，脚底疼得已经麻木。背后没有人追上来，只余下我在路上，听见往事一帧帧翻过的声音。

过去，现在，未来。

他都是光，是我最想轻吻的一盏永不熄灭的灯。

第四章 情意

“子秋，怎么无精打采的？”同事把盒饭递给我，“生病了吗？”

我趴在桌子上无力地摇摇头，手机屏幕上，那个心心念念的号码再也没见亮起。

即使我终于鼓起勇气告白，又有什么用？假装大方挥别的后果便是检验出自己有多放不下，情爱这架天平，原本就难以平衡，爱得多的一方，注定是输家，只能在最低处仰头看着，永远触及不到对方。

于是我做了一个决定。

我去星光茶餐厅时，周子嘉正从后厨端着一碟加央多士一边甜笑一边出来。

“请问需要点什么？”她见我坐下，拿着小本子走了过来。

“我……”我清了清喉咙，“我是陈家伟的……朋友。”

她愕然了几秒，坐在我对面：“怎么回事？”

这下我却说不出话，我甚至懊恼自己来这里做什么，是想说服她考虑考虑那个痴情汉，还是想说服自己成全他们？

“陈家伟他……他很喜欢你。”我看着她，一股脑把要说的话说出来，“你能不能考虑考虑他？他虽然表面是花花公子，但对自己真正喜欢的人是真正用心的。”

周子嘉笑了：“失去了才知道拥有的珍贵，陈家伟是好人，我希望他能珍惜眼前人，但是那个人，不应该是我。”

我想继续劝她，她却起身，拍拍我的肩，视线落到不远处那个穿着洁白厨师服的男人身上。

我心下了然，没和她道别，悄然离开了茶餐厅。

醉过方知酒浓，爱过方知情深。我想珍惜他，却连资格证都拿不到。

快回到警署的时候，我正恍惚想着事情，没有留意到红灯已亮起，还没走几步，一股蛮力就把我从斑马线处拉回到边上。

多日未见的陈家伟铁青着脸，快要把我的骨头捏碎：“你是想给《警讯》做反面教材吗？刚刚要是有车开过……”

他絮絮叨叨地数落了我一通，末了，他别过头：“要真出人命，你的那番真情告白就白费了。”

我一时没听懂：“啊？”

“我的意思是，”他抬头望天又看地，耳垂染上粉色，“醒酒茶就留给过去，我现在觉得……嗯，酸梅汤也不错。”

我后知后觉地反应过来，欣喜涌上心头：“你……你说真的？”

“这些天我把自己关在屋子里想了很多，也觉得自己不应该这么颓废下去。”他定定地看着我，“骆子秋，我还需要时间，但你相信我，再等一会儿，就一会儿，好不好？”

“我都等了十年了。”我对上他的双眼，“陈家伟，不见不散。”

天边白云轻柔，风微凉，一切都很美好，只是我们都没料到，这一别，就险些断绝了往后所有的联系。

第五章 值得

“电台呼叫支援，荃湾线往海滨公园方向天桥底发生车祸，现场一名男士已无生命迹象，无目击证人，初步怀疑是蓄意谋杀……”

凌晨时分，接到电台呼叫时，我右眼皮莫名跳得厉害。

“听说这次又是陈氏那个儿子惹祸，这下完了，都撞出人命了。”同事骑上铁马，隔着头盔，声音隐隐约约传来，比那冷风还要使我发颤。

现场已经拉起警戒线，我全身发冷，陈家伟此刻不知所措地瘫坐在地上，迷茫地看着我：“骆子秋？”

我已经害怕得声音变调：“我在。”

“我好失败吧，总是惹祸，不让人省心。”他扯了扯嘴角，“这样的我，不值得你喜欢。”

我站在原地，腿哆嗦得无法迈出，明明是夏天的夜晚，却冷得像飞霜寒冬。

之后，陈家伟在警署录完口供，承认曾与死者积怨。不久前，他曾因超速驾驶追逐对方而被交警截停过，原因便是对方诋毁了周子嘉。这样一来，犯罪动机就有了。

“死者是刘氏独子，两家生意场上不和多年，这下对方找到把柄，肯定会坐实陈家伟的罪名。”交通意外调查组的伙计悄悄拉我到一旁，

“当时陈家伟开的是黄蜂，我无意中发现事发现场有几处不显眼的银色油漆，还很新，但法证那边出的报告并没有提到这点……”

我愣在原地：“这么说，是刘氏打通上头，借此斩断陈家后路？”

她连忙示意我噤声：“我只是猜测，行了，我只能说这么多了。”

我无措地回到办公桌前，毫无目的地一张张翻看着那个相册，嬉笑的、睡熟的、像个小孩一样的陈家伟，无数张剪影，铺满了我无数个日夜的思恋。

我打开电脑，想要搜索那几辆跑车的型号，却无意打开了一个奇怪的网站，“换乐”二字显得诡异又真实。

我欲关掉页面，却怎么也关不掉。

那个网站的主页里，黑色的花边勾勒出短短的一句话：“你需要换的话，可承诺不后悔、不遗憾？”

我沉默地盯着泛着幽冷光芒的屏幕，如果真的能换来自己所愿，不论失去什么代价，自己都不会后悔、不会遗憾吗？

陈家伟的面容在我脑海里越发清晰，我想起他第一次见我，是我终于鼓起勇气正面出现在他的面前，他趴在我的肩头，孤独又无助。

“试试吧。”我听见心里有个微弱的声音响起，“病急乱投医，万一行得通呢？”

“你是否确定进行本次交换，以未知的失去为代价？”

我深吸一口气，再没半点犹豫，不过在空白的框里输入几个字，却仿似倾尽了我十年的青春。

我能为你做的，只有这么多了。阴影留给我，你是光，不论怎样的你，我都觉得值得我去喜欢。

第六章 回头

陈家伟被判无罪释放那天，我站在警署门口等他，手里提着一杯丝袜奶茶。

“旺角买的，排了半个多小时。”我递给他，“外面的空气是不是很清新？”

他嘟囔：“这么热的天，我还是想喝你煮的冰镇酸梅汤。”

“这次不怕我下泻药了？”我笑着看他，却见他别扭地偏过头，淡淡的红蔓延到脖颈。

“这次多亏了秦sir，这么巧新官上任整治歪风邪气，才换得我清白。”陈家伟喝了口奶茶，脸上恢复了神采。

法证部的秦明宇向来清正廉明，两日前升职，整理报告时发现不妥，遂接手重新彻查陈家伟这起案件，通过血溅痕迹和车油化验分析出刘公子死亡时间是在陈家伟抵达的十分钟前，罪犯查明是刘氏的另一敌家派来的杀手，制造假象意图诬陷陈氏，好坐收渔翁之利。

陈家伟的出现，则是由于罪犯在撞亡刘公子后，用他的手机发送挑衅短信引诱陈家伟来目的地，并同时用太空号码假装路人通知警方。但百密一疏，他算准了陈家伟和警方抵达的时间和路线，却偏偏在最简单的一点上犯了浑，开了颜色相异的银色车。

我突然明了，三日前，正是我上换乐网站，换陈家伟平安之时。

“你瘦了很多。”他停下脚步，捏了捏我的脸，“对不起，让你担心了。”

“还有下次吗？”我冷哼，“三更半夜开车狂飙？”

“不敢了，”他轻轻拉过我的手，“有一只母老虎在，我怎么还敢胡作非为？”

我脸一红，骑上铁马，不理他在后面喊我。

“今晚去不去看电影？”他跑着追上来，“这次真的不见不散！”

“我考虑考虑！”心头像有蜜丝缠绵，我笑着开远了车，终究得偿夙愿，仿佛并没有那苍凉的十年。

“电台呼叫支援，东区西冲大厦西行方向车牌为×××的一辆大货车肇事逃逸，车主疑受情绪病困扰，已有两辆巴士受到撞击……”

“PC25648收到。”

我沿路开去，目光紧紧搜寻着车牌，无意中看了看后视镜，发现后头正是那辆大货车。我忙一打旋，试图喝止，不料车主却加快车速。我咬咬牙继续向前开，余光瞥向它，结果它愈加紧逼。

“你是否确定进行本次交换，以未知的失去为代价？”

“陈家伟，我喜欢了你十年，从中学到现在。”

“喂，骆子秋，我回头了。”他说，“我们不见不散。”

我意识渐渐迷离，软软地躺在地上，血腥味蔓延开来。闭上眼的最后一刻，我好像见到了那个人，一如十年前。

一如十年前，他经过琴房，我无意瞥见那一双桃花眼，至此终年。

尾声

我做了一个很长很长的梦，真实又虚幻。梦里我穿着红裙子，坐在白色的三角钢琴边，一遍遍弹着《致爱丽丝》。

“这个音符错了。”

“调子不对。”

人人都在纠错，只有陈家伟，偶然经过琴房，见我一边擦着眼泪一边翻着乐谱，连连给我鼓掌：“你弹得真好，这首好听。”

从此我记住了那双桃花眼，那个少年，以及这首《致爱丽丝》。

我睁开眼的时候，同事正坐在一边，一束香水百合静静在花瓶里绽放，一旁打开的爱心卡片上有着娟秀的字迹，写着短短一句话：珍惜眼前人，莫等失去时才懊悔。

署名却是四个字：傅吴同心。

“写卡片的人是谁？”我想开口询问，却发现干渴的喉咙只能发出断断续续的音节。

“子……子秋？！你……你醒了！”同事惊喜得眼泪都要溢出来了，她慌忙去摁铃找医生来。

待医生来了，我才知道，为什么她反应会这么大。

“你终于醒了。”医生给我做了检查，“你车祸后睡了一年，我们都以为你成了植物人。你看，世间还是有奇迹的。”

“你男朋友待你真好，每天几乎都窝在病床边，给你讲故事、讲笑话。”护士插嘴，“哎呀，他来了。”

我侧头一看，是陈家伟。他剪短了头发，身材比以前瘦削很多，脸上棱角分明，成熟稳重。

“好了，给你五分钟，别耽误病人女友休息。”

他们出去后，陈家伟颤着身体在床边坐下。他缓缓伸过手，仿似触碰一件易碎品，指尖冰凉：“我还以为，我回头之后，再也看不到你了。”

梦里虚幻的面容终于清晰可触，我哑着嗓子：“医生都说我醒来是奇迹。”

“子秋，”他把我的手紧紧握住，眼睛明亮，“你信不信这个世界上有一个让人梦想成真的网站？几天前我也不信，可你真的醒来了。”

我的心里“咯噔”一跳，不顾身体的不适一下坐起身：“你……你疯了吗？”我顿了一下，还是决定把自己也曾去过换乐网站的事情尘封，“喀喀，天下哪有掉馅饼的好事？有得必有失，你不怕……”

“我不怕，能换回你平安，我什么都不怕。”他轻声道。

“对了子秋，这一年里，陈家伟每天都到病房里求你醒来。”同事探了个脑袋进来，“他还说，如果你醒来，他就马上娶你，做牛做马，家里所有保险柜的密码都由你定，他每天拿只够买份盒饭的零花钱就够用了。”

陈家伟的脸憋成了猪肝色：“别听她胡说，我……我有事先走了。”

他夺门而逃之后，同事踌躇了半晌，把一份报纸递给我：“这段时间恰逢交接，陈氏集团的董事会对陈家伟很不满意，指责他三天两头惹祸……”

我接过报纸，半晌后，手指因为太用力，那薄薄的一页纸已皱得不像话。

头条新闻的字眼赫然在目，陈氏董事会联名反对陈家伟成为下一任继承人，并且施压使陈父收回了陈家伟手上原持有股份的三分之二。集团最终于昨天公示，宣布一致通过将由某执行董事接过帅印。

“这下是太子落难了。”同事叹了口气，“也不明白怎么回事，原本还无风无浪的，突然这几天就闹得满城风雨。”

“陈家伟还好吗？”我涩声问。

“那小子心思全扑在你身上了，”她说，“我也旁敲侧击问过他，他说只要你醒来，去旺角卖鸡蛋仔又如何？他虽然没权，也没以前过得风流快活了，但以后你们两个人两双手，还怕什么呢？”

我心头的大石落下，同事接着笑言：“他现在洗心革面，出行只坐公交车。那现在怎么办，新郎官要逃走了。”

“他是忘了我是哪里出身的吗？”我挑挑眉，“呼叫手足设路障，嗯，就控告他疑似携带炸弹？”

同事恍然大悟：“明白，你才是最大的定时炸弹吧。”

我但笑不语，病房边传来熟悉的钢琴声，悠然流淌，就像流淌着我绵长的思恋。

致爱丽丝，致我爱的你。

谢谢你回头，谢谢余生，你愿意与我共度，两情相悦。

04 为你钟情

为你钟情，倾我至诚。
然后百年，终你一生，用那真心痴爱来作证。

楔子

吴碧迦失眠了整整一夜。

她想起傅之远的样子——那是她喜欢两年的人啊。她向来怕腥，可她在听他教她如何辨认优劣海味时却听得那么认真。十二海味行，不只是傅家的命脉，还是吴碧迦认定最值得纪念他们情缘的圣地。

蓦地，她忽地想起白衣黑裤的傅永森。

“多可惜。”他年轻有为，偏偏天妒英才，让他只活了短短三十年，辛苦经营的海味行被人吃空败尽，成了江湖笑话。

要是傅永森还在，得知当年的心血现已成了需要靠联姻来支撑起早已破落不堪的躯壳，不知会不会气到昏厥。

吴碧迦想到那日的初见，忍不住想笑，他那样温润性格的男人，怎么会怒气冲天？

“上次第三笔审批，你做得很好。”第二天一早，吴碧迦打开电脑，系统的声音响起，“所以你可以获得第三个心愿，想好要回到1987年的哪一天了吗？”

傅永森逝于1987年12月5日，一个寒冬夜。

吴碧迦点点头：“回到12月5日的傍晚。”

她眼前有白光闪过，等适应光线之后，浑身冷得哆嗦。

一阵又一阵寒风刮过，吴碧迦才发现自己还穿着那条细肩带白裙，在她原本的世界里是夏季，如今却是寒冬腊月。下着绵绵阴雨的季节，她双手抱胸抖如筛糠，长发披散，像疯婆子。

傅永森撑着一把蓝色长柄伞从海味行走出来的时候，突然停住了脚步，距离他十米处，有一朵风雨中飘零的栀子花。

那朵令他日思夜寐了数十个日日夜夜的白色栀子，此时正看向他，眼里像发出了光。

傅永森疾步向她走去，裤脚沾上泥泞也不顾。他想起前不久不得已被家里姑婆安排相亲，在喧闹的龙凤茶楼里，对面那个羞涩的相亲对象说想喝香片，他便漫不经心地招来侍应，脱口而出：“麻烦一壶栀子香片。”

可侍应说：“先生，我们这里只有茉莉香片。”

是啊，栀子香片只在他心里，那朵白色的花，香气袭人。

“怎么这天气只穿夏衣？”傅永森把伞递到吴碧迦手中，忙脱下黑色大衣，严严实实替她披上。吴碧迦缩在竖起高领的大衣里，只露出一双明目。男子余下的体温贴近肌肤，她觉亲昵想还回衣服，又怕着凉。

“你知不知道今天……今天是什么日子？”吴碧迦轻声问道。

她觉得太过残忍，世事更迭，他不幸成为牺牲品。可幸世事也奇妙，她能回来帮他扭转局面。

傅永森摇摇头，又问道：“你也是去参加傅四的生日宴的吗？”说完，他才觉得自己可笑，面前的这个女生，他不过见过第二面，她就像天外来客一样，他连她姓甚名谁都不晓得。

吴碧迦见他又不太相信地打量着她，她才记起自己还没介绍过身份，可是，她又能说多少呢？

“我……我叫吴碧迦，来自……嗯，祖籍上海。”她支支吾吾地撒谎，“是傅四少的……呃，好友的姐妹。”

这么复杂的关系，傅永森却毫无察觉她的不自然，他点点头，把她请上车。

他们一起进到酒店时，原本各自忙着的人齐刷刷把目光投到他们身上。吴碧迦觉得有点尴尬，傅永森只穿着白衬衫，那件大衣披在她身上，显得他们的关系那么密切。

“三哥，这是你的女朋友？”那大概就是傅之远的四叔傅少明了，梳分头、打发蜡，穿皮夹克，一副油嘴滑舌的模样。

他支走了身边挽着的靓丽女郎：“哈哈，你这老古板也开窍了。”

吴碧迦心底冷哼一声，若不是碍于他毕竟是傅之远的长辈，她会毫不犹豫甩他一车白眼。这样害人不害己的祸害，让自己的亲侄子成为筹码，只为了弥补他一人犯下的过错。

“怎么也比不上四少你风流得势。”吴碧迦没有给傅永森回话的机会。

她满意地看着傅少明脸红一阵白一阵，待他自觉没趣走远后，傅永森歉意道：“对不起，他比较口无遮拦，吴小姐你别放在心上。”

吴碧迦正想回话，旁边陆续有人过来同傅永森打招呼，她不好打扰，挑了杯香槟便离开。

傅永森被众人缠着，焦急地四周环顾，暗暗苦恼，那身影又不知走到何处去了。

吴碧迦坐在皮沙发上，窗外已经渐渐垂下夜幕。她脑子全是糨糊，只知道傅永森会死于这个夜晚，但具体几点和离世缘由，她都一头雾水，根本不知道如何下手。

过度紧张的后果就是，她膀胱发胀，只得起身去找洗手间。出来之后，她本想循着原路回到大堂，前方一个端着香槟酒盘子的侍应突然拐进一个隐蔽的角落。

吴碧迦察觉，忙藏好身，视线刚好能触及他的动作。侍应从口袋里拿出一包东西，在一杯香槟里洒下粉末，轻轻摇匀，再若无其事地端着香槟出去。

吴碧迦心里打鼓，她悄悄地尾随那个侍应。侍应警觉性很高，然而幸好这条走廊空房间很多，每每在他发现之前，吴碧迦都轻轻一躲，逢凶化吉。

她一路追他出大堂，见他靠近正独身站着发呆的傅永森，同时不动声色地把那杯洒了粉末的香槟对准他："先生，请喝香槟。"

傅永森顺手就挑中了离他最近的那杯，正要送入口的前一刻，吴碧迦奋力冲向他夺过酒杯，在他惊诧的目光里一把扯住那个欲逃走的侍应，低声怒斥："说，是谁派你来的？"

"不……不关我事……是……是四……四少……"侍应被死死捏住虎口，浑身都生疼，一慌神就全招了。

聪明如傅永森，他一下子就明白当中的缘故。傅永森示意吴碧迦松开手，所幸方才侍应的声音小到只有他俩听见，也并未引起旁人察觉。

"碧迦。"他朝吴碧迦伸出手。

她迟疑地拉过傅永森的手，在一路探询的视线里硬着头皮走到酒店后巷。

"刚才谢谢你。"浓稠的黑色夜空下，傅永森叹了口气，显得尤其孤寂，"我一直知道少明好玩，心术不太正，只是没想到，原来他一直想要的，是海味行的当家位置。"

为了权势家产，多阴狠毒辣的丑陋一面都会浮出来，哪怕是至亲爱人，等撕破脸面的那一天到来，无论曾经多亲近，最后都会成为过往尘土。

忽地狂风大作，吴碧迦被冷意一袭，才猛然意识到，她成功了。

傅永森没有在这个三十岁的夜晚死去，这意味着，他会从此对身边想要陷害他的人多加警惕，添上保护色，从而继续顺利接手十二海味行的生意。海味行会在他的主持下一路繁荣昌盛，哪怕到之后受西洋化的影响有所衰落，但清正如他，也绝不会使出同样的招数胁迫后人。

明明只见过两面，吴碧迦却认定他是好人，因此她相信他，救了他。

她问："那你打算怎么办？"

"还能怎么办呢。"傅永森疲倦道，"我一向自负仁义情重，但这是傅家最引以为傲的心血，从我父辈开始创立，接手人从来都是磊落君子。至于少明……至于少明，我待他仁至义尽，兄弟一场，这事我会封口，但不该留的，自应去往别处。"

那一刻，吴碧迦才明白，他的好，是温和大度，又懂得取舍。怪不得傅之远都对这位从未谋面的三叔赞赏有加。现在他不止能活三十年，往后还有大把年华，老天终于饶过他。

"傅永森，你答应我，以后要更加带眼识人。"吴碧迦把身上的黑色大衣还给他，眼神坚定，"你要把十二海味行继续发扬光大，我以后逢年过节都会来买花胶、刺参。"

"逢年过节？"他的声音很低，低到只有自己能听见，"那我一直守在这里等你。"

这是他们在这个年华里最后一次见面了，吴碧迦大方给了他一个拥抱："再见。"

上一次她说了再见，是笃定会再次相见，而这一次，她知道他们只是时空路上萍水相逢的有缘人，以后她也许会见到白发苍苍的他，但是，如今的岁月却是再也不见。

傅永森心里突然被撞开一个巨大的窟窿，他还没来得及拥紧她，她就和上次一样，消失在街道的尽头。

来时带风雨，归去不问期。

“会再见吗？”傅永森望向她消失的位置。

如果不会，那他这一生，也只剩两次值得留恋的记忆了。

吴碧迦回到家时，第一时间掏出手机，按捺不住欣喜要与傅之远联系。这一次，傅之远绝不会冷漠地告诉她，他们不匹配，要与她分手了。

吴碧迦刚解锁手机，一则新闻头条就弹出来：十二海味行家族独子傅之远恋上李氏集团千金李月，日前被拍到甜蜜牵手逛超市，据知情人爆料，他们将于下个月前往巴黎注册……

吴碧迦的手机“啪”地掉落在地，她浑身发软，像被钉在椅子上不得动弹：“怎么会这样，怎么会这样……”

明明改变了那个局面，为什么还是会历史重演？

吴碧迦冷静下来后，打电话给海味行的店员：“小丽，你知道傅之远在哪里吗？”

小丽欲言又止：“碧迦姐，你也别太难过了……之远哥也是被迫的，我们的当家……唉，一言难尽。”

“你们的当家？”吴碧迦疑惑，“傅永森怎么了？”

“什么傅永森？”小丽一头雾水，“我们的当家是傅少明老板啊。”

恍若一盆冷水兜头淋下，吴碧迦喃喃道：“怎么会这样……傅永森，你答应过我的……”

“啊，你说的这个名字我有点印象，好像是十几年前海味行的当家。”小丽回忆道，“不过我听老员工说他在2003年感染‘非典’去世了，然后当年不知因为什么事跑到澳洲的现任当家又回了香港，接手海味行至今……”

傅永森始终太过仁慈，给别人留有后路，实际等于养虎为患。

挂了电话之后，吴碧迦登录了换乐网站，那个冷漠的声音再度响起：“你可以换他延续十五年的寿命。”

“只能十五年吗？”

“已经够了，等到明年，你和心上人早已双宿双栖，绝无后患。”

吴碧迦在进行第四笔交换请求审批的时候，已经镇定许多，心里那架摇摆的天平像消失不见，只有一个微弱的声音在挣扎，而她抿着嘴，充耳不闻。

“最后一次。”她暗暗道，“吴碧迦，最后一次做恶人。”

屏幕那头的男人系着宝蓝色的领带，却格外憔悴，满脸胡茬，他手边是二十朵枯萎的红玫瑰。

“你需要换的话，可承诺不后悔、不遗憾？”

“你是否确定进行本次交换，以未知的失去为代价？”

吴碧迦想，他又是为谁钟情？这样的交换，未知的失去，他竟义无反顾地点了“确定”。

穷途末路，为爱奔波的都是英雄。

第一章 夜色

是日下午三点半，位于尖沙咀的半岛酒店照例排着长长的人龙。白衣黑裤的侍者端着擦得锃亮的银质餐具优雅穿梭，靠窗的那桌有三名女子，已吃了半个多钟头的下午茶。

甲女拿了最下层的司康，小口啖食，唇蜜竟未脱落：“我好讨厌我的男友，逢年过节只会给一张银行卡，连陪我购物的时间都没有。”

乙女嘴馋，选中中间的培根塔，大口咬下，身上的名牌套裙都抖了两下：“总好过我那位，每晚准时下班回家煮饭，公司的人都喊他女友奴。”

“子欣，你认为呢？”她们饱食后，突然把话题抛到我身上。

“律所向来工作繁忙，我哪有时间谈恋爱。”

“子欣真不愧是我们之中事业心最重的新时代女性。”

她们转而喝起花茶，讨论哪家的珠宝适合让男友破费，刚刚的话还在我耳边，明明是赞赏，听起来却颇觉讽刺。

“约了客户四点会面，我先走了。”我看看表，向她们挥手道别。

回到律所，我才松了口气。

根本没有四点的客户，这宗离婚诉讼案，妆容华丽的中年贵妇人这段时日已经把该说的说尽，除却那一箩筐怨怼的缘由，便是争夺金银财产的要求。

“明早聆讯结束后，有媒体记者希望做一个专访。”秘书敲门进来，“房地产大亨方氏这次分道扬镳，引起全城轰动。”

我摆摆手：“婉拒他们。”

当初海誓山盟，鲜花香槟，盛大婚礼轰动全城，如今撕破脸面，把昔日情意剥到只剩利益，也是全城轰动。

也许未曾尝过恋爱五味，是幸事一桩。

我揉揉太阳穴，把第二日的资料整理好后，望向窗外，一大面玻璃窗后是夜幕下的璀璨灯火。

指针指向八点，我把高跟鞋脱下，换上办公桌下的一双白球鞋。

光怪陆离的大都市，我一个人沿着海滨长廊夜跑，藏在影影绰绰的黑夜里，极为舒适。

维港边聚集了很多游客，大都围在栏杆边观赏对岸，灯火闪烁在大厦间，看不清里面的人是饿着肚子加班，还是悠闲地坐拥万壁江山。我跑了不知多久，直到气喘吁吁，满身是汗，才停下来。

人已经渐渐散去，我到周边的小店里买了一瓶冰啤酒。

“找零五角。”老板递给我一枚硬币，孰料那钢镚太过滑头，一时离手滚落在地。

我顺着它的轨迹紧随，好不容易看到它停下来，一只骨节分明的手将它轻轻拾起。

“这是你的吧？”

面前的海波光粼粼，映得男人眉目似清流。他也流着汗，头发湿淋淋的，穿着T恤，肩膀搭着条毛巾，无疑也是夜跑一族。

我点点头，正想道谢，他却把手一缩。

“我也想买啤酒，正缺五角，看在我拾金不昧的分上，不如……”他笑眯眯地看着我，“我天天来这里跑步，还是第一次遇到你……喀喀，你这样的好心人呢。”

我翻了个白眼，点点头，旋即转身离去。

“小姐，给个联系方式，我到时还钱给你。”他追了上来。

“不必。”

反正，日后也不会相见。

“交通电台实时播报，今晨七点四十分，尖沙咀×××住宅大厦后巷被发现一具尸体，警方现已封锁现场，请听众朋友们另择路行驶……”

原本二十分钟的车程，生生花了三刻钟，我打开电台才发现，原来是发生了命案。

“死者是那轰动全城的离婚贵妇，据说是她前夫下的毒手……”闲言碎语传到耳边，我觉汗毛直竖，把车泊到一边，下车喘气。

不久前开庭，那个被分走一半身家的男人歇斯底里，在法庭上出尽丑态，双目通红地咒骂自己曾经的枕边人。

多恩爱都好，在利益的面前，最丑陋的一面始终会浮出水面。

我再次见到“五角男人”的时候，他换上了另一套装束，西装革履，系着宝蓝色领带，神情严肃。他站在封锁线以内，对旁边记录的人不时低头耳语，眉头皱得深深的。

我盯着他盯得出神，恍惚间，他似感受到我的目光，蓦地抬头同我对视。

我忙躲上车，掉头开走。

律政司找上门是在几天后，彼时我正忙得昏天暗地，刚喝了一杯黑咖啡提神，秘书就带我到了会议室。

“范律师你好。”梳着发髻的女人友好地伸出手。

胃里翻滚，我如坐针毡，隐隐感觉接下来有件大事。

“想必这几日的社会新闻你也有留意。”她简短交代自己的身份后，让助手递过文件，“方氏现已被正式起诉，择日上庭。据了解，你曾受委托，是他们离婚诉讼案的原诉人律师……”

我深吸一口气，等她说完下半句：“我们想请你当这次的证人。”

一个多月前，那个浑身名牌的妇人才擦过眼泪，控诉和她结婚二十载的男人拈花惹草，当她是摆设，她最后忍无可忍，选择起诉离婚。

她说，早知如此，她当初绝不会看上一无所有的他。

庭审当天，我是第二位被传召的控方证人。

“证人范子欣小姐，你同不同意被告于6月10日离婚案庭审结束后曾扬言威胁死者？”

“我同意。”

接连回答了几个问题结束作证后，我甫一起身，被告席那边却突然传来骚动。

事情发展得出人意料，明明原先即使一切证据都指向自己却强硬不认罪的方氏，却选择了当庭认罪。

我走出法院，明明是酷暑天，却似到了寒冬腊月，冷得牙齿都在打战。

“到底爱要消逝到什么地步，才会恨成这般局面？”我走在路上，步履缓慢，后方像有一层阴影，疏疏掩盖。

我停住了脚步，阴影也停住，我一回头，发现果然有人跟着。

“好心人，这么巧。”是那个男人，他穿着笔挺的黑色正装，见我回头也不惊慌，“要不要去喝两杯？”

我知道不会这么巧，不过仍然答应了。

“吞拿鱼三明治。”他递给我一个纸袋，“填填肚子。”

“你跟踪我。”我平淡地陈述。

他一时语塞，憋得满脸通红，只好挠挠头。

去到海滨长廊的时候，那片天空已经染上迷雾一般的蓝紫色。一路上，他已经自报家门，法证部的高级化验师，之前闹得全城沸沸扬扬的陈氏集团独子被诬陷一案，就是由他重新领导彻查而还了陈氏清白。

我们坐在长椅上，傍晚后，人照例多了起来。和一个只见过三面的陌生人待在一起，不可避免沉默无言，我却奇怪地觉得很舒适。不远处有人搭起小舞台，轻轻弹拨吉他，低声唱着缠绵老歌。

“渴了吧？”他打破了沉默，递给我一瓶东西，“给你。”

“不醉不归！”我正听着歌走神，以为是啤酒，喝了一口发现味道酸甜，“苹果汁？”

“女孩子不要喝酒。”他自己却灌了一口啤酒，“不怕我是狼？”

我皱眉，正欲起身重买一瓶酒，秦明宇一把摁住我的手，把我拉回长椅上：“你看，天上的星星多漂亮。”

无奈，我只得坐下来：“现在空气污染这么严重，哪还有星空可看？”

“这就要看和谁一起看了。”他笑眯眯地拿过瓶子轻轻一撞我的，“干杯。”

“今天那宗方氏杀妻案，你……你怎么看？”过了很久，苹果汁已经见底，我突然开口。

秦明宇却没有回答，他的双眸在夜色中愈加迷离：“我忘了告诉你一件事。”

“我喝威士忌、白兰地都不会醉，唯独啤酒，一杯倒。”话音刚落，他就倒在我的肩头。

"喂！"我下意识想挪开，见他真是醉得不省人事了，只好咬牙搀扶起他，"住哪儿？"

他含混不清地说了一串地址，末了道："刚还了你的五角恩情，这回又该欠你了。"

我像被考拉熊缠住的树干，艰难地移动，一路上有行人不时回头看看。

"下次得再见了。"秦明宇的头又往我颈窝处靠近三分，似心满意足。

那柔软的头发仿佛带电，酥麻的触觉，一时竟然让我恍惚。

第三章 真情

在法证部物理组工作的中学闺密，一日突然得空找我聊天。

"我们的上司秦sir人称黑面关公，为人公事公办，做事严肃规矩。"她随后羞涩地补充，"不过也是因此才有男子魅力。"

魅力？

我冷哼一声，如果以那晚的遭遇作为考核他的标准，那么上述条件只符合了性别。

当我费了九牛二虎之力把他带回了他家，他却突然伸了个懒腰。

"今晚的月色和星星很动人。"秦明宇毫无醉态地和我道别，"我们会再见的。"

我揉着酸痛的肩膀，后知后觉他似乎是想揩油。

"范小姐，我们店里的新款昨日刚上市，照例黑白灰三款各一件？”服装店的导购唤我回神，她手里提着一件职业套装。

这种套装总是扣子系到让人呼吸困难，以及长及脚踝的裤装，浑身遮掩得密不透风，古板又拘束。

“我想要那件宝蓝色的及膝连身裙。”

我接过袋子，脑海里无来由地闪过秦明宇的宝蓝色领带。

巧合而已。我摇摇头，回到律所，却被吓了一跳。

“子欣，有人送花来。”同事艳羡道，“好大一束花，何时摆酒？”

我微愣，怀里被塞进一束花，蓝色硬纸包裹着二十朵红玫瑰，淡淡花香袭来。

“二十朵，表示他仅有一颗赤诚的心哦。”她继续打趣，我茫然地抽起卡片，一打开，落款笔迹苍劲有力：秦明宇。

我无语，将花拿出去让清洁阿姨帮忙清理掉。

“这么新鲜的花，刚收到就要扔？”阿姨讶异，“会不会伤了人家的心？”

我哑口无言，把花拿回办公室，左思右想，干脆拿几个瓶子来插花。

只是为了养眼而已。我安慰自己。

下班后，我从地下停车场取车出来，心里仍惦念着那束花的含义，此时一个披头散发的女人忽地冒出来，吓得我立马刹车。

她二十岁左右的模样，浑身灰扑扑的旧衣，小脸比受惊的我还苍白两分：“听说你是律师，能救我于水火吗？”

我不忍：“我不擅长打法援的官司。”

“我不是找你打官司，我只想诉苦。”

我叹了口气，打开车门让她坐下，一落座，她的眼泪就扑簌簌落下："范律师，打官司和谈恋爱有相似之处吗？"

她说他们彼此相爱，他却困于另一场水火里，最后三人都落得寡淡。

"如果你是控方，那他千万不能是辩方。"我轻轻道，"相爱不是撕破脸面，追杀夺理，而是他要当你方的证人，你们该永远一条心。"

她定定地看着我，露出一个微笑："我明白了。"

与她告别后，秦明宇就打来了电话："范大状，明晚下班后有约吗？我有专业问题向你请教。"

我"嗤"一声，挂掉电话。

然而第二日我却敷了面膜，化了淡妆，穿上那条新买的宝蓝色裙子，在他欣喜的目光下故作矜持，不拿正眼瞧他。

"哪方面的问题？"

他干咳一声："先吃饭？"

我才发现秦明宇系着围裙，里面是米色的棉衫，像足了居家好男人。

"茯苓老鸭汤、素炒丝瓜苗、酸甜排骨……"香气扑鼻，馋虫被勾了出来，他细心地给我添菜，"工作忙，也不要整天喝酒、吃速冻罐头或者杯面。"

"那你天天给我做饭啊？"我随口道。

"不忙的时候，我很乐意。"他挑挑眉。

我红着脸，他却继续说："你知道我第一次见到你是什么时候吗？是五年前，你还是法律系的学生时，有一次我突发奇想去听庭审，你坐在我旁边，'唰唰唰'记着笔记。"

"那是一宗离婚诉讼案，双方当庭吵起来，差点打架。"他缓缓道，"然后你终于停住笔，自言自语。"

我茫然，我说了什么，让他记住了五年？

"你说，你要快点挣够钱去买一间姑婆屋，孤独终老。"

秦明宇笑得眉眼弯弯："那次夜跑碰巧重遇，我也知道你成了名律师，最擅长打离婚案。所以，挣够房款了吗？"

我低头扒饭，这五年，我也愈加不近男色，恐惧恋爱。

吃完饭后，秦明宇道："天黑了，我送你回去。"

"你不是说有问题请教吗？"

"专业人士一来，无师自通。"他作揖请我进电梯，"大状，请。"

密闭的空间显得狭窄，秦明宇走近一步："你在看文件？"

"嗯。"

"孤男寡女同处一梯，按照电视情节。"他盯着下降的数字，"下一步就会被困。"

话音刚落，电梯突然急速向下滑行，随后"哐当"几声摇晃卡住，灯光最后挣扎闪烁了几下就灭掉了。

四周黑得伸手不见五指，我惊得松了手，文件掉落在地。

"再下一步你就要害怕得大叫，然后……"秦明宇摁亮手机，借助里面的手电筒看到我蹲在地上摸索，惊慌失措地大叫，"你有密室恐惧症？还是哮喘？别怕，来……来我怀里，我保护你。"

我翻了个白眼，捡起文件后起身去摁报警器。

"你不怕吗？"他尴尬地挠头。

"怕。"我朝他做了个鬼脸，"怕你吃了我。"

十五分钟后，我们总算重见天日。

“呃……我去拿车。”秦明宇刚想走，就被我叫住：“不用了，我有车。”

生性使然，我想要与人保持距离，遇见他以后，我却一次次打破自己的规矩，晚风一吹，我好像又变回原先的冷漠自持。

我从倒后镜里看到他站在我身后，孤寂又落寞。开出十分钟后，我回头一看，一个人影见我回头，忙缩进角落。

“追这么远？”

我并未多留意，心里泛起一阵柔软，等绿灯亮了便开着车呼啸而去。

第四章 谈爱

那日过后，秦明宇都没有出现在我的视线范围之内。然而，我却总感觉他似乎在背后默默跟着我，每当我察觉到的时候，他却消失不见，像是在和我捉迷藏。

“Annie，你们最近很忙？”我假装不经意地问闺密，“你都没有晒美食照了。”

“刚刚破案，不说了，我去交报告了。”

我失落地盯着手机，渴望见他真身一眼的欲望愈加强烈。

突然，屏幕里亮起他的名字，我忍住几秒，才假装随意接起。

“今晚有没有空？”秦明宇轻松道，“挨了几晚通宵，想见见你，诺士佛台有鸡尾酒舞会，下班我去接你？”

十点半的时候，我到了约定地点。

选址很偏僻，远离闹市区，废弃的房舍在一片小竹林的阴影下更显荒芜。途中很多野草丛，我小心翼翼地提着裙摆，也还是有三两枯枝轻轻划过。

“到这里来做什么？”

我心里疑惑，但想起那天的告白，又觉得情有可原。

“律师果然守时。”一道缥缈的女声响起。我左顾右盼，眼前却突然一黑，口鼻被捂住，渐渐失去了意识。

闭上眼的前一刻，我挣扎着看清她的轮廓，小脸依旧苍白，双眼却满是怨毒。

她轻声道：“范律师，你说得对，我和他应该始终一条心。”

醒来的时候，我下意识动了动手和脚，却发现都被粗绳子紧紧缚住。白布条死死封着口，灰暗的光线里，我只能看到地上堆满了烂铜废铁，铁锈味伴着空气中肉眼可见的尘埃，诡异又阴森。

“你是不是想说，你认得我的样子，我得等着受法律制裁？”她依旧披头散发，精神已经明显失常，“可是，你以为你还能有机会逃出去吗？”

电光石火间，我想起了死去的方太太，她曾给过我一沓请私家侦探拍摄的照片，用以指证她的丈夫出轨，未履行夫妻义务。

只是，那里面的女子娇俏美丽，妆容精致，同这个面庞浮肿的恶人相去甚远，以至于我竟疏忽了。

“他的年纪可以做我爸爸了，可是有什么关系。”她目光变得充满柔情，“我是真的爱他，哪怕他一无所有，我也愿意跟他一辈子。”

“可是你，你和那个女人，联手击垮了他！”她话锋一转，愤怒地朝我扔来一块铁皮，“他和我真心相爱有什么错，是她，一直嫌他乡下出身配不上她！她答应了离婚，为什么要抢他辛苦打下的半壁江山？如果不是这样……”

我闷声躲过，还是避免不了被擦伤。她继续无意识地朝我扔东西：“如果不是这样，他就不会每晚要靠安眠药才能入睡，这么痛苦……”她突然抱头痛哭，“是我杀的人，他后来才知道，为了保护我而替我认罪，他在牢里自杀了……我谋划了那么久，最终却害惨了他……”

我沉默不语，这场三人戏码，最终谁都没有好的结局，谁对谁错，只能从各人口中讲述的事实里模糊分辨。

“你害我失去了心爱的人，你以为你会有双宿双栖的好结局吗？”她恨恨道，“二十朵红玫瑰？赤诚的心？呵呵，笑话！”

我一怔，一块铁皮迎面砸过来，我顿时眼前发昏，温热的血顺着额头滑下来。

原来，那些我察觉到的背后人影，都是她。那束鲜花约会的卡片，也是她趁花店老板不注意的时候模仿字迹偷换了卡片。分明从一开始，这就是一个局，我被新鲜的恋情冲昏了头脑，而妒性和恨意充斥她的内心，她见不得别人圆满恩爱。

“你和他始终一条心，可是你自己的心，却弄丢了。”我昏昏沉沉地瘫倒在地，像呜咽一样的声音，成了我对她说的最后一句话。

相爱应是怎样？

应是始终一条心，但彼此保持最初的心意，不争不抢，各自做到无愧，不论对谁。

秦明宇曾对我说：“子欣，我对你只有一句话。”

你永远保持纯真，我保持永远爱你。

爱是彼此眼里的纯洁无瑕，无关伤痕。

“子欣，听得见我说话吗？”

我缓缓睁开眼，病房里消毒水的味道刺鼻，面前秦明宇焦急的神态让我放松下来。我伸手想要给他一个拥抱，但浑身的伤口却疼得我动弹不得。

“今晚有星星看吗？”

“有，十二星座通通都有。”他喜极而泣，弯下腰来把脸贴到我手背，胡茬扎手，“原来世上真的有一个能让人梦想成真的网站。”

“梦想成真？”我疑惑，“收费的？”

秦明宇摇摇头：“你被绑架之后，警方这边撒了几天的网都没有结果，一日我打开电脑想要查些线索数据时，突然发现了页面弹出了这个网站。”

一个名叫“换乐”的网站，只要输入你想要的，就会不日实现。

“一开始我只是抱着试试的心态，谁知道第二日重案组就查到了一个车牌号，”他道，“然后顺藤摸瓜找到了你……你那时候浑身青紫还有血迹，真是吓到我了……”

“天下会有免费的午餐？”我皱眉。

“就当作是‘换乐’帮我们实现的，我们平日那么为民服务，这个就算奖励了。”秦明宇给我倒了杯温水，不再谈及那个网站，“珍惜眼前人，失去了才后悔就来不及了……”

出院之后，秦明宇尽可能陪在我身边，备好三餐，每天电话实时追踪。我嫌他烦，他却振振有词："万一再弄丢了你，你舍得让我去找别的女人看星星？"

"谁理你。"我脸红地回嘴。

话虽如此，但我已开始习惯他每天的电话，以至于突然有一天，他的电话从早到晚都没有打来，而我也打不通他电话的时候，我心里慌到极点。

我心烦意乱地打开电视，新闻报道却赫然出现秦明宇的脸。

"今日上午八时半，政府化验所属下法证事务部新任长官秦明宇被廉署正式落案起诉，指控涉嫌公职人员行为失当罪，这是法证部近日第二宗……"

"不可能。"我哆嗦着手，"不可能。"

秦明宇向来清正廉明，凭自己真本事成为高级化验师，为人公事公办，怎么可能犯这样的错？

我颤抖着手给Annie打电话："秦明宇他……"

"你知道的。"她叹了口气，"不得保释，不得探访。"

我颓然地松开手机，那条宝蓝色的裙子像夜空，深邃而遥远。

没有一颗星星的夜空，深邃而遥远。

尾声

一年后。

于廉署而言，只要被请进闻讯室的人，几乎都不可能再出得来。

然而秦明宇是例外，因为他是蒙冤入狱，而今终于得以清白。

他向我迎面走来的时候，那瘦削挺拔的、让我朝思暮想的身影，像穿过了万丛荆棘般，在三百六十五个梦之后重新出现。阳光太刺眼，我一下红了眼。

“里面的咖啡喝到胃胀了。”秦明宇打趣道，“一年了，你想我吗？”

我点点头。

“红裙子很漂亮，是特地为了迎接我吗？”他牵起我的手。

我再点点头。

“你怎么都不说话呀？”

我停住脚步安静地看着他，拿出手机，编辑好文本给他看：我以后都说不出话了。

他惊奇地瞪大双眼：“什么意思？”

我摇摇头，继续写下四个字：心甘情愿。

在秦明宇被捕入狱后，一年来我曾找遍所有的关系，最终都是徒劳。直到最近，那个秦明宇曾经提及过的交换网站突然神奇地出现在我的电脑页面，我抱着试一试的心态登录。

黑色的花边勾勒出短短的一句话：“你需要换的话，可承诺不后悔、不遗憾？”

我想起了以前，在我还憧憬着浪漫故事的时候，曾一笔一画在日记本上写了一句话：我希望长大后，我能遇到一个为我钟情一生的白马王子，为我遮风挡雨、乘风破浪。

后来我见了太多分道扬镳的丑态，内心变得冷漠封闭，直至遇到这个一生的宿命。

“你是否确定进行本次交换，以未知的失去为代价？”

忽然之间，我明白了，原来根本没有免费的午餐，他换回了我的平安无事，却赔上了自己，当了无辜的替死鬼。

我不再犹豫。

做了交换之后，有人匿名举报缘由是法证部化学组有内奸嫁祸陷害，并附上拍摄的照片，里面是他和一个集团主席的二人酒局。后者的兄长曾于一宗刚破案的犯罪案里栽在秦明宇的手上，因此他的弟弟怀恨在心，出计贿赂内奸联手布下局。上头查明真相后，秦明宇总算沉冤得雪。

那我为此失去了什么？有一日起床后，我发现我连最基本的音节都发不出时，我才知道代价是什么。

“你是金牌大律师啊……”秦明宇红了眼眶，“我再回去坐牢，你能不能重新换回说话的能力……”

我笑了笑，低头编辑了一会儿，把手机拿给他看：素闻秦sir向来在下属面前不苟言笑，获封黑面关公，怎么到我面前就像个撒泼的小孩子一样？

他终于笑了：“我也听说范大状人称尖沙咀灭绝师太，做事干练冷漠，现在还不是小鸟依人牵着我的手舍不得松开？”

我轻轻抱住他，想起昨日意外收到的一束红玫瑰，上面是陌生的字迹，只有短短一句话：珍惜眼前人。落款是：傅吴同心。

“对不起。”过了很久，秦明宇低声道，“是我不好。”

“没关系。”我在心里回应。

是真的没关系，当不了出庭驰骋的律师，至少，我还有你。

还有为我钟情，为我遮风挡雨、乘风破浪的你，我这一生，也就足够了。

05 风再起时

来日某天再相见，
赠出这首歌，
但愿那温暖双手可永远伴我，
哪用再得到更多。

楔子

很多人都说，十二海味行的当家傅永森，他见证了数十年来的风风雨雨，岁月飘摇，却始终屹立不倒，是香港的传奇人物。

1992年掀起移民潮，许多人要么一哄去“坐移民监”，要么与伴侣分居两地做“太空人”，澳洲的月色未必美，傅永森不走，常常坐在窗台边，泡一壶栀子花茶，一坐就到午夜。

1997年香港政权交接，零时回归的时候，傅永森打开电视，那场雨很大，淋湿了那艘不列颠尼亚号，那暂时休业的五天长假期，他就坐在家里藤椅上看书，门也不出。

2002年亚洲金融危机，负资产的阴霾席卷，傅永森带领海味行所有人开拓新的销售门路，咬咬牙漂亮地挨了过去。

2003年“非典”，他戴着口罩，早出晚归，亲自给店里一遍遍消毒……

他熬过了每一个艰难的、人心惶惶的时刻，坚守在香港，留在十二海味行，哪儿都不去。跟在他身边多年的老员工们都说，他是曙光，是灯塔，他在哪里，哪里就有希望。

“傅永森，你答应我，以后要更加带眼识人。”

“你要把十二海味行继续发扬光大，我以后逢年过节都会来买花胶、刺参。”

他从春节等到冬至，从风华正茂等到佝偻白发，每逢大小节日，他都会穿着最正式的白衣黑裤，守着花胶、刺参坐在店里，一年又一年。

如今是2017年，他等那朵栀子花足有三十年了。

“请问老板在吗？”傅永森闻言抬头，手里的茶杯忽地掉落在地。

他已经老了，腰背已经有些弯曲，时常需要戴老花镜，可此刻瞳孔却霎时清明，来人和三十年前一模一样，青春俏丽，披着乌黑长直发，穿着细肩带白裙，皮肤白皙，不施粉黛。

吴碧迦见到一个鬓角斑白的老人踉跄着起身，他眉目里都是震惊，伸出手想要触碰她，又怕那生出零星斑点的手吓到她，只好屈指收回。

她也一惊，于她而言不过是几天，对傅永森来说，已经三十年了。

她觉得他老得太快，可他却在那么不为人知的漫长岁月里等到花甲，身边的同龄人早已儿孙满堂，只有他孤苦伶仃一人，守着仅有的两次值得留恋的记忆，无望了数个春秋。

"你是……你是碧迦？"傅永森的声音沙哑，他闭了闭眼，又睁开，面前的人和三十年前的轮廓完美重合，依旧是这么年青，"怎么可能……三十年了……"

妖怪才能长生不老，心中的爱人，不朽是在心里，怎会现实也是？

"是，我是。"她莞尔。

吴碧迦环顾了一下海味行，金字招牌依然在，她用第四笔交换审批延续了傅永森十五年的寿命。他没有骗她，她查了资料，他确实把海味行做得很好，即便在传统行业不景气的今时，他也有聪明的头脑去做电商，做推广，生意照样红火。

在香港，依旧无人不识十二海味行，它依旧是香饽饽。那纨绔四叔永远沉寂在了澳大利亚，没有回来的机会，而傅之远，也不会再被联姻缠身。

不过，在找傅之远之前，吴碧迦还是决定先来海味行，她曾答应过傅永森，会再来见他。

"你这些年过得好吗？"吴碧迦笑眯眯地把手里的果篮递给傅永

森，“我晨早就去油麻地买来的，很新鲜，你尝尝。”

傅永森温和一笑：“我过得很好。”他低头看了看，果篮里面都是适合老人家吃的品种，草莓、橘子，绵软易入口。

那一刻，他的心里突然无尽悲凉。

“我老了……”傅永森喃喃道，“可为什么你还是这样呢……”

她不知道他等了她三十年，她只纯粹以一个后辈的身份来拜访对她有恩的老人。所以彼时的她听不出那话语背后的悲伤：“我骗了你，其实我是掉入了时空旋涡，去到三十年前，所以遇见了你。”

傅永森定定地看着她，她眉眼里都是笑意，毫无促狭。

时空旋涡，他迷迷糊糊地想，这多像一场梦啊，一梦三十年。

“你过得好吗？”傅永森轻声问。

吴碧迦点点头，想了想，又摇摇头：“不过我想，会好的。”她穿着那白衫，像翩跹的蝴蝶，低头选好花胶、刺参，“来，帮我称。”

傅永森看了看，颇为惊讶，她是懂行情的，挑的都是上乘货色：“你是内行人？”

“有人教了我两年。”她浅浅一笑，又假装不经意地问，“我看网上说你有个侄子，他有没有带过女朋友来海味行看过你？”

“嗯？他有女朋友吗？”他丈二和尚摸不着头脑，“可能是没遇上我在的时候——你怎么问起这个？”

“没什么。”吴碧迦不以为然地耸耸肩。傅之远从来没有带过她去见过他的家人，总说再等等，哪怕命运重来一次，也还是没变。

她递上钱：“喏。”

他把她递过钱来的那只手轻轻地推开：“送你的。”

“送我？”

“就当是送给梦和命运吧。”他几不可闻地叹了一口气。

“那，有缘再见！”吴碧迦朝他挥挥手，提着袋子离开了海味行。

桌上有一面镜子，傅永森定神照了许久，那里面的男人白发丛生，皱纹在脸上书写着光阴的残酷。

他拈了一颗草莓入口，极酸，比眼眶还酸。

回到家后，吴碧迦忙着动手洗食材，她今晚要煮一锅两人份的花胶汤。

摁了炖盅开关后，她终于闲下来，拨通了傅之远的电话。

如今的傅之远，没有各种集团千金的骚扰，没有花花绿绿的联姻绯闻，他仍然是爱她如初的傅之远。

想到这里，吴碧迦的心情不免大好。

“傅之远，我炖了花胶汤，你今晚……”

“吴碧迦，”那头沉默了很久，只有风声呼啸，“我们分手吧。”

是和那天一模一样的噩耗。

吴碧迦愣在原地，手脚冰凉，她听见自己问：“理由？”

“我们不合适，家世、背景、性格都差太远。”傅之远冷声道，“我已经买好今晚的机票，我以后会在国外定居，不再回香港。”

“和谁？”她捏紧沙发靠垫。

“一个人。”他的话如一把利刃，“终身孤独，都不愿与你共度。”

吴碧迦维持接电话的姿势很久很久，直到臂肘酸痛，她听着那连绵的“嘟嘟嘟”声，像是在嘲笑自己的愚蠢天真。

不爱就是不爱了，没有那么多痴心换情深。两年情意，负心一场，他们终成陌路。

她心灰意冷，把厨房里的汤“哗啦啦”倒掉。

紧接着，那肥头大耳的老板又打来了斥骂的电话：“原始数据错漏百出，还有那游戏策划案，小学生水平……吴碧迦，你以为你很了不……”

她干脆关掉手机。

打开电脑后，吴碧迦蓦地感觉一阵冷风吹过，她清醒过来：“对，换乐网站。”

她没有办法改动代码使得网站销毁，心一横，正欲拿起电脑往地上砸碎，那个用黑色花边点缀的页面突然亮起，系统的声音阻止了她：“吴小姐，你别冲动。”

吴碧迦冷笑一声：“我冲动？我就是因为不冲动才帮你们做了那么多桩坏事，自己也落得这般下场。”

她害得那些有情人的姻缘线支离破碎，被诬陷的、失去枕边人的，还有躺在医院病床上的，惨剧一幕接一幕，鸳鸯失散。

“我并没有因为换来的心愿而挽回和傅之远的感情，一切都没有改变。”吴碧迦开口，“罢了，我和他散了就散了。”

“事情不是你想的这么简单。”那声音说道，“也远超你的想象。”

“我没兴趣。”

“你想不想知道真相？想不想知道为什么傅之远在你们相爱两年后一反常态，始终都要推开你，不论是接受联姻，还是改变历史之后的出国独居——这是他最大的秘密，也是你生命的重要转折点，吴小姐，你就真的不感兴趣吗？”

秘密？

她抿嘴道："是不是要审批第五笔交换才能换取心愿？"

话音刚落，屏幕上就显示了一个女生的面容，她在漆黑的小小蚁巢里，一开始有些犹豫，担心这个网站的真假。

假作真时真亦假，信与不信，都是命中注定。

"你需要换的话，可承诺不后悔、不遗憾？"

"你是否确定进行本次交换，以未知的失去为代价？"

等他飞黄腾达，是会爱你如初，还是弃如糟糠？

待风再起时，那颗真心，会不会永不熄灭？

第一章 名角

我回到办公室后还没放下相机，阿美就火急火燎地冲到我面前。

"明晚的万千巨星电影奖典礼……"

我低头看着刚刚拍到的照片，甫一毕业就接连拍了几部片的小花，和号称厌恶娱乐圈规则的某知名已婚导演亲昵地拥在一起，不枉我蹲在草丛边被蚊子咬了三个小时。

"时间地点我都清楚了，对了，这一次的头条，版面很有可能留给陈露，前男友的劈腿对象和她同时入围最佳女演员奖候选名单，不知鹿死谁手……"

更讽刺的是，主办方为了博眼球，竟把她们俩的位置安排在一起。

无论穿得多么华丽，在大屏幕下笑得多么无懈可击，内心一定恨不得把曾经伤害过自己的人千刀万剐，可是打碎了牙和血吞，伤痛只能自己扛，这就是生存法则。

而身为娱记的我们，则是让他们不得“安宁”的苍蝇、蚊虫。

“三人行的新闻已经被炒烂了，还有什么上头条的价值？我要说的，另有他人。”

“谁？”

“我收到知情人爆料，今年的最佳男演员奖，林铭凡是铁板钉钉了。这小子，去了美国镀金一年，拍了两部片，票房口碑赚齐了。国外拿钱，国内拿奖。”阿美啧啧赞叹。

我停下手中的动作：“也就例行做个群访。”

她神秘地凑在我耳边：“你想想，原本在港岛默默无闻的十八线小角色一夜爆红，受到国际名导青睐一跃坐到男主角的位子，偏偏身上一桩绯闻都无，不觉得奇怪吗？”

我不说话，阿美却继续道：“娱乐圈没有清白，他也不会例外。拿了奖之后风头这么盛，自然近身的花花草草不会少，等会儿颁奖结束后去尾随他，你猜猜后日的头条……”

她眼里闪着精光，我却心里一震，下意识地回道：“他不是这样的人。”

阿美无所谓地耸耸肩，只是自顾自地在电脑上浏览着林铭凡的照片：“这些绯闻假作真时真亦假，一年前谁能想到，他这样一个无名小卒今日会红成这样。”

我顺着她的视线看向电脑，屏幕上的男人英俊挺拔，穿一身熨得硬挺的灰色西装，像极豪门贵公子。

是啊，很久以前，谁又会料到，林铭凡会有今日呢？

我初见林铭凡，是一年半前。

彼时我刚应聘到《星报》当娱乐记者，虽不必伏低从斟茶递水做起，但能分配给我的都是些不受重视的项目。

比如做一个专题，采访电视台的配音演员。

“你在配《我与天使有个约会》这部动画片的大头魔鬼一角时，是如何营造一种阴森恐怖的气氛的？”

“你配的大都为可爱少女，那你最喜欢的是哪一个角色？”

“你……”

尽管看似是内容深刻的专题报道，但在以大胆出位为噱头的娱乐周刊里而言，这不过是补齐版面的豆腐块。

所以我结束采访后，打了一个大大的哈欠。

“于……于记者，你好。”喊我的是一位穿着灰色衬衫的男人，衬衫大抵是藏在衣柜底下很久，褶皱已经熨不太平。他头发有些蓬乱，眉目倒是好看，却难掩紧张。

“你是？”我刚问出口就记起来了，他刚刚混在十几个配音演员中间回答了一个小问题，被问到的时候紧张得话都说得结巴。

“林先生是吧，怎么了？”

“我刚刚没答好，给你添麻烦了。”他深深地鞠了个躬，“我现在没那么紧张了。”

我朝他摆摆手，准备离开。

“我叫林铭凡，我不只是会给动画片配音……”林铭凡急急地拦在我面前，额角都冒出汗，“我虽然是配音员，但梦想做一名演员，我每天都看斯坦尼斯拉夫斯基……”

“那又如何呢？”我平静地打断他，对着他的双眼看了十余秒，直到那簇星火渐熄，“进到这个圈子的，谁都有梦想。林先生，你的梦想，未必比他人的值钱。”

生存法则最残酷的，是你永远不知道下一秒，那些梦想是金珠，还是碎灰。

我再见到林铭凡，是在一个比较狼狈的时候。

一个记者前辈被一个名不见经传的嫩模找上，想要在她和某奶油小生约会的时候“偷拍”几张，炒炒绯闻。

这类无名新闻用多花哨的标题修饰也未必有广告醒目，前辈原本想推，又不舍对方给的酬劳外快，就干脆差使我。

“子园，这是磨炼的好时机。”前辈假意鼓励，“新人总归要一步一步来。”

“谢谢前辈关照。”

谁都清楚，等此报道出来，酬劳依旧大部分落进他口袋，他亦赚得时间去挖独家大头条。

无奈，我只得跟在那嫩模身后踏遍西九龙，她东躲西闪，似乎唯恐路人发现，目光却巧妙地落在我的镜头里，与小生勾肩搭背的每个角度都上佳。

最后一站是油麻地，他们闪进了人满为患的地铁站，我也完成了委托，终于松了口气。

两条腿灌了铅，我走到庙街后再走不动，随意找了间大排档就坐下。

永兴里的大排档永远亮着大灯泡，灯火通明，每一桌都在吃着聊着，猜拳斗酒的喧闹声同海鲜味混杂在一块，只着汗衫的男生们用牙齿咬开啤酒盖，喝得泡沫溢出。

“老板，要一碟酱爆东风螺，还有鲜鱿煲仔饭，加一杯冻柠茶。”

老板把菜端上来的时候，我正坐在角落，看着那灯泡下嗡嗡的飞虫发呆。

他憨厚地笑了：“小姐，不找个男友帮你挑螺肉吗？”

我顺着他的视线看去，后桌的男生细心地用牙签帮女朋友挑出螺肉，在碗里堆得冒尖，女生怡然自得地大吃一顿。

“我懂得自力更生。”我撇撇嘴。

我刚灌了大半杯冻柠茶，远处突然传来几声吼叫。

手一抖，我险些噎住。

这类声音我太熟悉，在九十年代的古惑仔系列电影里出现得最多，拉帮结派的江湖人挥舞着手里的刀光剑影在街巷里穿梭追杀。然而，被整治已久的庙街，按理来说，很久都没有这般狂妄的事情发生了。

可是，不循常理的事实在太多，遇上了也只能认命。

“还愣在这里？”林铭凡是这时出现的，他骑着辆破破烂烂的单车忽地在我面前刹住，“上车。”

“可是我的炒螺还没动过。”我哭丧着脸。

他僵硬地扯了扯嘴角，随手在前篮里递给我一个袋子：“装进去。”

那群人越来越近，我来不及思考，一把把东西倒了进袋子，坐上他的后座。

林铭凡铆足劲踩得飞快，我一只手拎着袋子，一只手虚虚扶着他的腰，不时触到鼓起的几块硬邦邦的肌肉。我脸一红，想缩回手，又怕摔倒，只好在晚风呼啸而过的时候努力让脸降温。

不知骑了多久，直到我已经饿得快要昏倒时，林铭凡停住了车，转身道：“安全了。”

我打了个激灵，看了看四周：“载我来这算命吗？”

街市街胜在幽暗僻静，算命的小摊最多，我道：“看手相、面相，还是算塔罗牌？”

榕树头下有很多年轻人，掌纹交错间，就是命中注定的一生。

林铭凡只是摇摇头：“我不信命运。”

很久之后，我们才知道，即便不信，但种种因果，都由不得我们掌控。

而如今，他眉眼满是淡然：“‘你命有煞星，印堂发黑’及‘你将遇贵人，逢凶化吉’的大师说辞，有几分真几分假，我心里有数。”

我没空搭理他，五脏庙已近炸裂，溢出酱汁的袋子里香味依旧：“你要不要吃一……林铭凡，你这袋子里面原来装的是什么？”

他反应过来，干笑两声：“邻居三婆让我扔一袋青枣核，袋子不重，走得急，我以为是空的……”

“你也不重，我怀疑你脑里是空的。”我啐他一口。

他小心翼翼：“那我给你挑螺肉？”

肚子实在饿得厉害，我靠在榕树下不停翻着白眼。林铭凡急忙跑到邻近的档口里给我买块面包。

我接过面包后，他便顺势斜斜倚在树边：“你们做娱记的可真够累的，跑前线追新闻，迟一步便没饭吃。”

我满脑子都是今晚那桩绯闻，咬着面包敷衍地点头：“那当然，只要和圈里沾边的新闻，全都与我们有关。”

“那比如新剧组的试镜资讯，你们也有渠道？”林铭凡突然问了一句。

一口面包哽在喉间，我觉不妥，把剩下没吃完的塞在包包里：“很晚了，我先走了。”

拿人手短，吃人嘴软，总归说多错多。

我刚转身想要离开，林铭凡却伸手拦住我。

“刚才我只是好奇而已，你别介意。”他笑道，“见面一场也是缘分，不如我表演一段给你看看？”

“我没……”我皱眉，拒绝的话还没说完，他就直截了当打断我：“那我来一段发哥的。”

无奈，我只好拈着根树枝把玩，余光不经意瞥过他，却不由得呆住。

林铭凡的脸上出现了一种复杂的神色，有隐忍，有悲壮，都用看似轻佻的表面所掩盖。他入了戏，叼着根牙签蹲在地上，微微仰头：“你试过让人用枪口对着头吗？”

明明是用调笑的语气说出来的，但分明悲凉入骨。

“十二年了吧……我发誓，以后再不会让人用枪指着我的头。”

他说得很慢很慢，说这段台词的时候一直死死盯着我，眼里的猩红血丝斑驳。

“怎么样？我演得还可以吗？”过了很久，林铭凡整个人恢复了平静，他紧张地问我。

我没说话。

“很……烂吗？”他颓然地垂着头，“很烂吧，你直接说吧，我承受得住。”

我呆滞地摇头：“你早生三十年，吴宇森一定把小马哥的角色给你演。”

林铭凡愣了一下，随即反应过来我是在称赏他，眼里原本死寂的灰霾，一下如倾泻了银河星光。

“你是第一个。”他低喃着，伸出手来想触碰我，“于子园，你是第一个。”

“什……什么？”我下意识往后退了一步。

“你是我的第一个观众。”他缩回手，声音有些沙哑，“谢谢你。我发誓，以后再不会让人看低我。”

他攥紧了拳头，又松开。

“认识你真好。”林铭凡缓缓道，“不然像我这样的空有梦想的圈外人，怎么卖力都没人驻足。”

“你别灰心，你演得很好。”我安慰他，“你还年轻，有大把机会，总有角色适合你的。”

他莞尔一笑：“承你吉言。”

榕树头上的皎洁月光盈盈映在他的发梢上，柔和的光静淌过此刻时光。

第三章 保护

“阿美，你知不知道最近有什么需要新人试镜的戏？”

阿美挑挑眉看我，似笑非笑：“你想转行？”

我欲言又止："嗯……帮一个朋友问问。"

"朋友？"阿美叹了口气，"迫切想要和狗仔当朋友的，能是什么人？子园，你从做这个行业开始就应该明白，大多数时候，我们都是过街老鼠。只有刚出道渴望博热点的新人才会想要和我们攀亲，恨不得做一辈子老友。可是用完我们，等红了之后呢？他们就会翻脸不认人，和我们速速撇清关系，控诉我们不给艺人隐私空间。"

我被她的话噎住，过了很久才反驳："他不是这样的人。"

可是话一出口，我却心乱得很，他不过是一个只和我见过两次面的陌生人，人生如戏，谁又知他是几分真几分假？

"以后你就知道他是怎样了。"阿美说道，"对了，上次那个嫩模说炒得不够劲爆，让你今晚再跟一趟。"

我耷拉着头："不会又要像个陀螺一样转遍十八区吧？"

"再忍忍，她才拿了支果汁广告，是还会再贪点。"

兴许是那嫩模想塑造一个平民女王的公众形象，这晚她照例假意曲折躲闪后，又避进了油麻地，不同的是，她和另一个三流男演员遁入了黑漆漆的楼道里。

这是一间旧唐楼改建的小旅馆，我靠在路牌边昏昏欲睡，等待指示。

半夜一点，我眼皮都快合上，终于等到她悠闲地携伴下楼，她刻意挡住身边人的视线，朝我挥挥手，我连忙抓好角度偷拍了几张。

他们走远后，我整个人几近瘫倒。连续加了几个夜班，我实在累极了，四周已算荒无人烟，晚风有些凉，我抱紧了相机，靠着牌柱就迷糊睡了。

我醒来的时候，身上披了件灰色衬衣。林铭凡用手轻托着我的脑袋，见我睁眼，皱眉道："你还真是胆大，路边都敢睡熟，万一不是遇上我，而是遇上坏人了怎么办？"

他只穿了件白色背心，微有亮色的天空漫着淡淡的云，风有些大，我忙把衬衣脱下递给他："谢谢，你怎么会来？"

林铭凡正低头系着纽扣，闻言顿了一下："那个，果栏就在附近，我帮我爸卸完货，发现货车司机送少两箱榴梿，就追过来了。"

"我还以为你大半夜的跟踪我呢。"我站起身，随意打趣一句。

"你想多了。"他脸色有些尴尬，看了看我，"一个女孩子大半夜的睡在路边，不怕被劫财劫色？"

我刚想开口，肚子的声音却替代了回答。

"饿了？"他问。

我尴尬地点点头。他笑着扛起两箱水果，示意我跟在他身后："想吃什么？"

林铭凡的家很老旧了，木板楼梯被踩得嘎吱作响，他拉开铁闸门侧身让我进去，里面几乎就是蚁巢，堆满了杂物。

"这是我和弟弟的房间。"他指了指一间有上下床的房，地上都是二手影碟，掉粉的墙上贴满明星海报。

很快，林铭凡从厨房端了一碗刚煮好的面条："来来来，新鲜出炉！"

"你真的很想要拍戏吗？"我却没有下筷，只是坐在他对面问他。

"我从小就梦想考艺员训练班，可是无权无势，争不过别人，连入行资格也拿不到。"蒸汽如雾，笼罩着他的双眸，"我父母都是卖水果的小贩，从小我对他们的印象就是早出晚归，永远在进货、点数，咬牙供我们兄弟俩念书。"

“幕后总比幕前容易入行些。”他自嘲，“那是我唯一一次跪在地上，求着一个前辈带我做配音员。他就用手戳着我的脑门说……”

“说了什么？”我的心抽疼。

“他说‘你一辈子也红不了’。”他笑得很大声，“后来我也做到了现在，配配动画片，还有那些‘老当益壮，我用大壮’之类的广告词，混些外快帮补家用。”那笑声越来越寂寥，“只是有时在电视台，看着他们拍戏，说不羡慕……都是假的。”

“所以你有什么好机会，记得关照关照小弟我呀。”林铭凡轻咳一声，“苟富贵，我不会忘了你的。”

阿美的话像是在此刻敲响了警钟，我警惕地放下筷子：“什么意思？”

我反应有些大，他随即慌忙道：“我刚开玩笑的，你别放在心上。”

“其实你演技方面很有天赋，坚持磨炼，即使不能大红大紫，也会离梦想近很多的。”我叹了口气，定定地看着他，“你很好，你也会成为更好的自己。”

空气仿似在此刻凝结，林铭凡原本灰暗的双眸像被渗入点点星光。

“你说得对，我不会放弃的。”他突然道，“昨天陈菲导演来棚里找总监，听得我音色不错，想找我演一部歌舞片的小角色。”

陈菲？那个人前知书达理、温文尔雅的高学历女导演，实则在媒体圈早就烂透口碑的陈菲？

我急着放下筷子：“那个陈菲不是好人，我们有同行拍过她经常组织一些和小生的……嗯，颜色聚会，但碍于她财势雄厚，每次都提前买回了底片，才没有爆出来。”我拽紧他的手臂，“她不是什么好人，你别去。”

“我做事光明正大，不怕。”林铭凡揉揉我的头发，“你放心好了。”

我被这突如其来的温柔动作击中了心窝，一时竟忘了反驳。

林铭凡自然没有拍成这部戏，不是因为陈菲的越轨骚扰，也不是他的实力不够，而是因为我从中阻挠。

那晚陈菲约了他去喜迎楼谈合同，我偷偷守在包厢外面静候时机，待侍从推车送甜品进来前，我故意同他说隔壁包厢要换菜，趁他离开时，再把餐车上的两份芒果千层换成我买的榴梿千层。

侍从一头雾水地再回来推车进去后，果不其然，十分钟后，陈菲尖叫着冲了出来，狼狈地逃走。

我掩掉笑意走进房里，林铭凡一脸错愕地坐在椅上，手里还叉着一块榴梿千层。

“怎么回事？”我装作很惊诧，“我在隔壁做采访，看到陈菲落荒而逃。”

“她吃了口甜品，脸色就变了。”林铭凡摇摇头，“然后她见我吃得欢，脸色更难看了。”

我随意瞥了眼桌上的甜品，反问他：“榴梿好吃吗？”

他茫然地点点头：“我觉得很好吃。”

我憋住笑意：“嗯，那就对了。”

陈菲除了喜好潜规则外，还有一个鲜为圈外人知的大忌。据说是她幼年时随继父在东南亚一个庄园长大，那里种有一大片榴梿林，她的继父为了促成一单单生意就让她委身应酬不同客人，地点就在林子附近。

所以她自此一闻到榴梿味就会想到那痛苦的过去，最恨喜此之人，绝不会有合作。而她长大后扭曲的性格，也是因为童年阴影所形成的。

没有平白的好人，也没有无故的坏人，一切有因有果。

“于子园！”林铭凡忽地看着我，“是你做的吧。”

我一时语塞，涨红了脸：“我不是……我只是……”

那双眸子太过凛冽明亮，他低下头，鼻尖碰上我的，双唇翕动：“为什么要这样？”

“我害怕你受骗受伤，我害怕你看到自己的梦想碎裂之后会难过，我……我想保护你！”我一股脑地吼了出来，不敢看他。过了很久，他贴着我的额头，叹了口气。

“让你保护我，我配不上。”林铭凡缓缓道。

我错愕地抬头，只见他的眉眼里都是痛苦。

“我说谎骗了你，对不起。”他把我松散的碎发别在耳后，“你在油麻地偶遇我的两次，都是我刻意跟踪你的。我当时被欲望蒙了心智，靠近你，是想要利用你娱记的资源帮我入圈，助推我一把。”

我像被一盆冷水浇头：“利用我？”

“对不起，我……”

我看着他痛苦的表情，觉得十分讽刺：“这样好的演员，怎么就埋没了呢？这样好的演技，吴宇森导演没见到，真是可惜了。”我面无表情地推开他，走到门口，又停了很久，“林铭凡，请你收起你的那一套，你哪句真哪句假，恕我难分辨。”

“你信我，我以后对你只有真心真话。”林铭凡在我身后道，“让你保护我，我做不到，所以以后，换我来保护你，好不好？我会证明给你看，我会成为更好的自己，我会有能力遵守承诺。”

我终是没有回头看他，那条空旷的走廊，只有我一人孤独地走到尽头。

第四章 相爱

那天之后，林铭凡仿佛人间蒸发，将近一个月没有找过我。

“最近在跑什么新闻？”阿美见我木木地盯着手机，以为有什么猛料，“这次是花旦还是小生？”

我机械地回答：“上次那个嫩模炒了两次，拿了几个小品牌的站台机会，慢慢有了一些资源，就不需要我们了……”

阿美好笑地在我眼前晃了晃手：“答非所问，失恋了？”

“都没恋，谈何失？”我叹了口气，决定还是拿相机出去跑新闻。

我经过一家杂货店时，电视正在放《宝宝战警》这部动画片，那道刻意童稚化的声音，让我的脚步迟迟无法迈出。

人来人往，红绿灯来回交换，我和几个小孩子站在栏杆边，看着那个宝宝战警如何打倒怪兽，拯救世界。他们拍手叫好，我却只是眷恋那声音背后的主人。

林铭凡的电话是这时候打来的，我迟疑了许久，在铃声坚持不懈响了半分多钟后还是忍不住接起。

“你在哪儿？”

我握着手机站在原地，听着那头浅浅的呼吸声，始终没回话。看着屏幕里闪动的画面，我忽然有点想笑。

于子园啊于子园，被人这样利用之后，你还记挂着他迟迟不来找你？

“子园，你还是怪我吗？”林铭凡轻声道，“我本来想认真靠自己做出点成绩再找你，但是忍不了，好想见你。”

他说，这个月里，他常常去拍外景的片场蹲点，抢得头破血流，终于争取了好几个跑龙套的机会。

他说，他一直想着我。

“以前我总埋怨怀才不遇，空有梦想理论，在朝九晚五的工作下也懒得去拼搏争取。我想一夜成名，想大红大紫，从不愿去为小角色劳碌。”他的声音似羽毛，“可是遇到你之后，我愿意去头破血流了。”

那羽毛柔软地拂过我的心窝，却如重锤般震撼。

“世界充满真善美，人人都会被爱感化！”那一集动画片接近尾声，威风凛凛的宝宝战警站在山顶，双手握拳冲着天空喊出口号。

“我不怪你了。”我释怀地笑道，“世界充满真善美，人人都会被爱感化。”

后来，每当有空闲的时间，我都会跑到片场看他。林铭凡并没有剧本，很多时候连台词都没有，被化妆师粗鲁地抹一把灰，导演一声令下就躺在地上当死尸背景。

他从无怨言，尽职琢磨好每一次的死法，我就拿着水站在不远处，等他结束拍摄后躺在地上睁开眼看向我，他的眼睛亮晶晶的，好比星辰。

“林铭凡，你演得真好。”我笑眯眯地望着他。

“明日那场你要来。”林铭凡牵起我的手，“明日演太监，有台词的。”

等到第二日我赶到的时候，见到的就是他低眉顺眼弓着腰，偶尔说一句“喳”。

主角永远保镖助理傍身，等戏拍完，立马有人上来带到房车，伺候温水披上大衣。林铭凡穿着单薄的戏服，瑟缩在一边角落。

我跑过去，把他冰冷的手焐热。

“陪我对个戏。”他突然道，

我被他拉近，正困惑，他却把我的手带到腰上：“拥抱。”

我照做，他却摇摇头。

“还不够紧，是这样。”他加深力度，哄道，“像这样。”

“然后呢？”

“然后……”他的脸越靠越近，唇间温暖，“这样……”

我迷迷糊糊地被他吻着，似被抽尽氧气：“下场你要拍吻戏？”

“不是。”他的声音低沉，“是我假戏真做。”

“我不是什么有钱人，不能给你大富大贵的生活。”林铭凡松开我，单膝下跪，打开一个盒子，里面有一枚银戒，“但我会尽我所能给你最好的。于子园，你愿不愿意陪我，在我为梦想奋斗的时候，身边一直有你？”

他穿着宽大滑稽的太监服，仰起头看我。

“我们……会不会太快了……”我有点不知所措。

“不会。”林铭凡轻道，“我只跪过两次，第一次是屈辱，第二次，是因为爱你，以后也只爱你。”

水雾模糊了眼眶，我擦了擦眼泪，把那只湿漉漉的手递给他：“我答应你。”

那之后的两个月，是我们最快乐的岁月。我答应了他的求婚，却没有答应去领证，但仍尽职做好他的林太太。

“为什么不和我领证？”他埋怨道。

“证不过是形式，我们在一起就好了。”我没有告诉他真话。如今他已半只脚踏入娱乐圈，总有概率能飞黄腾达，若是刚出名就被挖出是已婚，神秘感失却，就不会有炒作的价值，而且女粉丝们也不会买账。

我不想连累他，他的梦想至贵。

有一日，林铭凡很晚才回来，一声不吭，沉默地坐在椅子上。

“别开灯。”他朝我招招手，“子园，过来。”

我蹲在他脚边仰头看他，屋里很黑，只有窗外淡淡的月光洒进来，显得那侧脸柔和又哀伤。在朦胧的阴影下，他嘴角的瘀青、血痕也仿佛被掩盖。

“你……”我颤着手想要去触那伤口，林铭凡却握住我的左手无名指，慢慢摩挲那枚银戒：“我没事，是我演武替没演好，NG太多次，难怪对手演员生气。”

“总归要吃苦的。”他吻了吻我的指尖，“子园，会好的。”

我沉默地到厨房煮鸡蛋，出来后，林铭凡已回到房里疲倦地睡去。我给他盖上棉被，他的嘴角肿了起来，许是做了噩梦，他睡熟时都皱紧眉头。

我睡不着，到客厅里打开电脑。收藏夹里有一个新的链接，是今早我上传照片时无意间点出来的网站。我本想关掉，鼠标却始终停留在那个页面上。

幽冷的光映出我的轮廓，黑色的花边勾勒出短短的一句话：“你需要换的话，可承诺不后悔、不遗憾？”

我看着这个名叫换乐的网站，换乐，是交换乐趣，或是换走乐趣？

“是真是假？”我有些犹豫，在输入框里打下一行字：让林铭凡一夜成名，实现梦想。

“你是否确定进行本次交换，以未知的失去作代价？”

我下意识抚了抚无名指，戒指很吻合尺寸，简单无装饰。没有耀眼钻石，没有盛大婚礼，没有金山银山，林铭凡能给我的，只有他自己。

第五章 负重

从回忆里抽身之后，我像被抽尽了三魂七魄。

万千巨星电影奖晚会正颁到最佳新人奖，穿着礼服长裙的女星笑容满面地拿过奖座。

“你看，”阿美和我站在台下拍照，摁下快门后，她凑在我耳边，“这就是以前求我们做事的嫩模，人红了，刚刚后台见到你，正眼都不瞧一下。”

我只是笑笑，心里却恍惚地想，那林铭凡，你在被众星拱月的今天，又会不会记得曾有一个我？

“别走神了。”阿美拍拍我，“重头戏来了。”

“下面我们来揭晓最佳男演员奖。”嘉宾掀开名单，“得奖者是——在《风光传说》里面有精彩表现的，林铭凡！”

星光熠熠下，舞台灯光华丽旋转，在掌声中上台的林铭凡英俊挺拔，穿一身熨得笔挺的灰色西装，对着镜头满满都是傲人的自信。

“谢谢颁给我这个奖。”林铭凡朝着镜头举了举奖座。

一年未见，他已不再是当初那个为了一个鸡肋采访，翻箱倒柜找出一件攒了很久钱才买得起的名牌衬衫，又舍不得穿的林铭凡了。

最绚丽的灯光打在他的轮廓上，像是星辰簇拥。

“我现在时常在想，如果从这一刻起，十年、二十年，甚至永远都不会再有人看我拍戏，那我会怎样？”

“可是，我以前不就是这样的吗？只有趁没有灯没有人的时候才敢摸黑模仿练戏，演得好，自己给自己鼓掌；演得不好，安慰自己下次加油。”

“然而有那么一个女生，哪怕我们的最初并不美好，可无论我演小丑、死尸，还是只会说一句‘喳’的太监，她都会一直陪在我身边，真心实意地说‘林铭凡，你演得真好’。所以我想着想着就想通了，哪怕有一天跌入谷底，只要我身边还有她，我永远都是最骄傲的林铭凡。”

“演戏有千百种假面，可对你我只有最真的一颗心。”他笑容如和煦春风，“今天是我们结婚一年两个月的纪念日。以下这首歌送给我的太太，《你的名字，我的姓氏》。”

他的歌声太过动人，我手上那锥心的疼痛仿佛都减轻了几分。我看着一年未见的他，眼泪默默地流了下来。

从此以后，无忧无求，故事平淡但当中有你，已经足够。

“快乐童话像你我一对，已经足够。”林铭凡唱完后，台下寂静一片，只有他的声音缱绻绕梁，“林太太，我好想你，你回来好不好？”

一年前，在我去换乐网站做了交换后，原只是抱着试一试的心态，但是两三天后林铭凡回家时，脸上是从未出现过的欣喜若狂。

“有好消息？”

他点头，抱起我转圈：“你说我是不是被砸馅饼了？今早在片场有个大胡子坐在一边，我演一个大哥的小跟班……结果那大胡子跟我说，他是好莱坞的什么纳森导演，看中了我，想要签我……”

他像一个拿到糖果的小孩，只差手舞足蹈。

末了，林铭凡温柔道：“子园，同我一起去美国好吗？”

一周后，饭桌上多了一张给我准备的机票，启程前夕，我给林铭凡收拾好了行李。

“你怎么不收拾你自己的？”他疑惑道。

“我就几件衬衫、牛仔裤，去那边再买日用品。”我拉上皮箱，“明早我有点事要办，你先去机场等我。”

第二日，林铭凡在机场给我打了无数通电话。我躲在柱子后面，电话里他已经十分焦躁：“子园，你在哪儿？航班快要起飞了，再不来就过不了安检了。”

我缓缓踱步走到他身后，他似有察觉，正想回头，我却轻轻用左手捂住他的双眼：“不要回头。”

他的长睫毛在我手心里颤动：“子园。”

“答应我，不要回头。”那是我唯一一次脱下无名指的戒指，那里已有一圈淡淡的白印，“你好好去完成你的梦想。”

我最初确实想随他去美国，可是有一日他拿了份文件回家，神色阴郁，我问了许久都问不出结果。趁他晚上睡着后，我找出他偷偷藏起的那份合同，里面的附加条件清楚地写明，被签约的艺人五年内不得恋爱，否则将视为违约，永久封杀。

林铭凡想瞒着我一意孤行带我去美国，但是纸包不住火，若被发现，他辛苦赢得的机遇就会付诸流水。我在他身边，始终是负累。

有得必有失，这就是代价。

“不要走。”林铭凡的声音有些哽咽，他用力地想要掰开我的手。

“答应我。”我松开手，“不要回头。”

过了很久，他终于一言不发地往前走去。

他走得很慢，可哪怕再慢，那都成了背影。

一年来，林铭凡没有再和我联系，我偶尔会在网上的路透照看到他的模样，在零点首映场时一个人坐在影院中央看他主演的影片，他清瘦了许多，也很少笑。

网上评论纷纷，那个神秘的东方男孩，却始终不作任何回应。

那枚银戒安然地戴在我无名指上，偶有人问起，我只说已婚，他们从未见过那神秘的另一半，也只以为我是为了挡掉桃花。

果栏的水果依旧新鲜，庙街的大排档依旧人声鼎沸，而我依旧想念他。

尾声

那番获奖感言后，只一个晚上，与他有关的热搜话题的点击率相当于过去一个月里所有榜上的总和，各路媒体已呈全城搜罗状态，出动长枪短炮，在他有可能出没的地方，到处都被堵得水泄不通。

而我也在短短时间里被人肉搜索出来，报社也去不了，只能休假在家。为避风头，我只能把自己裹得严严实实，胜似过冬。

我把头上的纱巾拢了拢，这家超市在郊区，人比较少，我匆匆买了几袋东西就付钱离开。

“于子园。”我刚走出门口，迎着光，林铭凡就静静出现在我面前，轮廓柔和。

“你认错人了。”我低下头就想离去。

“对，我认错人了。”他微笑，“应该叫你林太太。”

“你熬了这么久才能出头，为什么要自毁前程？”我甩开他的手，愤怒道，“你知不知道你要付多少违约金？你要被永久封杀雪藏了你知不知道？！”

面前的男人在各路娱记长枪短炮的追踪下艰险逃脱，慢慢平复了急促的呼吸，他把墨镜和鸭舌帽取下，一把扳过我的肩。

“这一年来我在美国每天起早贪黑地拍戏，慢慢地有很多人开始给我鼓掌叫好了，他们都说我天生是吃这碗饭的。”林铭凡把头埋在我的肩窝，“但我觉得心里很空，很多时候都会失眠，看着窗外月色打发掉仅有的休息时间。是，我喜欢演戏，喜欢镁光灯，可是……”

“可是我最喜欢你啊。”他说，“我怕我一辈子都见不到你了。”

“你是不是傻啊？”我无奈道，“只是五年，又不是再也回不来了。”

“可是，我怕。”他开口，“万一坠机了，被恐怖分子袭击了，又或者五年后，你已经嫁给别人了……子园，那就是一辈子了。”

转身不过弹指一瞬，而待回头，又已千帆过尽，再无碧波。

“我前段时间在美国的时候上过一个交换网站，说是能换来想要的东西，我就试试换回你……后来我就突然意外收到一个香港的领奖通知，我想，这是一个最佳的机会去说出心声。”他哑声道，“我实在忍不了漫长的几年，就当我是要美人不要江山的蠢材吧。”

命运牵连间，林铭凡也同样遇到了那个神秘的换乐网站，他承受着未知失去的风险，换回了和我再在一起的机会，却为此失去了自己为梦想拼搏的前途。

他因为这番真情告白，将要被永久雪藏封杀，不再有任何出现在荧幕上的机会。

我倏尔想起了刚刚在收银台时，有一个老婆婆不小心撞掉我的袋子，忙不迭地为我捡起，我伸手接过时，她却饶有兴致地看着我无名指上的银戒。

“要幸福，珍惜眼前人，莫待失去了才后悔。”她笑容温婉，远处有人唤她：“碧迦，我们回家了。”

“好听吗？”林铭凡突然打断我的思路，“《你的名字，我的姓氏》……”

我以为他说他唱的那首歌，便认真点头：“好听。”

“嗯，林于子园，是很好听。”他也认真地点头，朝我伸出左手，同款的戒指在阳光的照耀下熠熠生辉，“我们回家了，林太太。”

我牵过他的手，两枚戒指触在一起，再难分开。

“戒指旧了，换一枚？”他笑笑。

“不换。”我摇摇头，“林先生，千金不换。”

爱意卷起风，待它再起时，痴心热爱未变，真心永不熄灭，念念不相忘。

06 烈火灯蛾

我爱你是相思，是相知，是相守，
纵相隔千里，浮沉万里，
也永远赤诚，永远炽热。

楔子

吴碧迦曾参加过一次论坛问答，楼主问：“在一段感情中需要多久你才能见人心？”她很清楚地记得自己的回答是：“他只要在我身边，我就见到了最真的心。”

那一天是他们恋爱后过的第一个平安夜，她被无良老板要求留在公司加班赶数据，忙得头昏眼花，忽略了傅之远的二十通未接来电和无数条短信。

他原本计划好的是装扮成白胡子圣诞老人，等吴碧迦下班的时候猝不及防送上惊喜。然而等到夜幕垂下，华灯初上，他搓着手冷得直哆嗦，都没有等到她下楼。最后傅之远忍不住上楼去了吴碧迦公司，发现她痛苦地捂着胃蜷成一团。

他第一次冲她发了火，因为她又没有按时吃饭。那一天街上的餐馆都早已被预订了圣诞大餐，他一边呵着白气一边跑了很多地方，也只买到了便利店的一块三明治。

“你以后再这样，我不管你了。”他冷着脸把热可可递给吴碧迦。

她喝了一口，胃里有了暖意，面前的男人滑稽地掉了半边白胡子，帽子歪到脑后，鼻子也冻得通红，幼稚地故作冷漠。

她忽地咧开嘴笑了，轻轻拨开他的白胡子：“圣诞快乐。”

所有恋爱中被冲昏头脑的人都会天真地以为，任何承诺都会兑现，任何憧憬都会成真。那晚的吴碧迦裹在棉被里，在手提电脑上打下她的答案。她甜蜜地想，最美好的不过是，她要的糖果他都有，她要的愿望，他都能替她实现。

时至今日，吴碧迦突然很想找回那个遗忘已久的论坛账号，在当年自己的回帖下面补充一句话：山穷水尽，便见人心。

待感情陷入绝境，热恋时的虚幻伪饰散去后，最真实丑陋的一面才会浮现。七百余天后她才发现，自己喜欢的人原来是那么陌生。

在第五次交换审批后，吴碧迦给自己换了一个关于傅之远的最大的秘密——一个关于为什么他在他们相爱两年后一反常态，始终都要推开她的秘密。她有想过千万种可能，比如师奶剧里最多的癌症：他说不定是得了重病，怕连累我。

她以为，他总归是爱她的。情意尚在，又怎么会把心尖上的人想得不堪？眼前的一幕幕缓缓翻过，呈现在吴碧迦眼前的画面和戏院里看电影一般，唯一不同的是，戏院里播映的是别人的一生，她眼前回放的是自己参与过的人生。从两年前到今日，从他们相识到相恋再到分手，每一帧都以上帝视角再次重现，透彻明了。

傅之远有一点没骗吴碧迦，在命运齿轮尚未转动的初始，他确实要靠接受家族联姻来振兴海味行。他的四叔傅少明好吃懒做，他作为家族小辈确实要适当牺牲，不论海味行衰败到哪个地步，他都必须要去扛。

但他有意隐瞒了一点，他很清楚傅四的如意算盘。傅四的目的，是利用联姻后的注资进行财产转移谋夺利益，名义上许了傅之远未来当家的位子，却始终不肯放下当家大权。

“你和傅之远在一起两年，也明白他头脑很聪明。”系统的声音响起，“他怀有抱负和野心，不可能愚昧到做傀儡任人摆布。”

所以傅之远应允接受联姻，表面是为了家族使命，实则意图婚后先发制人，杀傅四一个措手不及。

吴碧迦看见眼前画面定格在几天前，刚好是公司批下游戏网站新项目，研发部忙着通宵开会的那天，她推掉了和傅之远的晚饭约会。

“对不起啊，我今晚又得加班了。”她委屈道。

“嗯，没事。”他一反常态，没有像以往那样叮嘱她要记得按时吃饭，便匆匆挂了电话。

她所不知道的是，傅之远在办公室里挂掉电话后，一位跟随他多年的亲信Tim开口：“傅四今早找你了？”

“嗯。”他点头，“他把我当三岁小童哄，想让我和李氏那边搞好关系。”

“他想把你当一枚棋子让你联姻？”

“四叔向来败家，这些年祖辈打下的江山留下了一堆不干净的账。他是没能力，但不糊涂。他想什么，我最清楚，等注资一来，他就可以立马补上亏空的公款，继续逍遥。”他道，“他这人太贪，钱和权都妄想兼得。”

“海味行当家的位子迟早都是我的，但四叔不肯放手，想要捞尽最后几笔才把没用的空壳脱手。”傅之远的眸子里闪着平日所无的精光，“我不会为他人牵线作嫁衣，他把我当傻子，我便做戏做全套。”

他和Tim谈了全盘计划，包括如何假意屈从，联姻后如何反操大局、控制资金流动的走向等等。最后Tim问了一句：“那吴碧迦怎么办，你不是前几天才求婚成功吗？”

灯光很暗，傅之远在沉默半晌后回答：“我对不起她。”

他不是不爱她，只是不够爱她，所以在利益面前，他踢开了她这个障碍。这次的事是试金石，亦是感情燃尽的导火索，两人在分岔路口背道而驰，在不能两全其美的情况下，他没有把她规划到未来，而是到此为止。

他不是懦弱，是无情。

她靠着椅背，笑自己搜肠刮肚为他找苦衷来让自己的心里好过，笑自己傻得可怜，笑得眼泪都流出来了。

“就当我们是暂时的结束吧。”最后，傅之远点燃了一根烟，眉眼冷淡，“等以后一切事成，再找回她也不迟。”

那一刻的吴碧迦觉得，心里有些东西呼啸而过。

她想，怎么会不迟呢？她一向是眼里揉不得沙子的人，她最厌恶的是欺瞒、背叛，是不纯粹的感情。她想要的，是无论世事变更成风光或惨淡，都不离不弃的爱人。

“第四笔审批后，他再次和你说了分手。”系统的声音冷静淡漠，“他仍学不会珍惜眼前人，人性本淡漠。”

吴碧迦看见了另一幅截然不同的画面，命运齿轮转动后，海味行被坐稳当家数十年的傅永森经营得井井有条。

“他答应我的都做到了。”她喃喃。

画面又定格在一周前，傅之远推开傅永森办公室的门，脸色铁青地扔下一沓文件：“为什么这个项目的负责人是陈超？”

傅永森喝了口清茶：“他资历老，你先跟着他学学。”

“这几年，每次有大项目都与我无关，一个外人都备受重视，分给我的只是可有可无的杂活。”傅之远冷笑，“肥水不流外人田，三叔，你何必对我处处设防？”

傅永森只是叹了口气：“我不是防你。”

系统的声音打断了画面：“傅永森暂时不肯放权有两个原因，最重要的一个是他看出傅之远野心太大，这比傅四的不学无术更加致命。”

“那另一个原因是什么？”吴碧迦问。

它却转移了话题：“这次的项目涉及招标，傅之远与其中一家投标的企业走得很近，拿了不少好处，本想当上负责人后两两得益……他这些年来一直怨恨自己没有被重视，日积月累，终于在这一次达到了巅峰。”

“那他为什么要去国外独居？”吴碧迦疑惑，“他既然一向有野心，这次也不例外才对。”蓦地，她灵机一动，“难道也是骗局？”

“没错。”系统道，“他并不是去国外，这只是他不想你阻碍他的计划的一个借口。”

吴碧迦脸色苍白，是啊，人心，偏偏是这世上最无能为力去改变的。傅之远没变，就算命运齿轮再转动多少回，再有多少次不同的蝴蝶效应，她都是最被动的一环。于他而言，她是包袱，所谓的深情浪漫，只是寻常的情场手段。

一瞬的心死即恒久，不必长痛不舍，不必挽留纠缠，那根风筝的线脱手了，情丝也就断了。

眼前的画面到这里就戛然而止了，吴碧迦吐了一口浊气：“既然我也看透真相了，那换乐存在的意义也就没有了吧。”

“你必须要救傅永森。”系统自动让换乐网站的审批页面显示在电脑屏幕上，“请审批第六笔交易。”

“我和他只有三面之缘。”吴碧迦一头雾水，“为什么必须要救他？”

“他始终不肯放权给傅之远的另一个原因，是你。”它道，“从你第一次穿越回1987年开始，你们的命里注定会有彼此的存在，傅永森和你之间的线已牵连在一起。”

“什么注定，什么牵连？”她依旧不懂，“为什么和我有关？”

“傅之远已有筹谋，不会轻易罢手。如果你不救傅永森，他很快就会遇到危险。”系统的声音敲击着她脆弱的灵魂，“但你能出手阻止，帮他逢凶化吉。”

这番话云里雾里，吴碧迦愣愣地握着鼠标，她想起1987年穿着白衫黑裤的傅永森，脑里都是糨糊。

“你需要换的话，可承诺不后悔、不遗憾？”

“你是否确定进行本次交换，以未知的失去为代价？”

那头的女生点了“确定”，不顾己悲愁，只愿君喜乐。

第一章 初见

下午四点三十分，圣心幼儿园准时放学。很快，原本拥挤的铁门外，等待的家长们纷纷接走了小朋友，霎时变得冷清。

“咦，沈思思，你的家人还没来吗？”朱蒂的声音有些大，我循声望去，眼前依稀可辨一个背粉色书包的小女孩坐在台阶上。

我放下手里的扫帚，踱步过去。

“阿杏，你小心路啊。”朱蒂见我走来，忙伸手搀着我。

“我可以。”距离缩近后，小女孩颇不开心的脸在我眼前放大。朱蒂问了她几句，她都只是一味鼓着腮帮子摇头。

“思思是新来的吗？”我悄声附在朱蒂耳边，“以前没见过她。”

“插班生，今天第一堂课。”朱蒂压低声音，“听说是单亲家庭，刚从美国移居回来的。也奇怪，都快放暑假了，倒不如等秋季新学年再来。”

小女孩水灵可爱，我蹲下身，柔声问：“思思肚子饿了吗？”

她终于委屈开口："我想吃糖。"

幼儿园有规定，不能私自给小朋友吃食，怕会引起不良反应。我想了想，换了套说辞："可是现在太阳公公都快回家吃饭了，思思不陪他，自己一个人吃糖，他会很难过的。思思想让太阳公公难过吗？"

她冥思苦想了一会儿，兴许是弄不明白为什么不能让太阳公公吃糖而只是吃饭，但总归转移了她的情绪。我偷偷舒了一口气，朱蒂微笑道："还是你会哄小朋友。"

"抱歉，我来晚了。"

说话的是一个推着轮椅的男人，思思一见到他，立马雀跃地跑到他身边。

我视力极弱，一米开外已似罩着黑纱，直到他的轮椅越推越近，我才能大概描绘他的轮廓。大抵是不宜户外运动的缘故，他的脸色较苍白，却不会显得阴柔。他抚着思思的头发，脸上都是宠溺。

"我是思思的父亲，沈宗年。"他看向我们，"我的腿不方便，所以家里雇了帮佣阿姨照顾思思，但今天是她上课第一天，我想来亲自接送，也顺便来和园长谈点事。临出门前出现了点小纰漏，忙着忙着忘了时间就迟到了。"

"爸爸，我决定以后都不吃糖了。"思思突然指着我，"这个姐姐说，我吃了糖，太阳公公会难过的。爸爸你最喜欢全身晒得暖暖的，要是我惹太阳公公伤心了，他以后都会躲起来了。"

我和朱蒂忍着笑意，倒是沈宗年认真地颔首，把头偏向我："那爸爸替你谢谢姐姐好不好？"

他的语气不似玩笑，我反而有点受宠若惊，正手足无措时，园长不知何时迎了出来："哎呀，沈先生来了，让你久等了吧？"

“我把修改后的平面结构和立绘效果图带来了。”沈宗年和园长握了握手，“考虑到小孩的安全，我调整了开关插座和电路配置，游乐室的实测面积是119尺，如果要拓宽空间，那么走道的吊顶就应该……”

“我看思思也饿了，不如先吃晚饭。”那两鬓斑白的老人难得展颜，“沈先生，你是专业人才，这次多亏有你帮忙。”

“举手之劳。”沈宗年微笑，带着思思准备进去。上台阶前，我下意识伸手帮了他一把，触到他骨节分明的手。

他看了看我，点头道谢，便离开了。

“阿杏，护花使者驾到。”朱蒂忽地朝我挤眉弄眼，果不其然，铁闸门外停着那辆熟悉的车，向我走来的男人，我蒙眼也知是余懿。

“今天想吃什么？”上车后，他循例问一句。

“随意。”我系上安全带，“你决定就好。”

“那炖红萝卜玉米汤吧，对视力好。”他的回答也是循例。

我把头靠在窗上，正值盛夏，临近傍晚，天仍是明亮的，可到我眼里，只能是模糊的光线：“难为你了，天天陪我做兔子。”

可我们都心知肚明，小时候我被橄榄球砸伤了眼，视网膜出现问题，治疗也是棘手的事。

“不要紧。”他永远惜字如金，对我保持疏离，可总归是关心我的，衣食住行都经他嘱咐安排妥当。

没有对彼此说过我爱你，没有甜言蜜语，我们更像人生伴侣，而非情侣。

第二章 游乐

我下楼时，余懿已经在等我。

接我上班的余懿递过一个便当盒："今天的午饭是……"

我接过他的话："今天周六，午饭是菠菜猪肝炒饭。"

"那要按……"他继续道。

"余懿，"我止住他的啰唆，"今天幼儿园出游，我留在园里没什么事做，我不忙，会按时吃饭的。"

园里组织家长日夏游，去屏山文物径参观传统老建筑。周末，大多数小朋友的父母都齐齐上阵，所有的教职员工也全体出动。

当然，除了我。

我洗完抹布出来，各路人马已经集合完毕，等待上大巴。

看着他们，我的心里仍是艳羡的。这么多年来的各种出游日，因为视力不好不便出行给他们添负担，我从来都主动请缨，留在幼儿园做杂工，顺便负责看门，趣事我从不参与。

我叹了口气，准备进去干活擦桌子，原本已经上车的朱蒂却急匆匆打开车门跑了过来。

"阿杏，"她哭丧着脸，指了指大巴的方向，"思思不肯上车，她爸爸软硬兼施都不行，全车人都在等他们。唉，别的小朋友都是一家三口，思思嚷着要妈妈……"

我一头雾水："然后呢？"

她干咳一声："然后沈先生指着你问思思愿不愿意今天让你陪着她，她答应了。"

我反应过来的时候，已经被带上了车。思思扑过来牵着我的手，把我拉到沈宗年的身边。后排二人座，沈宗年坐了靠窗的位子，他见思思拉着我，微微一笑。

“杏仁糖姐姐，你坐这里。”思思扎着双辫，眉飞色舞，“我晕车，要坐前面。”

“思——”她一下松开我的手跑到前面，无奈，我就着椅背缓缓坐下。

一旁的沈宗年沉默不语，像雕塑一样，一路上太过安静，空气仿佛凝固。我如坐针毡，只好没话找话聊：“呃，沈先生，听说你是一名建筑设计师？”

他闻言点点头，并未抬眼。我硬着头皮继续问：“那你是做室内设计还是景观设计？”

“在建筑署古迹组执行工程。”沈宗年偏头看我，微微含笑，“我这人比较长情，做事习惯从一而终，对任何老事物，只要碰到喜欢的就不会放手。”

这番太过深奥的话还没待我消化完毕，他突然道：“到了，我们下车吧。”

等下了车之后，我才发现现在的处境有些尴尬。因为我们坐得靠后，把轮椅搬下来之后迟了一会儿，率先集合的大部队把我们抛诸脑后，思思也跟在朱蒂身边全然忘了我和沈宗年，出发已有一段路。大部队的身影已无迹可循，只剩我和沈宗年无所适从。

“我们也走吧。”沈宗年温声道，“你把手搭在我的轮椅靠背上，别担心，我慢慢推，带着你走。”

“可是他们……”

“这里我熟，我带你游览。”他径自拉过我的手搭好，“有我在。”

沈宗年很照顾我的速度，走每一段路之前都会提醒我前后左右四个方位会不会有障碍。好在这里环境古朴幽静，人不算多，我跟着他的轮椅慢慢走，莫名觉得很有安全感。

“这座六角形古塔叫聚星塔，下面三层高十三米……这里是上璋围村，墙壁用青砖砌建，门楼前贴着红红的双喜对联……”他顺着路线带我往南走，一路都在不断讲解。

“这里很美，你们保护有功。”我感慨。

“从前时光慢悠悠。”一束阳光打下，他的侧脸轮廓似镀了层金边，“所以我们都不要走太快，停下来才能发觉，在筛尽岁月后，最开始认定的，就是永垂不朽。”

他……是在想念思思的妈妈吗？

沈宗年永远像在和我打着高深的哑谜，我猜不透，却觉得那淡然背后藏着并非一朝一夕能散尽的深情。

我们正准备往邓氏宗祠走去的时候，朱蒂突然给我打来了电话。

“唐子杏！你在哪儿？”她的声音很焦急，听见我安然无恙后才大大松了口气，“没事就好，都怪我大意，我们准备集合回去了。”

我挂了电话，沈宗年静静地看着我，语气惋惜：“这么快？真不舍得离开。”

“下次再来吧。”我看着他失望的表情，出言安慰。

“好。”他似笑非笑，“下次一起再来。”

我原本嘴里含着一口矿泉水，蓦地呛了一口，咳得满脸憋红。

和大部队会合拍完集体合照后，思思忽然扯住朱蒂：“老师，你能不能帮我们三个人拍一张合影？”

“三……三个人？”我惊讶地看着沈宗年，“三个人一起拍……不太好吧？”

“没什么不好的呀，”他并未阻止，“再说了，不要扫了小朋友的兴嘛。”

午后阳光正盛，穿过绿树枝丫堪堪洒下来，我和沈宗年站在穿着粉色衣服的小姑娘两边，迎着细碎的金色，在倒数三声之后，三个人笑得灿烂。

“拍得真好看。”朱蒂夸赞，“你们三个人连笑容的弧度都相似。”

我低着头上车，这回沈宗年被一个同样从事建筑行业的家长拉去交流，思思便和我坐在一起。香香软软的小人儿靠在我怀里撒娇：“我想听《摇篮曲》。”

“思思，”我哼唱完，轻声问，“你会想念你的妈妈吗？”

她认真思考了半晌：“妈妈在我很小很小的时候就走了，我根本不知道她长什么样子，爸爸也从来没有给我看过她的照片。”

“我们以前住的家，有个大大的院子，爸爸喜欢坐在躺椅上晒阳光。”她抿了抿嘴，“我猜，爸爸是在想念一个人。”

“他应该是在想念你的妈妈。”我揉揉她的头发，“你的妈妈在天上也会过得幸福。”

“我不知道爸爸在想念谁，”她吸了吸鼻子，“妈妈不会回来了，可我想帮爸爸，他太孤单了，思思想要一个新妈妈。”

我一下一下抚着思思的背，哄她入睡。

他已十全九美，唯缺一个她，令他美中不足，物是人非事事休。

夏游回来一周后就到了六月二十四日，我和余懿第四次来到墓园。

“注意安全。”余懿扶着我走了一段山路，直到看到墓园，“结束之后打电话给我，我上来接你。”

“一起吧？”我试着叫住他，“我还没有带你见过她。”

他把花放到我怀里：“不了，你们姐妹叙旧，我一个大男人不方便打扰。”

余懿的语气很淡，我只好识趣地闭嘴。和他在一起的几年，每年这天他都会准点送我来墓园，却从不陪我一同去拜祭。很久以前，我和李裳曾笑言，若以后找到男朋友，一定要第一时间带给对方过目。

而身为我男朋友的余懿，四年前突然出现在我身边，用锲而不舍的方式感动了我身边的人，包括我，但是似乎也只是挂着一个身份。他对我的关心，莫名带着疏离感，根本无法亲近，我从不了解他的圈子，他也不试图走进我的内心。

相敬如宾，说白了，到底还是带有距离。

往前走几步，就是李裳的墓碑。我把雏菊放下，黑白色的她笑得眉眼弯弯。我爱怜地抚着照片边角，就好像下一秒，她会变回幼儿园里最受孩子欢迎的Miss.Lee，绘声绘色地讲着自己编的童话故事。

墓碑下总共有三束花，她最钟爱白色，除开我送的白雏菊，照例有一束来自老园长，他习惯在这天天空露出鱼肚白之时，把白百合放在女儿的墓碑前，静静坐很久，之后再孤独地离去。而另一束是十二朵白马蹄莲，纯洁芬芳，每年我来时都能见到，却始终不知赠花人是谁。

“唐老师？”耳边突然传来一个声音，我惊醒过来，四处张望，瞳孔里推着轮椅的人影渐渐放大。

是沈宗年，他怎么会在这儿？难道今天也是思思母亲的忌日？

“沈先生你好。”我起身，有点不好意思，“我只是个打杂的，叫我老师抬举了。”

“那我能不能叫你阿杏？”沈宗年穿着米白色的休闲衫，干净温暖。

我安然接受，见他怀里捧着一束花，凑近一看：“又是白色马蹄莲？”

“我来拜祭一位师母，马蹄莲象征高雅尊贵，适合她。”他疑惑，“你刚说，又是？”

“巧合巧合。”我摆摆手。沈宗年却看向我的身后，细细数了数：“十二朵马蹄莲的花语代表忠贞不渝的爱意，世间难得痴情人。”

我愣了一下，花语原是这个意思：“天人相隔，纵使多深情，又有什么用？”

“你也来拜祭故人吗？”沈宗年轻声问我，想知道，又害怕触及我的伤口。

“她是我最好的朋友，十多年了，我从小眼睛不好，她就像保镖二十四小时保护着我。我笑她太过紧张，其实是我自己依赖她。长大后我去找工作，那些HR一看见体检报告就把我拒之门外，只有裳裳磨破嘴皮求她的爸爸让我到幼儿园做些无关紧要的杂活，其实也是为了让我不要自暴自弃。”往事就像是昨日刚发生的一样，我缓缓道，“可是四年前，她遭遇车祸离世，再也没能回来。”

我接受不了这样的现实，几乎要放弃生命，是余懿救下了我。我昏厥醒来后，当时还是陌生人的余懿坐在我的病床前，握着我冰凉的手，只说了两句话，第一句是人死不能复生，第二句是他喜欢上了我。

我从未深究那样混乱的环境下，为什么一个陌生人会对我有这样一番突如其来的告白，只是任由他握紧我的手。从此，他走进了我的生命，陪我慢慢走过那段灰色的日子，担起了李裳曾经的角色。

“原来你们的感情这么难得。”沈宗年伸手替我轻轻拭掉眼泪。

我愣愣地忘记避开，对上他的双眼，那里似有一汪幽潭。

我低头：“现在我能做的，是好好生活，把她的那一份也一起完成。”

过了良久，沈宗年叹气：“天色晚了，我带你下山吧。”

我像上次一样，把手搭在他的轮椅背上，让他慢慢地推着带路，遇到较为崎岖的地方他会指示我绕开，两个人配合默契得好像早已演练过无数遍。

“那就是你的男朋友？”沈宗年指了指不远处靠在车边的男人，他的指尖央着一根烟，目光缥缈地望着远方。

“不是说了要打电话给我，让我去接你吗？”余懿看见我愣了一下，走近时却脚步一顿，神色变幻莫测。

“这位是……”我正想介绍沈宗年，余懿却一把拽过我的手把我带进车里。随即，他沉默地发动引擎，一下就把车开远了。

他平时开车很稳，可今日却像坐着火箭，一路都疾速驰骋。我害怕得扯紧安全带，头发被窗外的风吹得凌乱，忽地，他踩了刹车。

轮胎在地上拉出尖锐的响声，半晌后，余懿开口：“我们下个月举办订婚宴吧。”

“什……什么？”我吃惊，“订婚宴？”

“我们也是时候了。”他淡淡道，“到年底这段时间，我们足够筹备正式结婚礼。”

挑订婚宴婚纱那天，余懿把我送到店里不久就被公司紧急来电叫走，我只好一个人听着店员的殷勤介绍。

“唐小姐，这件鱼尾裙款式今年很流行。”她笑容满面地捧着一条婚纱，“你穿上一定很好看。”

“那就要这件吧。”我朝她说了个尺寸，“过两日我来取。”

“你不需要试穿吗？”她颇惊讶，“我们还有很多其他的款……”

我疲倦地摇摇头，手机铃声此时适时响起：“杏仁糖姐姐，今天是我的生日，你来陪思思过生日好不好？”

小女孩的声音稚嫩清脆，我的疲倦渐渐散去，笑着听她撒娇。沈宗年接过电话，无奈道：“不好意思，她一直吵着要你来，不然就不肯理我。”

“没事，我现在就来。”

他说了地址，担忧道：“你来了打电话告诉我一声，我下去接你。”

“放心，我没这么娇弱。”我搭了计程车到了目的地，却见他早已在路牌下等着我。

我的心一暖，泛起涟漪。

“杏仁糖姐姐，你快来。”我甫一进门，思思就开心地跑过来，“爸爸做了好多好吃的菜。”

屋里早已香气扑鼻，我到桌前一看，不由得兴奋大叫：“清蒸鲈鱼！我最喜欢这个了，哇，还有栗子焖鸡！”

“喜欢就好。”沈宗年莞尔。

拿公筷夹了几次，我都看不准，食物总是滑掉，沈宗年干脆接过筷子给我碗里添满："多吃鸡肉和鱼，对眼睛好。"

"我又不是近视。"我小声嘟囔。

"我知道。"他给我舀了汤，"多吃点。"

我没多问。也对，只要和我稍多接触，就能看得出我眼睛不是普通问题，也只有余懿才固执地认为，我还能靠多吃胡萝卜有治好的一天。

思思咬着勺子，突然歪了歪头："我觉得现在好幸福。"

沈宗年挑挑眉，问她原因，她不好意思地笑笑："思思觉得，这样好像一家人。"

"咯咯……"一口饭哽在喉间，我狼狈地咳了几下才顺气，"吃……吃饭。"

吃完饭后，沈宗年拿出蛋糕，插上蜡烛，小小的人儿戴着一顶尖角纸帽子，虔诚地双手合十，嘴里念念有词。

"你许了什么愿？"我眨了眨眼。

"生日愿望说出来就不灵验了！"思思吃得满嘴奶油。

"好了，吃完了就该去做剪纸作业了。"沈宗年拿过纸巾帮她擦拭嘴角，"爸爸先教你做开头，剩下的你要自己来。"说完，他向我抱歉道，"你先吃蛋糕，我很快出来。"

我看着那块蛋糕，沈宗年知道我眼睛不好不能吃甜食，所以细心地把甜腻的奶油剔掉了。可不知为何，我吃在嘴里，仍似有砂糖一吨。

吃完后，沈宗年还没有出来，我索性收拾好碗筷拿进厨房清洗。

我不小心把两只碗摔碎在地，忙蹲下来想拾好碎片，但因看不清，指尖被刺出了血。

我忍着疼，正想起来去冲洗一下，沈宗年却推着轮椅进了厨房：

“什么声音——你流血了？”

“我太大意了。”我忙把那些碎片用手扫成一堆，“对不起对不起……”

“你小心！”他皱眉，微微伏下身子摁住我的手臂，“怎么这么粗枝大叶？”

我抿着嘴，脱口而出：“沈先生，你是不是觉得我很糟糕？”

不知为何，在看到沈宗年皱眉的时候，我心里竟有些失落毛躁，以至于这些话不经大脑就跳了出来。

“不是。”他忽地浅浅一笑，“你想要听听我的故事吗？”

我确实对他的过去十分好奇，也惊于他此刻的坦然，只懂呆呆地点头。沈宗年给我简单消毒处理后：“想听故事，就要配一杯好茶，想喝柑普、菊普，还是玫瑰普洱？”

我讶异地睁大眼睛看他：“你也喜欢茶艺？”

他勾唇：“说不定，我们之间的共同喜好，多到你想也想不到。”

我喜静，享受烦琐的泡茶步骤，余懿却总有无数件公事缠身，喝茶匆忙得如灌水，从不会有闲情逸致去看茶叶卷舒。

刚一想到他，我的手机就响了起来。

“今天看婚纱看得如何？”余懿问。

“我挑了件鱼尾的。”我道，“过两日去取，你的西服……”

“我知道了。”他打断我，“早点休息，晚安。”

我看了看通话时间，四十多秒，带着和以往截然不同的匆忙，他似乎有些不对劲。

“男朋友？”沈宗年转着茶杯，眉眼似笼在氤氲水汽里，“你们要结婚了？”

我点点头：“下个月举行订婚宴。”

“那……祝你幸福。”他对上我的视线，笑容和善。

“沈先生，你也是。”嘴里有万千虫蚁啃噬，我还是忍不住问，“那……你还会给我讲你的故事吗？”

月明星稀，沈宗年推着轮椅到那一大面落地窗前，背对着我，好像与那混沌的夜色融为一体：“当然，不过故事有点长，今天有些晚了，不如下次吧。”

细细密密的针轻扎入心窝，我看着他的背影，只觉悲凉。

第四章 相思

那天之后，我和余懿的订婚筹备事宜逐步进行，上到酒店场地，下到鲜花糖果，人人都来祝贺我们终成眷属，我却总是觉得不对劲，比如不明白为什么余懿在见到我捧回婚纱时，眼里浮沉的情绪隐忍又复杂。

同样看起来不太对劲的，还有思思。

这两天来，只要一下课，她都一言不发地跟在我身边。我一开始没放在心上，以为她是玩心大发想要黏着我，可越来越觉得不妥。

“思思，你怎么了？”我蹲下身子问她。

“杏仁糖姐姐，爸爸最近都臭臭的。”她撇着嘴，“他不陪我玩游戏，不教我做作业，不给我讲睡前故事。爸爸每天把自己关在房间里，我敲门他也不理我，他喝好多好多酒，臭臭的。”

她走近一步，挽起我的胳膊：“姐姐，你去说一说我爸爸好不好？”

“要不让帮佣阿姨去看看？”我迟疑。

她却一副泫然欲泣的模样，拉着我的胳膊不肯松手：“我不要，我就要你去，就要你去……”

“我……”我终于还是松了口，“那……那好吧。”

帮佣阿姨接思思放学的时候，我也随着一起上车。去到沈家后，我给思思洗好碗筷，让她自己乖乖吃饭，想了想，终究还是走到沈宗年的卧室门前。

门没掩实，我轻叩几下，里面没有回应，我索性推开进去。

房间很暗，窗帘隔绝了风和阳光，阴沉不透气。酒味很刺鼻，右边的书柜原先整齐陈列的书籍也参差散落在空啤酒罐四周。沈宗年的轮椅侧翻在地，他则盖着被子蜷缩在床上，含混不清地梦呓：“我很想你……”

我的心忽地一沉，愣了许久，才想到要把那些掉地的书一本本整理好。建筑类的大部头都很重，我吃力地叠好，刚起身，又不小心把其中一本弄掉。白花花的书页摊开，有一页粉色信纸掉了出来，上面只写了五个字：朝暮最相思。

力透纸背，入木三分。

我接连继续翻开，那竟然是一张有些年月的照片。元朗小学，这不是我念的小学吗？2000年，第23届运动会……是我出事的那次运动会！我盯着手上的照片，身体颤抖着，心里止不住后怕，抑制不住的尖叫似乎要从喉头冲出来。

余懿突然打来电话：“你喜欢白色，订婚礼就以它为主色调，还有……”

“我一向钟爱粉色。”我压低声音，怕惊扰一旁睡熟的人，“我什么时候说我喜欢白色？”

那边的人沉默了很久：“抱歉，我记错了，那主色调就为粉色，还有宾客名单我也拟了……”

“行了，你负责就好。”我挂断电话，闭上眼，梳理纷乱的思绪。

我转头看着沈宗年，清浅平缓的呼吸声在幽闭的房间里显得格外清晰。我扶着床边蹲下去，和他的睡脸不过咫尺间，能清晰地看到他泛红的脸，数清他长长的睫毛。

原来他当年也是校橄榄球队的，原来我们早该认识。

不知为何，我的心开始莫名钝痛，像是在惋惜我们竟现在才相识。我没有开灯，坐在沙发上，头脑一片混沌。蓦地，我一下睁开眼，脑海霎时清明，终于明白为什么这段时间，心里总是感到不对劲。

因为，我喜欢上了沈宗年。

第二日，我仍旧去了沈宗年家。他已经换上了整洁的衣裳，一副清爽干净的模样，不复潦倒醉态。

“阿杏？”他侧身让我进门，眼里有闪烁的光辉，“你怎么来了？”

“思思担心你，让我过来看看你。”我面不改色。

虽说是思思的请求，但又何尝不是我的私心呢？

“对了，你之前不是说，要讲一个很长的故事给我听吗？”我努力牵动着嘴角，尽量在他眼中表现得轻松。

沈宗年点点头，温柔地看着思思的房间，许久才出声：“中学开始我就在美国留学，住在我隔壁的夫妇是对非常友善的华裔，十分照顾当时的我。后来我和邻居夫妇遭遇了一场枪击案，思思爸爸丧生，我和思思妈妈为了救婴儿车中的思思所以被歹徒打伤，她妈妈当场死亡。我比较幸运，只是小腿中枪成了终身残疾。”他停了一下，收回目光继续说，“思思一直不知道自己的身世，我不想让她伤心。”

听完全部的故事，我竟然松了一口气，随后就是无尽的心疼。这些年，沈宗年过得很辛苦吧。

“那你……为什么回到香港？”我问。

“我喜欢你，这个理由充分吗？”

我愣愣地点点头，又摇摇头：“不对，你怎么可能喜欢我？”

“嗯，是哦。”他若有所思，“刚刚说错了，是我爱你。”

我退后一步，干笑道：“怎么可能，别开玩笑了。”

“还记得那个橄榄球吗？”他柔声道，“小学的我是个胖子，你肯定认不得了。校运会橄榄球比赛的时候球朝我飞来，你推开我帮我挡住，却为此弄伤了眼。之后我去了国外念书，也没再见过你，直到前段时间我辗转打听你在圣心幼儿园工作，所以一直想要找个合适的机会去表白。”

那一刻，我突然想通之前参观老建筑时他说的那些令我费解的话。从前时光慢悠悠，他的长情，他所认定的永垂不朽，原来在很早很早之前，就已写下了故事真正的结局。

“可是，我的眼睛……我这么没用，连洗个碗都洗不好。”我颓丧地垂下头。

“我们都明白，现在的我们，都带有缺陷，都不是尽善尽美的。”他温声道，“生活在我们四周的人，可能都用过奇怪的目光去探寻，在背后指指点点。”

“是啊，我们是不幸的。”他把我的左手牵住，“可同时我们又是幸运的。我们各自缺失了百分之五十，在茫茫人海中合在一起，却又是最完美的百分百。”

“这样的我们，虽然相爱会有很多阻碍，会很艰难。”他慢慢张开手指，与我十指紧扣，“但我能做你指路的灯塔，你能领我越过山海，余生有多长，我们就能一同走多长。”

“所以……”

“所以我做好了爱你的准备，也选择持之以恒爱你。”他把一枚冰凉的戒指套入我的无名指，“那么未来，即便入土为安，我也会葬在你的身边。”

“我在美国这些年来，每时每刻都想回香港找你，但是一直都没有你的下落。前段时间我终于找到了你，立马带着思思回来。我偷偷去幼儿园看过你，知道你还在那里工作，就安排思思插班入学……”沈宗年的语气带点委屈，“只是一时大意忘了打听，原来你已有了男友。”

“那你还说我粗心？”我说，“你也一样鲁莽呀。”

“粗心是因为，在你面前，我永远怀揣炽热之心。”沈宗年把我被风吹乱的碎发轻轻别到耳后，“所以我永远长不大，希望爱你一百年。”

一百年，一千年，从今往后，年年有今日，岁岁皆有你。

而我那些从未感受过的怦然心动和小鹿乱撞，那些恨不得披上白纱、戴上婚戒的念头，那颗我愿意托付一生的真心，全都因他，浅浅浮现，深深刻印。

“阿杏，我问过很多人关于你和余懿的事，也了解到你们这些年来的相处是怎样的。”他说，“婚姻是终身大事，需要彼此相爱为前提，不是全凭感动就能走进殿堂的，我希望你能静下心来，好好看清自己真正的心意。”

我下意识摩挲着无名指上的戒指，那颗小小碎钻折射出一道刺眼的光，仿佛照亮了尘封已久的心事。

第五章 岁月

是日，余懿照常接我下班。他把宾客名单草拟给我过目，我却并未接过来：“余懿，不如我们分手吧。”

他十分惊讶，下一秒却又恢复冷静：“是因为沈宗年吗？”

我缓缓开口：“是，也不是。”

余懿死死地盯着我，我从没有看过他这种眼神，他一直都是那样淡淡的，不近不远，让我无法感受到被爱。

“我们从来就没有坦诚以待过，我不问，不代表我没有怀疑过。你的凭空而降，你突兀的告白，你刻意与我保持的距离。余懿，我不是傻，婚姻是一辈子的事，我现在想问问你，你能不能告诉我到底是因为什么？”我与他四目相对，模糊间，也能看清他的双眸泛起波澜。

他把车窗关紧，隔绝了外面的风，一时间，密闭的空间只余他的叹息声：“是因为李裳。”

“你说什么？”我失神，“裳裳？”

他闭上了眼睛：“我和李裳在一个朋友聚会上认识，彼此之间有很多共同话题和爱好，很快就走到了一起。确立恋爱关系后的第二天，她本来说要带我去见她最好的姐妹，可那一个雨夜……”他痛苦地回忆，“那一个雨夜，她遭遇了车祸，再也没能回来。”

“墓碑下的十二朵马蹄莲，每一年都是你送的，对吧？”我揪紧衣角，“喜欢白色的不是我，是李裳。而你那颗忠贞不渝的心，献给的也是她。”

“在你面前，我只能装作和她是陌生人。所以每一年，她忌日的前一天，我都会买一束马蹄莲，独自一人去墓园看她。”余懿哑声道，“她最爱白色，就像安琪儿一样，纯洁芬芳。”

我忽地记起，在李裳忌日的前一天，每日作陪的余懿都会消失整天，直到第二日才出现。他等我下山时，总是孤寂地倚在车边抽烟，指尖燃着星火，眼里却失去了所有光彩。

“那你为什么要和我在一起？”我重复着问，“为什么？”

“你是李裳很重要的牵挂，我想代替她照顾你，这样她才能走得安心。”他沉默了很久才开口，“你们很像，一样善良，一样喜欢小孩子。很多时候我会在你身上看到她的影子，越到后来，我越分不清到底是责任而陪在你身边，还是因为我真的喜欢上了你。”

“我本以为对她能一直忠贞不渝，可是……可是慢慢地，我发现，原来很多东西都已经变了。”他茫然，“所以我想靠近你，又只能远远躲开。”

我终于明白，我们之间那似远似近的距离感是什么。我们始终无法靠近，只是因为他对我的爱本就不纯粹，想要靠近，又只能克制，我则只是缺乏安全感，唯想依靠温暖。

“余懿，我们今天，就当是最后一次见面吧。”我疲倦道，“你不必再被责任束缚，我也不用再自欺欺人。这几年谢谢你对我的照顾，从今以后，我们各不相干。”

在这场名为命运的圈圈里，造化弄人，兜兜转转，原来在未知的开篇时，就已注定了结局。

回到家后，我心烦意乱，干脆打开电脑想去下载些电影转移注意力，不料却失手摁开了弹跳出来的一个页面，大抵是病毒，我关了几次都关不掉。

“换乐？”我眯着眼，把脸贴近屏幕，那网站首页的两个字散着幽幽蓝光。

“能换取心中所想，能换得迫切需要？”

我停住了手，如果我能换回沈宗年的腿……

他原本就有才有貌，那样，他会比现在活得更好，能行走去更远的地方，看更美的风景，也能有另一个更好的她。

我所能做的，是愿君喜乐。

“换乐”二字显得诡异又真实，黑色的花边勾勒出短短的一句话：“你需要换的话，可承诺不后悔、不遗憾？”

“你是否确定进行本次交换，以未知的失去为代价？”

点了“确定”后，我在椅子上枯坐了许久，直到眼前的景象渐渐模糊消失，我闭上眼又睁开，重复无数遍也仍是黑夜，连仅剩的一丝光也没有了。

在颤抖中我终于意识到自己失去的是什么——完全失明。

“阿杏，在这里坐下。”朱蒂小心地扶着我，“筷子在右手边，今天午饭是……”

“我闻到了。”我摸到筷子，“有清蒸排骨对不对？”

“要不要我喂你？”她担忧问。

“我自己来就好。”我摇摇头，“我始终要习惯的，以前能看到一点，从今以后可是什么都看不见了，总不能一辈子都只靠别人照顾。”

幼儿园里，原本无足轻重的杂工我却再也做不了，老园长体恤我，饮食起居依然会为我安排妥当。

他们知道我和余懿的订婚宴取消，只以为我是情感受重创而导致生理承受不住，我却明白，这便是那换乐的代价。

朱蒂停下唠叨，我察觉到背后有脚步声，便问：“谁来了？”

“是我。”沈宗年开口，“朱蒂，我来陪着她就好。”

朱蒂离去后，我垂眸：“你怎么来了？”

完全失明后，我愈加自卑，自觉配不上沈宗年，又不知如何解释，干脆闭门不见，躲了他好几天。

“戒指都在你手上了，”他说，“我总不能让新娘逃跑了吧？”

“沈宗年，你这么好，会有大把更好的女生等着你。”我说，“我只是个盲女。”

“可是，”他的声音带着笑意，“这一生，我只想在你身上浪费时间。”

我的手一松，筷子落到地上。

一阵微风吹过，窗外的落叶簌簌作响。

尾声

一年后。

沈宗年一直陪在我身边，是保镖，也是爱人。

“我能适应黑暗。”我无奈，“以前我也看不清，这么多年都锻炼出来了。”

“以前是以前，现在是现在。”他坚持，“更何况，现在你是沈太太了。”

一年前，他曾追问过我为何会突然完全失明，穷追猛打下，我终于说出了去网站做交换的真相。沈宗年得知后又着急又心疼，也想去做交换，让我重见光明，然而，换乐网站却凭空消失，任他用尽方法也找不出。

“怪不得……”他深深蹙眉，“我本以为我的腿康复，是医学奇迹……”

“你不怕吗？”我抚着他的眉眼，即便在黑暗中，也能清晰描绘那轮廓，“你去做交换，不怕会为此付出代价？”

有得必有失，我害怕的是，沈宗年会承受未知的风险，他会失去什么，我们都预料不到。

“我不怕。”他坚定道。

“我怕。”我伏在他的膝头，“现在这样，已经是我毕生渴求了。”

他是灯塔，是领路人，是我余生的伴侣，我不必再在风雨飘摇里，担忧没有安全感。

想到这儿，我弯下身子，把一束雏菊放下。李裳的墓碑就在我面前，此时我的双眼终于看清，她的笑容依旧温婉动人。

“裳裳，我带他来见你了。”我笑道，“他是我最爱的男人，我会好好生活，好好去爱与被爱。”

“我们回家吧。”沈宗年牵过我的手，“思思这么久没有见到她的杏仁糖妈妈，一定很想你了。”

我的心却有点惆怅，有一日沈宗年满面喜色地拿出一瓶药水，说是能让我重见光明的法宝，我拗不过他的执着，只好答应试一试。

我没想到的是，几天之后，沈宗年的模样在我眼里像是掀开了迷雾，清晰明亮，俊朗温润。

“成功了成功了！”他兴奋地抱起我转圈，“换乐网站真的……”

他的话说到一半却止住，我着急地让他放下我：“换乐网站？你还是瞒着我去做了交换？”

他点了点头，一时间，我像被一盆冷水浇头，所有欣喜都消失了。

我不安地揪着心，几天后，一对中年夫妇突然找上门，拿出证明说是思思的姑父姑母，只是因为一直都在澳洲定居，所以直到最近才得知原来思思的父母遭遇横祸，她成了孤儿。

“思思还小，我们会待她像自己的亲生女儿一样。”他们恳求，“我们知道你们对她很好，可是我们毕竟是她的亲人，她总归要认祖归宗。”

他们夫妇俩纠缠了好几天，我和沈宗年好说歹说都劝不走，最后思思站了出来，揉着泪眼对我说：“爸爸，杏仁糖妈妈，你们不要难过了，思思跟他们走，以后会常回来找你们玩的。”

最终，思思的姑父姑母答应我们，只要一有闲时，就会带思思回来看我们。我盼了一个又一个月，好不容易等到了她的归期。

思思从书包里拿出一幅自己的绘画作业，骄傲地同我描述：“我画的是幸福的一家人，思思，爸爸，还有杏仁糖妈妈。”

末了，她窝在我怀里：“我的生日愿望成真了！”

我才知道，原来一年前她许下的生日愿望，是希望有一个完整的家，团聚快乐。

“对了，杏仁糖妈妈。”她翻了翻书包，“刚刚我回家的时候，有个仙女婆婆给了我一张卡片，上面画着两朵粉色的花，还有几个字，呃，不过我不会认……”

“我来看看。”沈宗年的声音传来，他接过一看，“珍惜眼前人，落款是——傅吴同心，你们认识吗？”

我摇摇头，沈宗年却笑道：“说得真好，珍惜眼前人，别等失去了，才后悔莫及。”

那首歌唱：“在你身边，曾无尽的探索，就像那灯蛾，盲目往火里扑，灿烂一瞬间，已没法可梦中醒觉。”

幸运的是，我们这两只飞蛾，成双成对，也比翼齐飞，更似鸳鸯，不必痛苦扑火。

永远赤诚，永远炽热。

到底仍是，朝暮最相思。

07 荒漠彩虹

你是穷途极光，也是沙漠甘泉。
我望与你朝夕相对，看彩虹漫天。

楔子

夏天的雨，猛烈又汹涌。

吴碧迦没带伞，等红灯的时候，望着对面马路边上的一个小男生出神许久。

男生白白胖胖的，戴着眼镜，穿着最常见的小学校服，灰色短裤笼在短袖白衬衫里，脚上穿着黑皮鞋。天空下着瓢泼大雨，他背着双肩书包，绿灯亮起，他跑得很急，一下一下溅起雨水，和吴碧迦擦肩而过时不小心碰掉了手中的赛亚人模型。

吴碧迦弯下身子，帮他拾起碎了一条胳膊的玩具。小男生吸了吸鼻子："多谢姐姐。"

她走到对面时，忍不住又回头看了一眼那一颠一颠跑远的小男生，想起了有一次傅之远生日，烛光盈盈，窗外的夜有两三颗疏朗星星，她把一块奶油抹到他鼻尖上，问他许了什么愿望。

"许了一生一世爱你的愿望。"傅之远钩起她的无名指。

"那你什么时候娶我啊？"吴碧迦脱口而出，"还有，为什么你都不带我去见见你的家人呢？"

"等我大富大贵，鱼跃龙门。"他淡笑，"再等等，现在还没到时候。"

"现在我们平平淡淡，吃饱穿暖，不好吗？"她不解。

傅之远却只是拥着她："等你成了傅太太，就安心相夫教子吧。我们的小孩一定是白白胖胖的，我陪他玩模型，你就从厨房里拿着炒菜的铲子冲出来骂我们玩物丧志……"

他们都忘了，生日时许的愿望，原来说出来就不灵验了。

花事了，情事了，殊途不同归，他们之间留下的，也只有些抓不住的回忆。有人饮尽一杯酒后，就醉在过去编织的梦里不肯醒来，有人喝了两三杯，依旧清醒。

第六次的审批，吴碧迦被告知傅永森将会遇到危险，只有她才能救下他。她想了很久，都不明白为什么傅永森始终不肯放权给傅之远的另一个原因是她，更不明白网站系统所说的，两个人命运早已牵连缠结的含义。

她只觉自己已经在分岔路口选择了另一条路，冥冥中有一个声音在指引她，驱使她必须要按照这样的轨迹进行下去。如果不救傅永森，她无法知道这场游戏的下一步路该怎么走，更不知道如何才能阻止换乐网站的继续妄为。所以，她别无选择。

吴碧迦定了定神，走进了十二海味行。

“碧迦姐？天啊，雨这么大，你怎么没带伞？”小丽惊慌失措地看着被淋得湿漉漉的碧迦，忙从柜台抽出几张纸巾给她。

“傅之远呢？”吴碧迦没有接。

“大少？”小丽挠挠头，“今天下午他很早就回去了。”

“果然，”吴碧迦心里凉透，“一切都是为了甩掉我这个包袱。”她环顾四周，“那你们傅老板呢？”

“他今天去医院检查身体了，所以明天才来。”

“他的秘书陪他去的吗？”吴碧迦皱眉。

“是啊，每个月都是陈叔陪着老板去的。”小丽奇怪，“碧迦姐，你问这个干吗？”

吴碧迦搪塞过去，问了傅宅的地址，匆匆赶了过去。她站在门前，终于鼓起勇气摁响门铃。

“吴碧迦？”开门的是傅之远，他一见她，震惊得睁大了眼睛，“你来干什么？”

“我记得你好像说过，你已经买好了今晚的机票，你要出国独居，永世孤独，都不愿与我共度。”她冷笑，“傅之远，我只问你一句话，昨天下午三点二十分，还有上个星期六的早晨，你去找陈叔说了什么？”

她记起网站系统对她的提醒，一字一句道：“要不让我来告诉你吧，你知道陈叔的儿子欠了一笔高利贷，被人找上门，你想借帮他还贷的机会来收买陈叔，让陈叔换掉陪傅永森去医院取的药……”

傅之远脸色大变，一把将吴碧迦往门外推：“你在乱说什么？！”

“之远，是谁来了？”原本在二楼卧室的傅永森听见声音后踱步下楼，表情惊讶，“碧迦？怎么淋得全身湿透了？”

傅之远错愕地停下动作：“三叔，你认识她？”

吴碧迦趁他不注意，顺势进了门，朝傅永森走去：“你今天去医院取的药，被他指使陈叔做了手脚。”

“三叔，你别听她胡说八道！”

“你要是不肯承认你做了什么，”她镇定道，“那我们就把药拿去医院化验，看看结果如何？”

傅永森摘掉老花镜，闻言，他苦笑：“之远，你何必这样步步为营？等我退位，海味行迟早是你的。”

“是我的？”傅之远俊朗的面容变得扭曲，“三叔，你迟迟不肯放权，对我处处设防，宁愿把重要的项目给外人也不愿意给我。是我何必，还是你何必？”

“做生意需要野心没错，但更需要的是一颗仁心。”傅永森道，

“你太过急功近利，这样处心积虑，真让你揽下大权，未必是一件好事。”

傅之远像只愠怒的狮子，攥紧了拳头，又缓缓松开。良久，他背过了身，声音疲累：“成王败寇，我再留下也不会有用，那我去别处，到时将有大把机会。三叔，我离开就当还清这些年你对我的照顾。”

他把手搭在门把上，忽地回头，向吴碧迦伸出手：“你和我走吗？”

和他走？

吴碧迦愣在原地，以为听见这句话会有牵住他的冲动，却发现自己的手丝毫未动。脑海里有个声音对她说：回不去了。

他不是不爱她，只是不够爱她，所以每一次，他都选择先丢下她。即便他们还有未来，可当下一次再遇到困境关头，最先松开手的还是他。

“好，很好。”傅之远见她不动，冷冷一笑，“吴碧迦，我这两年真是看错你了，我对你这么好，可到头来你也不过是一个见钱眼开的女人，听到我不受重视，没权没势，就立马变脸。”

“你对我好？”她像是听到了天大的笑话，“对我好的意思是指，在紧要关头为了你自己的利益，选择把我当玩具抛开？你是以为我会傻傻地在原地等一个抛弃我的人，无论你什么时候回头，我都会一直在吗？傅之远，你觉得迟点再找回我也不迟，可是……”

“可是早就迟了，”她的声音悲凉，“我等不起，也不想再等了。”

他似被戳中痛处，原本冷漠的眼神有了波澜。

“傅之远，”吴碧迦缓缓开口，“就这样吧。”

她记忆里那个挂着玩世不恭的笑容，却对她百般温柔的男人，不会再在圣诞节给她买热可可，不会再戴着她织的围巾弹吉他，种种过往情缘，一切成空。

往后他的手牵着谁，他在星光下吻着谁，物是人非，千帆过尽，与她再无关系。

良久，傅之远转过身后，没有再回头，毫不犹豫地推门离去，萧条的背影，成了他们之间的结局。

世上情爱事，来去匆匆，痴心共对也好，风月债偿也好，人各一张脸，但统共从相识到挥别也不过四句话：你好，我爱你，对不起，再见。

他没有说再见，她也没有，只是笃定，以后便是再也不见了。

“你还好吗？”傅永森是聪明人，只短短一幕，他就明了傅之远和吴碧迦之间的关系。

窗外有散落的明星，有一地青灰色的月光，傅永森颤巍巍地伸出手，又只能蜷指缩回。

“碧迦，你还年轻，还有一大片森林等着你。”他笑，“不像我，六十岁的老头了，已是枯木。”

“你这年纪，都儿孙满堂享天伦之乐了。”吴碧迦冷得嘴唇发抖，收回看向窗外的视线，“我来这么久了，你的妻儿呢？”

“我是孤寡老人。”他故作轻松，“当了一辈子钻石王老五。”

她愣了许久才回过神来：“怎么不找个人照顾你？”

他淡淡道：“可是其他人，不是我心心念念的那个人。”

不知是否错觉，吴碧迦突然觉得左心房的位置有一瞬刺痛：“你是在等谁吗？”

傅永森的眼里有莫名的哀伤，他随即掩过去：“三十年了，等或不等，我都等了。”

“那你没有再遇见过她吗？”她好奇。

“遇见过，”他顿了一下，“她有她的日子要过，我已经老了，这一辈子，我们都不会再有什么结果了。”

吴碧迦还想继续说什么，他却转身进了厨房：“我都糊涂了，我去给你拿条干净的毛巾，你好好擦擦，今晚炖了虫草汤，我等等给你盛一碗暖暖身子。”

“不用客气了，我等等回家洗个热水澡就好。”她婉拒。

她只想回家躲起来，忘掉今晚的种种不愉快。

“先擦擦比较好。”他坚持，“女孩子不能着凉，这种天气也很容易感冒的。”

他又顿了一下，神色有些寂寥：“你是晚辈，我做长辈的，总要多照顾照顾你。”

“真的不用客……”他的步履太匆匆，她婉拒的话只得咽进肚子，余光却看见他衣服的口袋掉落出了一张纸。

吴碧迦走近捡起，那张纸已经泛黄，应该是经常拿出来看的缘故，手指捏过的印记很深，布满褶皱，画迹也淡了不少。上面画的是一个女子的侧影，那女子不知正低头做些什么，温婉轮廓像极了她。

一旁还有洇开了墨水的字迹：若我可再重活一次千次，我都盼面前仍是你。

落款日期是：1987年12月10日。

吴碧迦的心“咯噔”一跳，她慌乱地把那张纸反过来放回原地，傅永森一出来，她便换回镇定自若的神色：“你刚掉了东西在地上。”

他顺着她的视线看去，端着汤的手一抖：“谢……谢谢了。”他把汤放在桌上后，急着把纸胡乱塞进口袋，见吴碧迦神色无异，才暗暗松了口气。

“什么东西，很重要吗？”她装作随意地问。

“嗯，”傅永森小声又坚定道，“一生一遇。”

“啪——”她的勺子落到碗里，溅起滚烫的汤水。

她的脑海里浮现的都是那张速写，以及那句“一生一遇”。

他终身未娶，只为等待那个一生一遇？

俗世中，有人无情，有人滥情，有人薄情，也偏偏有人痴情。

那个他一生一遇的人的模样，又和她那般相似。她们说不定只是有些相似，她摇了摇头，随即把这件事抛之脑后。

吴碧迦回到家后，没有再打开电脑，她想，既然一切已经尘埃落定，她也没有什么需要完成的心愿了，自然，换乐网站也不会再因她的操作而为非作歹。

她虽然不能立刻走出阴影，但毕竟那人的薄情负心已是过去式，她若再苦苦留恋，也于事无补。

老板在这时候打来电话：“吴碧迦，你交的游戏网站雏形我看了……你最近是失恋还是离婚？这样的东西都敢交出手……简直一塌糊涂，说出去是高才生设计的我都觉得丢脸……有几个地方，我帮你做了注释，你好好研究一下，顺着重改……”

哪壶不提开哪壶，她心里微微疼痛，然而面对衣食父母，还只能窝囊地好脾气道：“是，那谢谢老板指点，我现在就去改。”

吴碧迦满心只顾着咒骂无良老板，一时大意破了刚才的承诺，打开电脑邮箱接收完文件后正欲退出，突然听见“叮”的一声。她以为是老板有后续补充，忙点开一看，却吓得冒出冷汗。

那封电邮的文件夹里只有两张照片，第一张是一张相簿里过塑的结婚照，颜色已暗淡，那对恩爱璧人白婚纱衬黑西装，腕上各别一串红绳，男左女右；另一张还很新，背景落满金黄秋叶，一对白发老夫妇相拥着倚在树边，朝着镜头眉目温柔。

两张迈过年轮的照片，同一对男女。

吴碧迦不停地揉着眼睛，闭眼又睁眼，可照片上的那对男女，分明是她和傅永森。

“这是……”她艰难地发出断断续续的音节，“这……这是我和傅永森吗？”

换乐网站的系统声音适时响起：“你不好奇吗？”

她何止好奇，说惊恐都嫌轻。

“这……这两张照片，是怎么回事？”她咽了口唾沫，“是……是谁恶作剧把我们的照片合成了吗？”

可她不明白的是，如果是恶作剧，为什么会牵扯到傅永森？

“不是，”它答，“照片是真实发生过的。”

“真实发生过？”她难以置信，“怎……怎么可能？”

“傅永森终身未娶，只为等一个一生一遇的人，那张他保留了三十年的画像，画中人的确是你；而他始终不肯放权给傅之远的一个原因，也是你。”

“画中人……是我？”吴碧迦把种种事情串联在一起，仍是想不通，她踟蹰着问，“那……那结婚照又是怎么回事？他为什么还那么年轻，为什么我又会站在他身边？”

如果按它所说，傅永森等的人是她，那明明他们已隔着时间距离，不可能结成眷属，怎么还会有这两张照片的存在？

“你有一个再次回到过去的机会，去找出这个问题的答案。”那个熟悉的审批页面又显现在她的眼前，“你只能靠自己去找出答案。”

“答案？”

“关乎你一生命运的答案。”

这是换乐的第七笔审批，也是吴碧迦的第七次抉择。

“你需要换的话，可承诺不后悔、不遗憾？”

“你是否确定进行本次交换，以未知的失去为代价？”

她看到对面屏幕的那个女生，手边有一朵镶有并蒂莲的发簪。并蒂莲的花语是，缠绵合欢，永结同心。

永结同心。

第一章 骗局

Kitty第三次空手而归的时候，已经急得眼泪唰唰流下来：“Moon姐，所有地方都找遍了，还是找不到那条腰带……”

彼时距离今年品牌的秋冬高级时装发布会结束还有十五分钟，第三组造型走完秀，就到闭场模特的华丽出场。

而她身上的那件衣服，是我这几个月来倾注心血最多的作品。

“要不干脆不要腰带了？”Kitty小心翼翼地问我，“或者用前几组的腰带代替？”

我头痛得厉害：“那要不明天你去结算工钱回家？”

这件花费我巨大精力的裙装采用塔夫绸剪裁而成，最大的亮点在于它原先只是一件经过独特加工后的布料，需要烦琐层叠的穿法，最后用一条蕾丝腰带固定住。缺了腰带，衣服根本无法上身。

“穿衣工说当时忙到头昏，换衣区域全是人和衣服，实在是没有留意。”她哭丧着脸，“珍妮只作为闭场模特上台，所以化完妆之后就守着衣服没离开过，除了……中途忍不住上了趟洗手间……回来就发现腰带不翼而飞了。”

后台乱哄哄的，我和Kitty如热锅上的蚂蚁，仿佛已能预见，明日时尚周刊的头条标题赫然是——史上最惨“织女”——Moon Ho的秀场笑话。

“我倒有合适的腰带。”突然一道男声插进来，我循声望去，是一个眉目疏朗的男人，长身玉立，右手拇指戴一枚翡翠扳指。他从携着的布囊里细心掏出一样东西：“用管状玛瑙和粟粒玉珠串成——放心，是我的原创设计。”

那串轻巧的东西更像是项链，但束起秀丽裙装，反而更显模特纤细的腰盈盈一握。

我当机立断把腰带递给Kitty，她匆匆走后，我转向那个男人：“多谢，发布会结束后，你记得联系我，我不会忘了你的功劳。”

他只是莞尔点头，便悠然离去。

我的预感没错，那件塔夫绸裙配上珠玉腰带效果极好，模特甫一登场就秒杀菲林，第二日报纸的时尚版头条都着墨于此。

只是，他们的侧重点似乎不太对。

“啪——”我冷冷地把一份杂志扔在会议桌上：“高总监，你是不是欠我一个合理的解释？”

C&G公司旗下的女装品牌Moonlight，多年来都是我稳坐首席设计师的位子，在春夏和秋冬两大时装发布会后的新闻通稿里一枝独秀。可这一次，尽管头条仍是Moonlight的发布会，主角却不再是我。

我指着报道里一个高频出现的人名：“你能不能给我说一说，这位人称‘鬼才公子’的薛南祺先生，什么时候成了Moonlight的副线设计师？”

薛南祺就是昨天江湖救急的男人，那条衣服成了绿叶炮灰，他们目光聚焦的是珠玉腰带，字里行间都是对“鬼才公子”时隔三年重出珠宝设计圈的惊叹赞美。

这一切都是精心预谋，只为了让我被迫接受米已成炊的定局。

“Moon，别生气，这难道不是一次新奇的宣传吗？”高总监笑意盈盈地理了理西装，“蕾丝腰带哪比得上珠玉腰带能衬出衣服的美感？公子可是鼎鼎大名的……”

“但我不认识他。”我绷着下巴。

想不到，我只埋头设计而两耳不闻窗外事的品格，有一天也成了祸根。

“现在不就认识了吗？以后好好合作，Moonlight这些年的成绩都很好，但只做服装太单调了，所以上层决定新增珠宝元素。”高总监的眼神突然越过我，他毕恭毕敬地打了招呼，“薛先生，早。”

“早。”薛南祺颔首，然后朝我伸出手，“希望我们合作愉快。”

我冷哼一声，别过头，手插进牛仔裤口袋。

“和传闻一样，你确实很有个性。”他收回手，展颜道，“合作愉快，我当你默认了。”

第二章 让步

我并没有默认，从心底到表面，我都是百分之两百的厌恶与否认。Moonlight是我一手创立的品牌，这些年来我凡事亲力亲为，她就像我的孩子，只是，做了那么多年的“单亲妈妈”，现在竟然凭空掉下一个“爸爸”。

“Moon姐，总监让我把宣传样本给你过目一下，没问题的话……”Kitty敲门进来，打断了我的思路。

“谁说没问题？”我霍地起身，“我现在就去解决最大的问题。”

我站在薛南祺的办公室门前，耐心地敲了半分钟门。

“抱歉。”他开了门，“刚刚在泡茶，分不开身。”

我默不作声环顾四周，窗外斜阳落到红木桌椅上，显得大气舒适。

“薛先生倒是很有品位和情调。”我开门见山，“但是我觉得，你的风格，和Moonlight并不相称。”

薛南祺没有看我，只是坐下：“江苏宜兴盛产精巧的紫砂茶壶，我钟爱这款竹枝状的。”他拈起小瓷杯，慢条斯理地抿了一口，袅袅水汽里，愈加淡却了五官，“凤凰水仙，一泡闻其香，二泡尝其味，三泡饮其汤。”

“尝尝。”他递给我一杯，“比国外那些袋泡红茶加牛奶好多了。”

那只修长的手已经伸到我眼皮子底下，无奈，我只得接过：“谢谢。”

我学他的样子抿了一小口，惊讶地发现茶味很浓醇，在舌尖缱绻淡淡的花香。薛南祺似乎很满意我的反应，微笑着给我又添上："有些东西相称与否，试了才知道。"

茶汤入肚，心底那份焦躁被慢慢抚平，我只觉浑身舒爽。

"欢迎再来。"他把轻飘飘的我带到门边，临走前，我还呆呆地回了声"好"。

等回到办公室，我才清醒过来。

"Moon姐，你找'鬼才公子'谈拢了吗？"Kitty难掩好奇。

"嗯？"我微怔。

"你喝了酒了？"她问，"怎么好像醉了？"

茶比酒还浓，打乱一盘棋。

第二次站在薛南祺办公室的门前，我依旧耐心地轻叩房门。在来之前我已经咕咚灌了满肚子的水，无论如何，那些蛊惑心智的茶汤也不会再入我眼。

"抱歉，方才在专心磨墨，没听见你敲门。"老样子，薛南祺永远闲情逸致。办公室多了几幅字画，正中央裱框里的书法行云流水，淡淡的墨香味缱绻。

"我这次来，是想和你说关于……"我开口。

"你知道松烟墨和油烟墨的区别吗？"他蓦地抬头，打断了我的话。

我愣了半晌，摇摇头："我对传统文化了解不多。"

"松烟墨适合画动物翎毛，油烟墨则用于山水。"薛南祺娓娓道来，"它们各有千秋，但又不是孤立的，雏鸟可成群穿山过，合在一起显得和谐自然，你说是不是？"

我看向那铺开的纸，他落笔之处不过寥寥几道线条，我再回神一看那里已是跃出纸面的山涧流水。

“长锋婀娜，短锋厚实，中锋兼而有之，宜画山水。”

我从来没发觉，原来那单调的黑墨，竟能画出这么美的景色。

“看呆了吧？”薛南祺放下笔，“所以，你没想象过的，不代表不适合。”

他话里有话，这次没有茶香，墨汁倒也沁人心脾。

“欢迎再来。”他拉开抽屉，从里面拿了一支新的毛笔。

他把我送出门之后，我恍惚想起，刚刚他拉开的抽屉，里面有一张过塑的老照片，我只仓促一瞥，也不难看出那是个美人，似乎有几分面熟。

可那时我并没放在心上，那之后，我又去找了他几次，然而每次都铩羽而归。他总是巧妙地把我的问题挡掉，给我准备糕点，教我吟诗作对，唯独不谈正事。他的段数太高明，任凭我费尽心机也是徒劳。

我叹了口气，Moonlight往后的命运，注定是有他的存在了。

第三章 靠近

薛南祺主动来找我，是在两周后。这两周里，我们除了月中例会见过一次，其余的时间都在各忙各的。他亦是喜静的人，身边一位助理秘书也无，从早到晚都待在办公室里。

所以，当薛南祺来敲门的时候，我很是惊讶。

“Moon，我看了你给我的六月主推设计图。”薛南祺坐下，“大胆前卫是你历来的设计风格，法国确实是培养人才的时尚之都。”

“恭维的话就不必说了。”我把铅笔放下。

他浅笑着起身，把手中的文件夹摊开在我桌上：“那我也不浪费时间了，这是我的珠宝设计初稿，你看看与你的主题是否契合？”

“中国风？”我低头一看，“薛先生，我一向做的是西方风格服饰。”

薛南祺点头，他绕过桌子到我身边，微微俯下身子：“这是经过改良的中国风，结合传统和流行，配上你的服装，含蓄又优雅。”

他身上有股好闻的檀香味：“你这次的设计，镶绲下摆和大襟略显单调，我的想法是缀上流苏珊瑚珠。还有主推的发饰，用传统的花蝶簪钗配上……”

我被那温热的气息挠得烦乱，一把推开薛南祺：“我不同意。”

他被我粗鲁的动作镇住，有点蒙：“为什么？”

“我拒绝杂糅。”我把手中的设计图揉成一团扔进垃圾篓里，“所以，六月原定的主推服装，取消。”

薛南祺旋了旋翡翠扳指，无奈叹气：“那就辛苦你再设计了。”

话已放出，即便那设计我很满意，也只能硬着头皮弃用。Kitty进来的时候，我正用铅笔在白纸上恨恨地戳穿无数个洞。她见我扔了满地的纸团，从垃圾篓里拾起一个打开，疑惑道：“Moon姐，这张设计这么好，为什么还要扔掉？”

我瞥了一眼，那正是我赌气弃用的设计：“还不是那个薛南祺捣乱，我一生气，就把六月的主推换了。”

“这是六月的主推？”Kitty目瞪口呆，“现在换了，时间还来得及吗？”

我气馁，把面前的杂物推到一边：“我这几天请假，去找缪斯。”

“你最喜欢的。”安妮递给我一块现烤的红豆面包，“大忙人，什么风把你吹来了？”

“妖风。”我咬了一口，撇嘴，“失水准了，比不上我之前吃的桂花糕……”

话一出口，我险些咬掉舌头。

“你什么时候喜欢上吃那个了？”安妮耸耸肩，“对了，楼上新开了一家欧洲舶来品店，你要不要去败败家？”

“我现在养家都养不起。”我叹气，“被人抢饭碗了。”

上环永远带有老港片的文艺气息，安妮的面包小作坊开在鸭巴甸街的PMQ，闲置多年的已婚警察宿舍被改成一间间小店，浪漫独立。这里胜在安静，闲来无事时，我会窝在店里，又或者去楼上楼下看看新出的手工艺品。

“喝杯花茶。”安妮给我斟了一杯。

“怎么这么淡？”我皱眉，喝了一口就放下，“玫瑰放太少了。”

“淡了？”她惊讶道，“这和你平时喝的一样，水也是惯常比例。”

我哑口无言，蓦地想起了薛南祺那杯浓醇的凤凰水仙。相比之下，那几朵漂浮的玫瑰干花，显得太过伶仃。

“看来是被养刁了胃口啊，有新欢就忘了旧爱了？”她狡黠地挑眉，“是不是那股妖风给你灌了妖茶？”

“胡说什么。”我翻了个白眼，“我回去了，设计图还没画好。”

顺着长长的石梯路下坡，我慢腾腾地踢着碎石，有着斑驳水渍的石阶在夜色里如蜿蜒瑰丽的图腾。昏黄的路灯下，一切显得格外宁静，有情侣在相拥自拍，数三声后，两个人笑得比夏花更灿烂。

说不羡慕别人成双成对是假的，只是茫茫人海里，我等到晨曦，等到潮汐，也等不到一人共度朝夕，白头偕老。

走到转角，有一家隐没的铁皮屋还亮着灯，我好奇地探进敞开的门一看，原来是一位白发老爷爷在给人理发。他的手法熟练利落，镜子里的顾客面容俊朗，鬓角的头发被细心推平。

“薛南祺？！”我吃惊。

薛南祺听见我的声音，睁开眼，也是一惊：“这么巧？”

老爷爷给他扫了扫碎发，解开围布，两个人聊了几句，他才出来。

“你经常来这里？”我忍不住问。

“回港后来过几次了。”他微笑，“老爷爷手艺很好，收费也很平价。”

“可是，”我欲言又止，“你这样的名设计师，不是应该……”

“现代人步履太快，总是想着速成急进，推崇更新换代。可很多时候，我们都应该停下来，走慢一点，用心感悟老物事的隽永美好。”藏青的夜色里，他的睫毛垂下，形成月牙形的阴影，“别走太快。”

他又顿了一下，突然转移了话题：“那天的事，对不起。”

我一头雾水：“为什么道歉？”

“是我越界，擅自破坏了你的设计。”他认真道，“我没有尊重你的意愿，是我冒失了。”

他的道歉太过正式，我反而觉得惭愧。那天的事，归根结底都是我那股无处可撒的怨气作祟，现在想来，其实他的珠宝和我的服装两相结合，中西合璧的风格的确能弥补不足，让人眼前一亮。

“我也有不对。”我挠挠头，“这样吧，等明日上班，我们好好整理一下那份图稿。”

这里并没有中环人来人往的繁华喧闹，静谧得连风声虫鸣都能入耳，但两个人并肩走着，也不觉尴尬。两道影子被路灯拉得细长，我不小心踉跄了一下，薛南祺忙扶了扶我，原本单独的影子忽地凝成一体。

我顿时失神，忘了离开他温暖的臂弯。

“下次换双矮点的高跟鞋吧。”他礼貌地松开我，影子也跟着分开，“不然下次摔倒，就没那么好运有我在了。”

我别过头，遮住了我红了的耳根。

“歌赋街的家具店，样样设计都很好。”薛南祺突然驻足在橱窗前，我顺着他的视线看去，那是一家中国风的家具店，儒雅高贵。

他张口：“你的家是什么样的？”

“家？”我说，“很普通的装修啊。”

“我是说，”他垂眉，“家人。”

我想了想，一家人团圆温暖，我可以脱下高跟鞋，可以撒娇，可以在他们身边什么都不用想，即使做错事，他们也会第一时间原谅我。

“原谅……”他叹气，“可是，我再也听不到了。”

他的声音有浓浓的悲凉，我想起那日的墨，亦是浓得化不开。

第四章 怦然

我没料到的是，我和薛南祺的第一次联合设计，是以这样的局面告终。

“Kitty呢？”我气急败坏，“迟到一个小时了，阿达，你给我发封警告信。”

阿达道：“Moon姐，你请假的这几天，Kitty向总监递了辞职信，说她妈妈在家乡生了重病，她要辞职回家照顾陪护。”

“为什么没人和我提起？”

“她说你最近百忙缠身，不好打扰你去寻找设计灵感。高总监很同情她，就当场批准了。”阿达说，“她订机票订得很急，可能来不及和你说。”

我像被抽尽了灵魂，回到办公室，电脑屏幕那一页刺眼不堪。

一向和Moonlight打对台的St.Lateefah品牌，今早推出了新品，在短短两个小时内，销售额已经达到同期品牌的两倍，公关通稿瞬间刷遍网络。而他们的设计，和我最初预想的六月主推，从结构设计、裁剪，甚至到袖口的拼缝颜色，尽管看得出用料没有很好，有些地方赶工粗糙，但亦达到了百分之九十的相似度。

若说是灵感撞车，恐怕这个理由说服不了我自己。

我一遍遍拨打Kitty的手机，那头是冰冷的机械女声：“您好，您所拨打的号码是空号，请……”

“Moon，我把珠宝设计的终稿定下了，你看看——”薛南祺进来，见我虚弱地撑着额头，忙走过来，“哪里不舒服吗？”

“St.Lateefah的新品。”我疲倦道，“有没有印象？”

他凑近一看，眉头蹙起：“怎么回事？”

“St.Lateefah的苏珊当年和我在法国一同师从玛珊大师。我习惯特立独行搞创新，她则喜欢借鉴模仿，总想着钻空子，所以我成绩比她好得多。三年前回国后我创立Moonlight，她也紧跟着做了自己的品牌。每次我推出新品后，过不了多久她也会出类似风格的衣服。”

“那顾客看不出来吗？”他问。

“两个品牌的消费群体不同，她做低端路线，打价格战。我们都走西方风格，她也做了巧妙的调整，所以行外人看不出什么。时尚界的版权维护本就是难题，我想着Moonlight的发展要好得多，就懒得追究了。只是这一次，她竟然收买我的人，抢先推出。”我缓缓道，“怪我没有带眼识人，被人出卖，满盘皆输。”

“还没有输完。”他拖动鼠标浏览网页，安慰道，“他们用的是你自己的原始初稿，添了中国风的那份还在我手里。”

我没心情，摆摆手：“你先出去吧，让我冷静一下。”

“名师出高徒，玛珊大师有你这样的高徒，她一定很为你骄傲。”薛南祺走到门边，“所以何子月，我相信你会得她真传，任何难关都能挺过。”

“但愿如此。”我黯然，师父于我而言亦师亦母，三年前的灵堂一别，从此天各一方，“师父不在了，有再多的难题，我也得自己咬牙解决。”

“你师父她……她走的时候还好吗？”他轻声问，“痛苦、遗憾，还是煎熬？”

“她是在医院走的，走得很安详，只是……只是她说，她要等的人始终等不到，下到孟婆桥，她不想喝那一碗汤。”我疑惑道，“你问这个做什么？”

“没什么，”他背对着我，手搭在门把上很久才扭动，“你好好休息，别担心，有我在。”

他走之后，我深吸一口气，做了个决定。

我花了半天的时间，去收集整理了设计过程中的素材作为证据，发到社交媒体上，陈述被抄袭的事实。

我吃完午饭，已有过万的转发。但社会舆论并没有按我的预期走，苏珊几乎在同一时间里也发了一条消息，讲述当年同窗之时我是如何欺压她，把她的设计占为己有，回国后想尽方法盗取她的设计，甚至派了细作。

我气得七窍生烟，一切纯属子虚乌有，颠倒是非，偏偏网民还一窝蜂支持她。一下子，朝我扔臭鸡蛋的、落井下石造谣的人全都冒了出来。

高总监召我去开紧急会议："Moon，我批准你放大假。"

"连你也不信我？"我心酸。

"我很清楚你的为人，这些年要真是靠抄袭，你觉得你能有今日的成就吗？"高总监叹气，"你是时尚圈的领军人物，没人会在意这个新闻是真或是假，在他们眼里，只要能成就一幕大戏，他们就愿意买票入场。"

走进的丛林越深，遇到的恶狼就越多。

"我们会处理。"他道，"这段时间你先避避风头，等事情过去再回来。"

"喂，何子月，空腹喝酒对胃不好！"安妮伸手想要夺走酒杯，"何子月！第五杯了，再喝就醉了！"

"醉了多好，没烦恼。"我躲过她的手，"你没听过一首诗吗，白日放歌须纵酒，青春作伴好还乡……"

"你什么时候对古诗感兴趣了？"安妮顿了一下，"对了，你今天的装束，特别像……"

"散发着迷人光芒的圣母玛利亚？"我傻笑。

“露宿新桥的落魄少女。”她递给我一面镜子。

镜子里的我浑身乱搭，头发蓬乱，斜戴着一顶破烂毡帽，穿着皮裘大衣配铆钉短裤，脚踩缀满亮片的恨天高，双目涣散，面泛油光。

“我知道你被诬陷很痛苦，但也别自暴自弃啊。”安妮一脸嫌弃，“又不是什么天大的事。”

我喝下最后一口酒：“有缘再见！”

安妮没拦住我，我独自离开面包作坊后走了很久，快下石梯时一脚踏空，整个人狼狈地滚下去。鞋跟折断，脚踝传来钻心的疼痛，风一吹，沙子刮到我眼里，我越揉越痒，到最后“哇”地哭了出来。

积攒的委屈一下涌了出来，我盘着腿越哭越大声，经过的路人以为我是疯婆子，忙不迭地跑远，只有一双白球鞋在我面前停下。

“你看，生活也没有你想的那么糟。”薛南祺蹲下身子，递给我一条格子手帕，“起来吧，我背你回家。”

泪眼蒙眬里，他就像那踩着七彩祥云的骑士，后背温暖强健。

“你怎么来了？”我把头埋低，随口道，“我会误会你跟踪我。”

“想太多。”他的身体僵了僵，“巧合而已。”

薛南祺按我的指示背我顺利到家，放下我后，他顿了一下，然后说：“你等我一下。”

他很快回来，手里多了一瓶东西。他找了张小板凳坐下，把我的脚放在他的膝盖上，我下意识想缩回，他却摁住：“这款跌打酒很有效，我手法不错，你放心好了。”

跌打酒的味道很浓，他细心地揉着，力道适中，脚踝处传来清凉的触感。他垂下眉眼，添了份俊雅宁静，我心里一软：“想不到你还有两下。”

他展颜："谢谢夸奖。"

"那如果下次我又受伤了……"我说，"你还会像这样出现吗？"

"随叫随——"薛南祺停下动作，轻咳一声，生硬地转移话题，"那个……你这两天记得穿平底鞋。"他避开我的视线，转而从随身布囊里拿出一份图纸，"我和高总监商量过，最好的解决办法，就是尽早推出我和你的联合设计，寻求新的突破。"

"你的意思是，我们的合作，是建立在为彼此提供灵感的基础上？"我接过图纸，沉吟，"比如我可以根据你这次的珠宝理念，着手设计服装，反之亦然。"

他点点头："中西合璧，走新路线。除非，她胆敢在我头上动土。我虽然在澳洲沉寂了几年，但口碑和人气还是不缺的。"

"那你，为什么要回香港？"我抿了抿嘴，"你这三年，都做了什么？"

"天黑了，我先走了。"他起身。

"我听高总监说，你是主动到C&G请求上任的，原因是想和我合作。"我看着他的背影，故作玩笑，"为什么？总不可能是因为爱慕我吧？"

薛南祺沉默不语，过了很久，他才开门离去。

第五章 锁心

暖橙色的台灯散发出一圈光晕，我撑着头，笔尖在纸上落下星星点点的印迹，不知不觉间，好像连成了一个人的轮廓。

那个人仿若晨星，萦绕心间，千里不绝。

那圈光晕照着薛南祺手绘的珠宝图，他怕我不理解，还在一旁详细写了设计注释。那是一支步摇簪，上端正面嵌有并蒂莲，背面是玳瑁蝶翅，垂下的部分用琳琅的小颗宝珠串成。

而他在那朵并蒂莲旁写下八个字，力透纸背：缠绵合欢，永结同心。

他说："子月，你能做一件喜服旗袍吗？"

为她吗？

我想起那天看不太清的照片，心里酸胀。

数天后。

我把设计好的图纸交给薛南祺："中式旗袍讲究含蓄典雅，融进五十年代的西方元素，从裙撑和领口处做了改良，在分割线的地方用巴洛克风格设计缎带和刺绣拼缀。"

"这就是我梦中的设计，"他眼神明亮，一把抓住我的手，"心有灵犀。"

"缠绵合欢，永结同心。"我红着脸缩回手，小声道，"你教我的，并蒂莲的花语。"

他没听见，只是自顾自地低头看图纸："她说得对，只有你才能赋予这个设计真正的灵魂。"

"对了，你为什么想到要以这个为主题？"

他的笑意忽地敛起，眼里那簇星火被浇灭。良久，他看向窗外："是为了完成一个故人的心愿。"

又是那个她吗？

我忍住没问，也沉默地看向窗外的车水马龙，须臾间，一切归于沉寂。

款式图定下后，一切工序紧锣密鼓地进行，打版时修了两稿，样衣工把最终的版本交到我手里时，我才放下了心头多日的大石。

薛南祺的眉目温和："高总监联系了一家时尚访谈直播节目，让我们两个上去，做一次独特的宣传。"

节目定在第二天，所有流程都在意料之中，直至大荧幕上亮出发簪和旗袍的成品。

"你们的联名品牌Mooncake首秀果然没让我们失望！"主持人话锋一转，突然抛过来一个问题，"那么我想问问Moon，之前那桩抄袭的新闻，对你这次风格的转变是不是有很大影响？"

我笑靥如花："首先，抄袭这件事，我迟些会正式法律起诉；其次，我风格的转变，只是因为一个人。"

现场霎时鼎沸，我索性豁出去："是因为我喜欢薛南祺，所以爱屋及乌。"

原本面带笑容的薛南祺突然僵住，他的表情出现了裂痕。主持人却很兴奋："难道说，'鬼才公子'沉寂三年才出山，是为了爱情？"

薛南祺向摄像机打了个手势："抱歉，我不录了。"

全场鸦雀无声，过了几秒，我追了上去。薛南祺的步伐迈得很大，后台走廊空旷无人，我干脆一遍遍唤他的名字。

终于，他停住了脚步，留给我一个背影。

"你……当什么事都没发生过吧。"我道，"我向来敢爱敢恨，就当是我浪漫细胞太冲动。"

"你还记得我和你说过，并蒂莲的主题，是为了完成一个故人的心愿吗？”他转过身，叹了口气，“这是她毕生的心愿，却是我迟到的弥补。”

那一天，薛南祺和我在磅巷石梯上从午后坐到黄昏，他压抑许久的心事，终于在那成荫绿树下伴着泛着泡沫的啤酒铺陈开。

“玛珊大师……”他灌了口酒，“是我的母亲。”

“咳咳……”我被呛到，不可思议地看着他，“怎……怎么可能？师父从来没有向我提起过她有个儿子啊？”

“我爸也是做珠宝的，可惜我刚出生没多久他就逝世了。”他苦笑，“我从小就盼着子承父业，可是我妈的名气越来越大，我不甘心被人嘲讽是倚仗她的光芒上位，所以……所以我和她说，不准向任何人公布我们之间的关系。后来我一人去澳洲打拼，成了上了发条的工作狂，她也去了法国发展，我们见面的机会就更加少了。”

“这些年来，我们在公开场合有偶然遇见几次，可每次我都狠心只当她是陌生人。三年前她生病，打电话的时候说想让我去探望她，可那时我全心在忙一个珠宝展，敷衍说‘妈，我迟点再回去’。她说好，她会等我。”他涩声道，“可哪里还有迟点的机会呢？她等了很久的人是我，可是最终等不到的人，也是我。”

他以为母亲是小病小痛，并不放在心上，可是那时玛珊脑里的癌细胞已经大面积扩散。他没有见到她最后一面，终生后悔。

“那……后来你为什么选择沉寂三年？”

“功成名就有什么用，走那么快又有什么用，到头来把她抛在身后，连自己爱的人都留不住。我这三年都在忏悔，罪孽深重，一生都洗不掉。”他说，“直到最近我去了一趟妈妈在法国的家，把她的东西再整理一次，才发现床底下藏了一个盒子，里面有一本日记本，还有一张未完成的设计图。我妈写了很多，写她和我爸的相知相爱，包括他们想要在纪念日做一个以并蒂莲为主题的联合设计。可是我爸走得太早，我妈伤心欲绝，最后便把这件事尘封。”

“直到她病重的时候，仍想着当初的愿望，只是她已经无能为力了。她默默地把心愿写在信笺上，希望有一天我能画完另一半珠宝图。”他看着我，“我知道你深得她的真传，所以想让你来完成这件喜服。”

“所以，你是为了完成师父的未竟心愿，才会回港？”我抱着双膝，冷得哆嗦，腾出一只手来揉眼睛，“那你直接和我说就好了，为什么还要兜这么大一圈？”

“你百般接近我，只是为了让我喜欢上你，引出我对这次设计的灵感……”我心如死灰，“薛南祺，并蒂莲是两颗联结的心，只有彼此相爱才能有真正好的设计，然而现在唯有我一人付出情意，你却是利用我。”

原来一切都只是他的计划，唯一的计划之外，却是我喜欢上了他。

薛南祺想为我拭掉眼泪，手却停在半空，终还是屈指收回：“我想以儿子的身份，一人去完成妈妈的心愿，所以才没有和你说出真相……接近你，走近你，最后……最后我也分不清是为了什么。”他的眉梢带着隐忍的痛苦，“子月，我已经因为自己的错失去过一个爱的人，我害怕拥有就是再次失去的开始。”

良久，晚霞已如萤火烁烁。

他带着枷锁，我亦有一把心锁。

他明明拥有钥匙，却不愿为我打开心锁。

第六章 无罪

那天之后，薛南祺开始刻意避开我，哪怕我守在他的办公室门口，他也只让我吃闭门羹。

他的心结太重，背负愧疚，余生漫漫，唯有他永世孤独，才能释淡罪过。

“今晚七点，我在煤气灯街等你，不见不散。”我给薛南祺发了短信。

那条花岗石楼梯并不长，街头街尾各有两盏香港仅存的煤气灯。人烟稀少，我一遍遍重复走那段石梯，走得很慢很慢，似乎这样才能缓解心里的焦躁。暮色四合，夜幕垂临，沉静的煤气灯泛起昏黄的光，伴着时而响起的车声，愈加宁静。

我站在石梯下，仰头看向空空如也的阶上，八点半，他还没来。

九点，九点半，十点，我维持着同一个姿势，固执地站定不动，直到迎来那团微弱的白光。

薛南祺一步一步向我走来，我仰着头，眼眶湿润。

“你怎么那么傻？”他走到我面前，眉头紧皱，“要是我真的狠下心不来，你是不是就要等到天明？”

“这个，送你的。”我忐忑地把香囊捧在手中递给他。过了很久很久，他终于接过去。

“谢谢。”他有些迟疑。

何以致叩叩？香囊系肘后。

“不用谢，这是我应该做的。”脑子一热，我脱口而出。

话音刚落，燥热从耳根蔓到颈后，我不敢对上他的视线。

“我……”半晌，薛少南叹了口气，“你不必这样，我无以回报。”

“以身相许，做牛做马，或者娶我为妻，哪样不能报？”我从背包里拿出那件大红喜服和步摇簪，轻轻放在他的双手里，“我知道你的心结很重，你一直后悔没能见师父最后一面，即使做出喜服，你还是放不下，因为你觉得，这个心愿，你始终没能在她在世的时候帮她完成。”

他低下头：“是，我很想见她最后一面，把发簪和喜服亲手交到她手上。”

“薛南祺，你答应我，如果你能弥补这个遗憾，你能不能回头看看我？”我开口。

他摇头：“人死不能复生，这个遗憾已是永远为期。”

“你相信我，”我重复道，“你相信我，你会弥补这个遗憾的。”

他以为我只是安慰他，淡淡笑着，不置可否。

他不会相信，这世间有一个名叫“换乐”的交换网站，能换取心中所想。

几天前，我无意闯入了这个网站，首页黑色的花边勾勒出短短的一句话：“你需要换的话，可承诺不后悔、不遗憾？”

荣华富贵我有，才华能力我有，唯一缺的，只是知心爱人。可我意中的盖世英雄，他被枷锁所迫，他压抑自己的情意，用赎罪来惩罚自己。

“你是否确定进行本次交换，以未知的失去为代价？”

我踮起脚，附在他耳边：“我愿意等你，等你想通。”

他的声音像蒙尘的古钟，遥远无际：“你会等不及，然后离开吗？”

“不会。”我说，“我一直在原地。”

尾声

一年后。

“Moon，这是今年第一季度Moonlight在亚太地区的销售业绩。”高总监喜笑颜开，给我解释屏幕上的折线图，“比去年同期增长1.5倍，再接再厉！”

“谢谢。”我只抬头看了一眼。

“今晚的庆功宴定在圣心大酒店，你……”

“对不起。”我打断他，“我想回家休息。”

高总监看了一眼那始终空空如也的座位，张了张嘴，最终什么也没说，点头应允。

人人都来恭贺我，我用新的成绩证明了自己，没有人再能用子虚乌有的事造谣击垮我，朝我扔臭鸡蛋。所有事情都走上正常轨道，万事胜意，可漫天的喜悦，我却只想与一人合欢。

然而那人，已悄声偏离了我的轨道。

我没想到，薛南祺竟会整整消失一年。在一年前那晚之后，他就像人间蒸发一样，联系方式失效。我甚至飞了几趟澳洲，找了和他接触过的所有人，然而再没见过他的踪影，像是世间从未有过他的存在。

我在那辽阔的海滩边喊得声嘶力竭，最后无望地看到一群飞鸟越过水面，之后杳无踪迹。

后来我才明白，如是浮生梦一场，我失去了薛南祺，他从我生命中彻底离去。

“小姐，你很喜欢这个吗？”摊主是个老婆婆，笑容温婉，“童叟无欺，我老实告诉你，这里的所有东西都是古董，唯独这件不是。”

摩罗街最多怀旧古董和二手货，这一年里，我总是习惯性地走来这里，挑挑拣拣，睹物思人。胭脂盒、苏杭团扇、水墨绢本等等堆了满桌，或许爱一个人，就是要更多地了解他的兴趣爱好，直到变成自己的习惯。

“没关系。”我掏出钱包，“这个我买了，多少钱？”

那是一个正方形小框，里面裱有一张墨画，一个女子的背影伏在窗边，头顶是一轮皎皎明月。旁边写有五个字：玲珑望秋月。

“这是一个先生昨天刚寄放在这里的，他说，如果有有缘人发现，那就送给她。”她说，“这幅画藏在这么多古董下面，你都能找出来，看来你们缘分不浅。”

话音刚落，她突然朝我身后开心地招手：“薛先生，你的有缘人来了。”她抓着我的手臂，眉眼弯弯，“既然有缘重逢，就要珍惜眼前人，不要再错过了。”

“碧迦，别打扰人家了。”一个白发老翁笑着把她带走，只余下我和薛南祺大眼瞪小眼。

“这么久不见，我还以为你入土为安了。”我嘲讽，“怎么，酒是故乡浓，月是故乡明？”

“对不起，让你久等了。”他笑道，“为了补偿你，我的余生，都归你管。”

“说得这么好听，”我的气焰登时弱了下去，“那你那时为什么要消失？”

他说：“一年前我们分开的那个晚上，我做了一个梦，又或者说，这个梦是真实的。”

“哦？”我明知故问，“你梦见了什么？”

“我梦见我拿了并蒂莲的喜服和发簪，去医院见了我妈最后一面，病房里只有我和她两个人，她躺在病床上，见我来了，笑得像个小孩一样开心。”他回忆，“我把东西交到她手上，和她说我终于完成了她的心愿，希望她能原谅我这些年犯的错。可我妈闭上眼前的最后一刻很安宁，她说，她没有怪过我，她很开心能带那两样东西去见我爸，不留遗憾，也希望我能放下心结，去找到属于我的并蒂莲。后来我醒来，喜服和发簪竟然离奇失踪了，所以我一直怀疑那个梦是真实的……”

“那你还走？”我冷哼一声，“你知不知道我找你找得可苦了。”

“心结打开需要时间，我花了一年，走了很多地方，心境也开阔很多，这样才能更坦然地面对你，面对一份来之不易的幸福，学会怎么真正去珍惜一个人。子月，现在的我才是身心完整的，从今以后，都属于你。”他揉揉我的头发，“乖，闭上眼。”

我听话照做，他温热的呼吸喷在颈后，脖子蓦地冰凉，我睁开眼，胸前垂着一件锁形饰物。

项圈做成花环柳条，镶有云朵、彩虹、爱心等小坠子，缤纷鲜艳，系着那枚玲珑的银质锁，上面描有一对鸳鸯，衔着“平安”二字。

“我设计了很久。”薛少南柔声道，“这是长命锁。小孩满周岁，长辈都会送这个，保佑小孩平安健康。”

“送给小孩的？”我睁大眼，“那为什么送给我？”

“因为你在我心里永远都是需要宠爱的小女孩，在我面前，你可以脱下高跟鞋，可以撒娇，可以在我身边什么都不用想。”他从身后拥住我，手绕到前面拈起那枚锁，“我希望能一辈子锁住你，守护你，保佑你岁岁平安，一世无忧。”

我脸一红：“干吗平白无故送我东西？”

“中国人讲究礼尚往来。”他轻笑，“就当我是回定情的礼了。”

“那你还走不走？”

“不走了。”他附在我耳边，“现在是我等不及，等不及要以身相许，做牛做马，娶你为妻。”

岁月静好，荒漠等到蜃楼，阴天等到彩虹，而我，终于等到双双对对，情意终平。

08 路过蜻蜓

一生中，我有流浪旅程，平常生命。
路过你，爱你，是我光荣。
牵过手，被爱，亦是幸事。

楔子

吴碧迦再次回到1987年时，那场绵绵冬雨仍在下。仿佛时间从未变过，从夏到冬，都有一场雨来做她的出场背景。

她再一次感叹换乐网站的神奇。莫名其妙地被卷入所谓的命运操控，她一物换一物，不换金银珠宝，也不换功名利禄。第一次，她阻止了傅之远订婚；第二次，她回到三十年前解救傅永森，试图延续他的生命；再然后，她借着契机识破了傅之远的嘴脸；如今，她却为了两张凭空出现的诡异的双人合照而又一次回到过去寻找真相。

她心里油然觉得，她和姓傅的人，缘分纠葛实在不浅。

每一次穿越都让她觉得匪夷所思，一个小憩的梦，一道刺眼的白光，就能成为时空机器带她完成心愿。吴碧迦进行完第七笔审批后，趴在电脑桌前打了个小盹儿，待睁开眼后，已站在了傅宅的门前。那扇门刚上油漆，藤蔓嫩绿，砖墙簇新，她第二次来到这里，却是见证了它从古朴衰老倒退回伊始的样子。

换乐网站让她自己去寻找照片的答案，可到底要从何找起？

她正想抬手去摁门铃，门却兀自从里被打开了。

傅永森的手里拿着一沓符纸和几根香，正准备出门。他信了一个江湖道士的说法，给钱做些法事，就能等到他所想要等的人。

他原本是最不信这些的，可心里缠绕的念想日日成长，他便病急乱投医。他盼能等到她。

“碧迦？”他穿着那件黑色大衣，开门见是她，眸里“噌”地燃亮喜悦。

他从白发变成黑发，佝偻的腰背变回挺直，皱纹散去，只余勃勃生气。外面的雨势变大，他忙把她拉了进来：“怎么每次都穿这么单薄？”

“因为——”她打了个喷嚏，“我是从未来的某个夏天来的。”

傅永森没注意听，把手中的东西放好，忙跑去拿来一条大毛巾，把她半湿的头发擦干。她小小的脸藏在大毛巾下，只露出一双眼。他的动作温柔专注，把一缕粘在她脸颊边的发丝别在耳后，让她一时忘了反应。

“抱歉，”傅永森忽地停下手，“我……我鲁莽了。”

吴碧迦接过他手里的毛巾，细细擦拭着头发。他握拳轻咳一声掩掉尴尬：“那个，你今天怎么会突然来了？”

“我……”她正斟酌回答，又连续打了好几个喷嚏，待再开口的时候已带有轻微鼻音，“我是想来解开一些心里的疑惑。”

“什么疑惑？”傅永森皱皱眉，难得严肃，“什么疑惑都先放一边，你先把自己的感冒治好。”

他的话音刚落，他随即转身进了厨房，不知在捣鼓些什么。吴碧迦不知所措地站在客厅外，不敢贸贸然打扰，远远听见炉子打开的声音，一口小锅在咕嘟嘟冒着泡。她只好坐到沙发上等他出来，却坐到了一样硬邦邦的东西，她顺手拿出一看。

“任天堂红白机？”吴碧迦把游戏机翻来覆去看一遍，“哇，古董！”

“前两年才发售的，也不至于就成古董了吧？”傅永森端了一个碗出来，“趁热喝，姜汁可乐，可以驱寒。”

她接过，不料手拿不稳，傅永森连忙顺势帮她托起。两手重叠，指尖交碰，一时间，他微微加大了一分力。

是吴碧迦先松了手，她揉了揉鼻子：“呃，有点烫。”

傅永森笑着蜷了蜷指，把方才的余温妥帖藏好。他看见她捧着游戏机打量，有点忐忑地问：“你会不会嫌我幼稚？这年纪了还玩游戏机。”

吴碧迦并没有留意到他的心思：“这年纪风华正茂，返老还童正好。”她所从事的工作接触过不少智能化电子产品，制作精良的游戏更是层出不穷，这些老去的物事已难循，只有在茶余饭后听见过来人感慨几句。

他们感慨过去时光慢，慢得让人不愿变老。

“那就好。”他说，“你不嫌弃我就行。”

“咯咯……”闻言，她一下被可乐呛到。傅永森帮她一下一下顺着背，眼神专注又柔和。她不敢对上他的视线，挪了挪身子：“不介意的话，我可以玩几局吗？”

他微笑着点点头，她每次都那么风风火火地出现又离开，这是第一次，能这么安静，能看到她孩子气的一面。她自顾自地低头玩游戏，普通的《超级马里奥》，一局又一局，良久才发现身边很安静，没了声响。

吴碧迦抬头一看，看见傅永森坐在不远处，对着她的侧影，低头似在纸上涂画着什么。

“你在画什么？”她悄悄地走到他的身边。话音刚落，傅永森便被吓得手中的画笔掉在地上，连同那张轻飘飘的白纸。

吴碧迦先他一步捡起白纸，还没等看仔细，他就一把夺过，顿时红了脸。她愣在了原地，她虽看得不仔细，但仍能辨出那张半成品画像，长直发，细肩带白裙，和那日已泛黄生了褶皱的明显是同一张。

和换乐网站所说的一样，这幅画的画中人，是她无疑。她瞥了一眼客厅中央，那处挂着一幅日历，一年快到头，日历纸已撕得七七八八。

“12月10日……”她喃喃道，“1987年12月10日。”

是这幅画的落款日期。

她踟蹰着问：“你……你会不会觉得很奇怪，我总会突然出现，又突然消失？”

“嗯，”他恢复了平静，“但只要还会出现就好。”

月满月缺青烟一缕，情似永远没法可暂留。

他的意思再明显不过，吴碧迦对上他明亮的双目，像是看见了漫天的星星。

那样的星空里，她看到了自己。

几声清亮短促的“哔——哔——”声响起，打破了暧昧的气氛，傅永森从腰间掏出一部传呼机，凝神片刻，又迟疑着看了看她。

“怎么了？”她问。

“有个住在湾仔峡道的老顾客，托我今日拿一批新进的花旗参给他。”

“你不是老板吗，还得亲自上门送货？”

“他和我比较熟络，年纪也大了，我这个做后生的多出几分力也无妨。”傅永森见她脸色苍白，温和嘱咐，“外面下雨，你感冒的话不能再吹风了，好好留在这里等我，沙发上有毛毯，记得盖好保暖。等我回来，你有什么疑惑解不开的话，我能帮到你的一定会尽全力帮。”

吴碧迦只好应允，但她没能好好留在这里等他。等了一个小时，她觉得头有些昏昏沉沉，便迷迷糊糊地睡在沙发上，手里还松松抱着游戏机。

迷迷糊糊间，她觉得身子被人打横抱起，轻轻地放在床上。一只温暖的手探了探她的额头，有人唤她："碧迦，先起来吃药。"

他扶着她靠着枕头坐好，拈着勺子，喂她喝了口苦涩的中药。

"这么苦，"吴碧迦蹙眉，"没有西药吗？"

"良药苦口利于病，西药药性太烈，你体虚的话，还是喝中药好。"傅永森顿了一下，"你太瘦了……我做菜还可以，如果你不介意……"

她迅速捂着鼻子喝完药，拉起被子就蒙头大睡，也打断了他的话。傅永森叹了口气，替她掖了掖被子，不停洗湿毛巾帮她物理降温，整夜下来劳劳碌碌。待她额头滚烫的温度恢复正常，他已倦得趴在她的床边睡熟。

吴碧迦醒来是第二天早上，她把额头的毛巾拿开，迷茫地看着陌生的天花板，想起身，却发现另一只手被压着。她顺着视线看去，发现傅永森侧趴着在她的左手边，眼底下有一片淡淡的乌青。

她有些讶异，他……是整晚都守在她的身边吗？心里有股说不清道不明的情绪蔓延开，她小心翼翼地抽出手，却惊醒了傅永森。

"醒了？"他伸手碰了碰她的额头，松了口气，"不烧了。"

"昨晚……昨晚你一直在这里？"

"不是。"他却摇摇头。

她莫名失落："哦……"

"昨晚中途我跑了趟游戏店。"他稍稍蹲下，收拾好脚边的一摞游戏机，像献宝一样捧到她面前，"我的那个只有《超级马里奥》，这几个都有不同的游戏，你看看哪个适合？"

她问："你买这个给我干什么？"

“你……你不是喜欢吗？”他有些失落，“我昨天见你好像很感兴趣……”

吴碧迦心里一软，见他想把游戏机拿走，忙拉住他的手：“是是……是喜欢。”

他愣了一下，嘴角本有青色胡茬，可展颜的时候，他又像个小孩子一样充满稚气。

很久以后，吴碧迦才知道，他家住西环，而这家游戏店在屯门，那一天下着绵绵冬雨，寒冷又刺骨的风呼呼刮着，他一个人冒着风雨奔波，只为了她的喜欢。

那之后几天，换乐网站都没有向她发出回到未来的指令。她觉得古怪，又不得不留下来等待回去的时机。傅永森不放心她住旅馆，坚持铺好床铺给她准备客房。

她在这个年代人生地不熟，只好乖乖做他的小尾巴。傅永森也乐得把她带在身边，怕她嫌海味腥，就带她去别处看风景。

“为什么载我来山顶看星星？”吴碧迦尴尬地问，“这天寒地冻的……”

他还没有对她说过一句喜欢，但这次的看星之旅已是司马昭之心，她皆知。她也知，她不应给他希望。

她没有打开车门：“我……我们还是回去吧。”

傅永森下了车，倚在车门边，微风吹得头发飘起，他微微低头看她：“很快，一分钟后就走。”

她应了声“好”，望着天一秒一秒地数着时间，等了一分钟，却再也移不开眼。

天空有一片密密的星图，星星一颗接一颗，璀璨闪烁。星星没有烈日的艳光，却更像童话。

“你看，像不像童话？”他满意地笑了，眸子里亦有揉碎的星辰，“天文台没有骗人。”

她迎面看着他，一瞬间失足陷落进那片星辰。

那夜空中的星，倒暗淡了几分。

第二天，傅永森的老顾客又托他去湾仔峡道送一批蚝仔干，吴碧迦也随着他一同前去，终于想起要问起那个问题。

峡道静寂，白色小花碾落成泥，斑驳土块混杂着雨后的味道很是清爽。两边都是绿色茂密丛林，吴碧迦踩过满地湿漉漉的树叶，跟在傅永森身后：“傅永森。”

“嗯？”他停下脚步，回头看她。

“你……你是不是……”她脱口而出，“你是不是喜欢我？”

话一出口，吴碧迦就后悔了。明明她想问的有很多，比如那两张莫名的照片，比如那幅画，可她偏偏选择了这个直白的问题。

傅永森维持着那个回头的姿势，眼里的幽潭泛起涟漪。坡道略陡，她喘着气仰头看着他，他笑了笑，把手伸向她：“我拉你吧。”

她覆上那只骨节分明的手，他稍稍用力拉过她，她顺势跌入了他的怀抱，看清了他眼里的情意。

“是啊，我是喜欢你。”他说得很慢，“若我可再重活一次千次，我都盼面前仍是你。”

但求凭我爱火，活在你心内，分开也像共同度过。

“你总是突然出现，又突然消失，我不知道你来自哪里，又会回到哪里。”他涩声道，“我总在想，万一没有下一次了怎么办，万一我等不到那个你再次出现的下一次了怎么办？”

“碧迦，不管你出现的理由是什么，不管你还会不会回来，或者，你现在心里已经住了别人——”这番话时光倒流三十年再次出现，唯独不变的，是他孤注一掷的语气，“等或不等，我都等了。”

微风吹过，四周很安静，只余树叶窸窸窣窣的声音。

“可是傅永森，”良久，她讷讷道，“你对我的心意……你是真的想清楚了吗？我们……我们只有几面之缘而已。”

他们之间相隔三十年的时空，他身处过去，她只是误入过去的未来人。他们原本就只是两道平行线，偶然交会，最后也会越行越远。

“我脑里清楚，心里也清楚。”他看着她，“只有几面之缘又怎样呢？易求无价宝，难得眼前人。碧迦，你是眼前人。”

一片落叶簌簌落下，打了几个旋，他的眼神晶莹明亮，不染杂尘，她陷了进去，看见那双眸里有两个小小的她。

“我失恋彷徨，做事无为，”她垂眉，“就连来到这里，都只是一个迷路的过客。”

“你迷路，我会带你走出困局；你彷徨，我会带你找到方向。”傅永森浅笑，“至于无为？你救过我，住进我心里，大概我目光短浅，反正我觉得你已是上天对我最大的恩赐。”

“你第二次来的时候，我本来已经准备好的，只是那晚发生了太多事，你又离开得太急，我才没有送出去。”他伸手进大衣口袋里摸索了一会儿，然后摊开掌心，是一条编成吉祥结的红手绳，上面系着把银质小锁，“你锁起心也没关系，我有钥匙。”

他说：“碧迦，不论多久，我都会等你。”

那把玲珑小锁冰凉，她看着自己的掌心，纹路复杂，红线牵连。

“第七次审批的愿望时间已结束。”突然，久违的声音在她耳边响起。突然刮过一阵凛冽大风，路上泥泞湿滑，吴碧迦没站稳，往一旁踉跄了几步。傅永森忙伸出手想要拉住她，只手只堪堪触到她的指尖。

她一脚踩空往后跌去，下意识攥紧手中的红绳，风卷起的尘土间，他的面容远去。

吴碧迦做了很多个梦。

梦里的场景纷乱，不知时日。她梦见那条早已拆迁重建的利东街，旧式唐楼天台相通，小户人家以印刷各式喜帖谋生，她和傅永森进门定做了印有鸳鸯式样的喜帖，大红色烫印金字，喜庆吉祥。

她还梦见了她穿着白婚纱，矜持害羞地用手指绞着裙角。他则梳着一贯的大背头，穿黑西装打领结，紧张得手都不知道往哪儿放。摄影师让他们对视牵手，腕上那各自一串的红绳格外醒目，银锁与钥匙轻轻一碰，发出几不可闻的声音。

她猛地睁开双眼，从床上弹跳起来，发现身下是熟悉的碎花被单，她又回到了2017年。

梦境太真实，清晰得如身临其境。她望着手里攥着的红绳，头皮发麻："1987年，2017年，我们明明隔着三十年，怎么可能……"

电脑一直开着，换乐网站的页面闪烁几下，直到系统的声音响起："第七笔审批所换取的愿望时间已结束。"

"可是我还没有找到问题的答案。"她心神不宁，"画中人是我，他忘不了的人是我，但那两张照片又是……"

"这些梦境，都是真实发生过的。"

"真实发生过？"她疑惑，"我们之间相隔三十年的时空。"

是啊，三十年。在她生活的时代里，他已经老了，纵使有萌发半点情意，也只属于浮生梦一场。

“这些事的确是有迹可寻的，你迟早都会经历。”它问，“你不想再回去一次吗？”

良久，她疲累地摇了摇头：“虽然我还没弄明白为什么会有这两张照片，不过真实也好，虚拟的也罢，我都不想再去找答案了。”

“就此停止，”她说，“我不会再回去。”

在这几天和他的相处里，她想了很多。他待她好，她知道，她的心不是磐石所造，自然也曾柔软，有被他打动过的时候。只是，她刚刚经历一场心伤浩劫，如果只因为感动与孤独而接受傅永森的喜欢，那对他太不公平。

他值得拥有最好的爱情，不应浪费时间在她身上。

吴碧迦把电脑主机关闭，把那条红手绳放入带锁的抽屉里，明明是长吁一口气的事，她躺在床上，却辗转一晚都无法入眠。

她的脑海里有一个白衣黑裤的身影，她想，一定只是这几日的相处产生的依赖，一切都只是幻觉和错觉。

她想，她不会喜欢上他才对。

平安无事地过了几日，她去上班的时候，无良老板难得把她召进办公室，对她修改后的设计赞不绝口。她以为一切都走上了正轨，直至他的咸猪手若有若无地搭在她的肩膀上。

“碧迦，听说你最近和男朋友分手了？”

她忍着恶心感，不动声色地挪了挪身子：“是。”

“你一个女孩子，无亲无故，这么多年生活一定很辛苦吧？”老板又靠近她几分，“你知道人事部的Amy为什么年纪轻轻就平步青云吗？现在的年轻女孩，都要像她那样长点智慧，我见你悟性还挺高的，应该……”

“是，我悟性是很高。”她猛地站起身，扇了他一巴掌，“所以我选择辞职走人。”

短短时日，失恋又失业，吴碧迦拿着最后三个月的工资，薄薄的一个信封，仿佛是在嘲笑她的势单力薄。

她叹了口气，打开楼道的信箱准备拿报纸看看求职版，却发现在卷成一筒的报纸堆里，有一张白色的四方硬纸封套。她抽出里面的东西，是一张光盘。

吴碧迦不明所以，拿着光盘放入光驱，屏幕霎时响起“沙沙”的杂音。她动了动鼠标，原本嘈杂的画面登时清晰。

那好比一个装在傅永森家中的针孔摄像头，无孔不入，记录了他这几天来的失魂落魄。他向来工作谨慎，画面里的他却挂着两个大黑眼圈，疲惫地和生意伙伴交流，不时被纠错。白天拉起帷幕，到了黑夜，他一个人坐在沙发上，呆呆地喝着威士忌，茶几上的空酒杯下垫着一张画像，他抽出来，醉眼迷蒙，在上面写了一句话。

“若我可再重活一次千次，我都盼面前仍是你。”

是你，是她。

他的眼里再没有揉碎的星辰，取而代之的，是死寂的枯潭。

吴碧迦心如乱麻，不忍再看下去，干脆取出光盘。

“你不想回去看看他吗？”取出光盘后，屏幕上显现出换乐网站的页面，系统的声音响起，“你消失回来后，他每一天都是这样度过的。”

她迟疑地摇摇头：“我如果回去，他会更不好受。我们之间……我们之间不会有可能的。”

“人情淡薄。”系统冷冷道。

她心知被冤枉，百口莫辩，也懒得去反驳。只是，那声音却继续说：“如果你担不起他的喜欢，你可以选择再回去一次，直截了当拒绝他，好断了他长达三十年无望的苦等。”

可是，如果再回去，她能不能狠心？

“过去、现在、未来，在你的一次又一次穿越里已经发生巨大的改变，如果你没有走到蝴蝶效应最后正确的一环，换乐网站牵扯到的人，包括你自己在内，所有人的命运全部会被改变。”

意思是，她已无退路。

“一面，最后一面就好。”她攥紧了拳头，“只是回去看看他而已。”

她迫切想要寻找一个借口，再去见他一面。

这一次的审批请求很特别，对面的男人无疑有情、深情、痴情，却注定苦楚。

“你需要换的话，可承诺不后悔、不遗憾？”

“你是否确定进行本次交换，以未知的失去为代价？”

他点了“确定”，却坐在椅子上神色黯淡，直至夕阳落下。

第一章 被拒

傍晚六点半，远洋航空班机FL500准备降落。

“做下降前检查。”

“是。”

“FL500，descend and maintain 3000 feet（下降保持3000英尺）。”

塔台空管指挥：“FL500，runway 11 left，wind 300，clear to land（用11号跑道，风向300，可以决定降落）。”

……

下了飞机后，天空渐变成蓝黑色，我还没来得及扣上西装外套，岑智恒就已戴上帽子往出口走去。

他的双腿修长，我忙小跑到他身边：“Captain，有没有兴趣……”

“没兴趣。”他简短地说道，步子迈得更快。

我颓丧地低着头，第十二次邀约，又失败了。

“还有，”岑智恒突然停下转身，我来不及刹车，撞到他结实的胸膛上，他疏离地往后退一步，“在遇到雷暴气流的时候，应该怎么做？”

我摸了摸鼻子：“加快飞行速度，稳住操纵杆，持续监控引擎运转速度……”

“那你既然那么清楚，为什么还会差点判断失误？”岑智恒道，“你是副驾驶，这些是基本概念。”

“我下次会注意的。”我乖乖认错。

他没有再训话，我跟在他身后走到机场大堂，突然听到有人欢呼的声音。一步三回头的女生拖着行李，原本灰暗的双眸“噌”地燃亮，男生满头大汗地向她跑来，一只手抱着红玫瑰，另一只手拥过她。

“不要走。”他松开她，递上玫瑰，单膝跪地，“嫁给我。”

女生隐忍地咬住下唇，到最后终于忍不住哭了出来：“可是……”

"任何可是，以后都有我来和你一同面对。"他把戒指套进她的无名指，周围围观的人兴奋地大喊"嫁给他"，直至女生点点头，这场求婚才落下帷幕。

我艳羡地看着他们牵手离去，在这个地方，每天都在上演不同的悲欢离合，有人临别相拥接吻，有人心灰奔赴新的城。来来往往就似一个圆圈，有人欢喜，有人愁。

比如，被拒绝了第十二次的我，就很是郁闷。

更愁闷的是，李少朗的身影又伫立在我面前。

"上车。"他冷声道。

"我自己回去。"我绕过他的车，还没走几步，他就拽住我，把我塞到车里。

"一周前，我给你安排了第八次相亲，为什么故意迟到了三个小时？"李少朗握住方向盘拐了个弯，"你说不喜欢铜臭味重的富家子，好，我给你安排了生物学教授你不满意，这次的眼科医生你也不满意。他们个个品行相貌都端正。李子宜，你到底想要什么人？"

夜幕垂临，十多个小时积攒的疲倦一瞬间展开，我被他唠叨得又烦又困："不用你管，我想要的人我自己会找。李少朗，你一直插手我的感情生活，你为什么这么急着把我嫁出去？"

他开口："我是你哥，当然希望你有好的归宿。"

"又没有血缘关系。"我打了个哈欠。

蓦地，他猛地踩了刹车，轮胎在地上拉出尖锐的响声。我吓得睡意全无，李少朗定定地看着我："从十七年前开始，这个身份就不会变。"

"行了行了。"我摆摆手，"我已经有喜欢很久的人了。"

不知为何，我每次和他对话都不能心平气和，几乎都是以不愉快结束。在工作中我向来听从指挥，可在他面前我就像只刺猬，反抗所有的指令。他给我设定的轨迹和我选择的路永远相悖，这大抵也是我们始终不亲近的原因。

浅水湾静谧幽寂，沉默了良久，李少朗才道："那我祝你如愿以偿。"

第二章 约会

洗完澡出来后，我开了台灯，一团暖橙色的光晕落在桌上。

桌上是一本摊开的笔记本，每一次航程安排表公布出来，如果幸运遇上和岑智恒一起，我都会想办法影印一份，把机型、航线、登机口等等信息全都剪下贴到本子上。

数一数，也有二十来次了。最初我只敢和他有工作上的交流，因为他生性寡淡少言。到后来，我胆子大了，才敢假装不经意发出邀约，又毫无意外地失败了。

我托着腮，想起李少朗强迫我一次又一次地去相亲，心里愈加失落。

"子宜，我给你热了牛奶。"李少朗敲门，"长途飞行后，可以助眠安神。"

我立马关了台灯跳到床上，装作已睡着。他敲了一会儿，见我没回应，隐隐好像叹了口气就离开了。

三天后。

我结束了杭州和香港的往返飞行，回到赤腊角机场时，天空刚好泛起鱼肚白。

“Lea，一起去吃早餐？”机长Finn和我并肩走着，“我知道有一家的all-day breakfast很不错。”

我摇摇头：“我有点累，想回家。”

他耸肩一笑，走了几步路后突然停下来：“Lea，你是不是掉了东西？”

“什么？”

“这个三角形的平安符。”Finn蹲下身捡起来，“你不是也有一个吗？”

我好奇地接过来一看，的确很像，只不过我的那枚在顶端有一条红绳，是当年我通过飞行考试后李少朗去庙里求来的，他固执地让我戴在脖子上，我说会有影响飞行操作的危险，他才妥协。

“短途航线的话放在裤袋里。”他说，“长途的话就放在行李箱里，只要和你是在同一架飞机上就行。”

“这个不是……”我想还给Finn，他却匆匆向我挥别：“我怎么忘了，美妮是这一趟的乘务员，她肯定饿了。”

话音刚落，人就跑远了。

“见色起意。”我翻了个白眼，然后看向手心，那个平安符原本是装在宝蓝色的符袋里，因为掉落在地才露出一角黄色。既然有符袋，那么找到主人的概率应该会大一点，我想了想，还是送去了失物招领处。

“哟，贵客。”莉莉见是我，调侃道，“大小姐也会掉东西？是掉了南非粉钻，还是清朝花瓶？”

“掉了未来的男朋友。”我倚在柜台边笑道，把手中的符袋递给她，“别开玩笑了，我是想让你播广播找这个的失主。”

莉莉为难：“机场流动人次这么多，平安符又这么常见，说不定失主自己丢了都不知道。”

“我知道是大海捞针。”我坚持，“但万一能这么巧找到呢？平安符对每个人的意义都很大，也许是情人送的，又或者是亲人——你就好心帮帮吧。”

莉莉无奈开了广播：“早上好，这里是香港国际机场失物招领处，现拾到……”

我等了半个小时还是没有等到失主，她的工作渐渐忙碌起来，我不好意思催，只好攥着符袋，每隔四十分钟才让她再广播一次。

“最后一次了。”她瞪我，“命里无时莫强求。”

我点点头，没吃早餐的虚弱无力感涌上来，头晕乎乎的，来往的人影重叠，我甚至出现幻象看到了岑智恒。在幻象里，他还主动对我开口：“是你捡到了平安符？”

我感觉四肢软绵绵的快要瘫倒，他及时伸手扶着我，微温的触感很真实。我呆呆地抬头，原来真的是他。

“你在这里等了很久？”岑智恒问。

“三个多小时，天刚亮才下飞机。”肚子打起鼓，我尴尬地捂住，“这是你的平安符吗？”

他点头接过：“谢谢。”

空气仿佛凝固在这一刻，岑智恒的惜字如金总能让人坠入冰窟，而这次不同的是，在沉默了半分钟后，他竟然没有终止话题：“走吧，带你去吃早餐。”

点餐时，我的神志才恢复清明：“一杯拿铁，一份吞拿鱼三明治。”

“不要拿铁，换一杯热牛奶。”岑智恒叫住服务员，见我疑惑地看向他，他松了松领带，“你不是有胃痛的毛病吗？”

前几天飞行时遭遇强气流，我因克服不了的障碍而抚了下疼痛的胃，那么轻微的一个小动作，他竟然放在了心上。眼前朝思暮想的男人与我面对面坐着，一边低头看报纸，一边抿了口黑咖啡。

我紧张地绞着手指，磕磕巴巴地问：“你……你有没有兴趣……”

“嗯。”他头也不抬。

音节太模糊，以至于我愣住：“啊？”

“去哪里？”他拿白色的方巾轻拭嘴角，抬头看我。

待下了车之后，风一吹，我才惊醒，忐忑又兴奋地接受了这个事实：第十三次的邀约，成功了。

五颜六色的小艇停在赤柱海湾，午时阳光眩目，有一辆雪糕车停在嫩黄砖墙前，我买了两支雪糕，递了一支给岑智恒：“云呢拿味的。”

他依旧望向海湾：“不用。”

“试试！”我径自把雪糕塞到他手里，他下意识握住，刚好包住我的五指。我连忙松手，脸一红，看天又看地，囫囵吞咽着雪糕，试图抑住心底燥热。

走到市集，穿过十多家卖衣服和油画的摊档，我停在一家卖小饰品的店前，老板娘连忙迎上来：“小姐，我们这里卖的都是古董，像你现在手上的这枚红宝石戒指，是伊丽莎白三世戴过的。”

几块破花布支起的店面挡不住阳光，堪堪落在我手中的戒指上，夺目生辉。

“Captain，这是皇室古董！”我兴奋地拽过一旁沉默的岑智恒，他被蛮力一拽，微微皱眉。

“多嘴问一句，”他拂了拂袖口，“你中学的通识和历史考多少分？”

“我建议你想方设法联系到二世，然后问问她，她认不认识一个戴过红宝石戒指的伊丽莎白三世。”他把胸前的墨镜戴上，“我也很想见见这全球人民都闻所未闻的，凭空捏造的三世。”

一束阳光落到他的轮廓上，我愣在原地。

“还不走？”岑智恒淡淡地偏头道。

他……是在拐弯抹角说我蠢吗？

眼见我们一前一后就要离开，老板娘忙扯住跟在后面的我：“你不是很感兴趣吗？我便宜一点卖给你。”

“你也看到了，我才三条杠。”我小声叹气，“根据国际法，我必须遵守四条杠发出的指令。”

第三章 冲动

我坐城巴回到浅水湾时，刚好下午三点。

“你去哪儿了？”在家的时候，李少朗喜欢穿米色的家居服，明明是暖色调，可仍似穿着黑西装在生意场谈判桌上一样冷。他坐在沙发上，见我进宅，脸色铁青。

我没理会他，换了拖鞋准备上二楼。

“从杭州回香港的班机今早五点四十六分抵达赤鱲角，我在机场外面等你到十二点半，人影都没一个，差点要贴寻人启事。”他又开始唠叨，“你知不知道……”

“我有事。”我打断他的唠叨。

从我正式飞行开始，每一次结束飞行任务返港，李少朗都会开车在机场外面接我回家。我明白他关心我，可十多年来，他对我几乎事事插手，就像圈养金丝雀一样。任何情感都需要一定距离，包括亲情。

“什么事？”李少朗斥声，“去做什么，去哪里，和谁，还有……”

“我去约会了。”我朝他吼道，“你满意了没？”

他许是被我的粗鲁震住，愣了一下：“约会？和你的心上人？”

我干脆向他说明岑智恒的存在。在听到岑智恒的职业的时候，李少朗突然皱眉：“同行？”

“同行才更能明白对方需要的是什么，才更能理解和宽容彼此。”我冷哼一声，“而不是像某些人，以为是养宠物一样，根本不懂怎么当好别人的哥哥。”

他僵了僵，没再说话。

笔记本再添上一次记录，是在一周后飞往伦敦的航班。

我忍不住偷偷看一眼旁边的岑智恒，他穿着笔挺的双口袋短袖白衬衫，不戴墨镜的时候，能看到长长的睫毛，整个人难得柔和。

塔台空管的信号传出，我忙收拾好小鹿乱撞的心绪，打起十二分精神。

“FL323，HongKong Ground，hold short for runway 08（香港地面，在08号跑道外等待）。”

“FL323，cleared for take-off，good day（可以起飞，飞行愉快）。”

进入航线控制指挥区后，飞行速度稳定下来，仪表参数一切无误。云朗气清，飞机转入自动驾驶，驾驶员之间偶尔聊几句闲话也是常有的事，只是，这样和谐的一幕，却从未发生过在我和岑智恒身上。

飞往伦敦统共十多个小时，我实在忍不住一直不说话，终于小心翼翼地打破沉默：“Captain，那天的平安符，是谁送你的？”

意料之中，岑智恒只是专注于眼前的航行情况，并没有回答我。

“我也有一个平安符，是我哥送我的。”我絮絮道，“人海茫茫，有人有心佑你平安，这个符对你一定意义非凡吧，你……”

“嗯。”他的喉间动了一下，“你来主控。”

他转移了话题，我只好识趣地闭嘴，悻悻地打开气象广播收听天气趋势预测，半晌，听完风向、气压到能见度分析后，我只觉浑身发颤。

不多时，天气如变脸，原本还是万里晴空，过了几小时已黑云密布。前方能见度越来越差，遇到强气流，飞机也开始有重度颠簸。

熟悉的胃痛感又弥漫全身，我额头冒出冷汗，手不受控制地发抖。这是我一直无法克服的难关，即便已经正式飞行了三年，可每次遇到恶劣天气，我还是会很害怕，害怕再也见不到蓝天，见不到浅水湾的星夜，见不到所爱之人。

我欲哭无泪：“Captain，要是坠机了，你一定要记得，我喜欢你，很喜欢很喜欢你。”

“别怕。”被告白的岑智恒依旧淡然，“如果作为飞行员都害怕，那有什么能力负担起整个航班乘客的生命安全？”

他第一次对我说了这么长的话，语气温和：“他们当中，可能有人是要衣锦还乡，有人是要谈生意，有人是要去见久未谋面的男女朋友，每个人都有自己的愿望——而你，就是愿望的承载者，你要做的，是保证他们平平安安，带领他们冲破困境。”

“再说了，”他看向我，“你一直很优秀，虽然会有恐惧感，但依然做得很好。那么这次你就试试忘掉心里的害怕，全力以赴做到更好。”

他说：“我相信你。”

这番话渐渐抚平了我心底的焦躁，我郑重地朝他点了点头，握着操纵杆，绕开浓积云区后，仪表数据开始变回正常值，刚刚的惊险一幕仿佛只是梦境，待我回过神来，天空已然清朗。

“谢谢你。”我的心彻底恢复平静。

“不用谢。”他难得露出一个浅浅的微笑。

“那我跟你说的……”我吞下“表白”二字，用余光偷偷瞥了他一眼。

“我知道。”他表情淡定，像是在简单陈述一个事实，“我听得很清楚。”

我像怀揣着一个酸涩的果子，他不傻，我做得这么明显，他必是早已知道我对他的心意，但不是两情相悦，所以我才一直得不到好的结局。

第四章 心潮

公司安排的酒店就在市区中心，我们下飞机后把行李放好就各回各房。岑智恒住我斜对面，彼时是晚上八点，我走到他的房门前，犹豫着要不要约他一起吃饭。

第一种可能，是我一如既往地碰一鼻子灰；第二种可能，是他答应了，但我们一言不发地吃完整顿饭。我失落地垂下手，还是决定独自出去。

伦敦的商铺打烊早，下午四五点过后街道已逐渐冷清。一排排人字形的屋顶上月亮悬挂，照得绿丛植坛冷寂幽深，池园喷泉随着轻音乐绽开。凸肚窗里有万家灯火，隐隐可以看见屋里的人围着长桌谈笑。

我孤零零地找到一家酒吧坐下，有金发男子来搭讪，见我像雕塑般无趣，转而去捕捉穿着迷你短裙、涂着大红眼影的女郎。

不知灌了几杯烈酒下肚，我头脑昏昏沉沉地趴在吧台上，琉璃色的液体隔着玻璃杯，失真而梦幻。摇滚乐喧嚣，人浪翻滚，威士忌和黑啤的味道充斥着四周。

忽地，喧嚣的声音越来越大，直至爆发出玻璃瓶碎裂的响声，不知谁第一个抡起高脚凳，一瞬间，酒吧里硝烟四起，狼藉一片。踩着高跟鞋的艳丽女郎尖叫着逃窜，我踉跄着想跟着逃走，却被挤到角落一旁。

出口被堵塞住，打群架的人满嘴粗话，额头嘴角都是血。我的酒醒了大半，摸出手机，手一抖，微弱灯光中有一个啤酒瓶朝我扔来，我忙不迭地躲过。墙壁溅上水渍，我蜷着身子蹲下，把头埋低，希望不会被波及。

“李子宜？”骤然间，有一个焦灼的男声唤我，我颤巍巍地抬起头，岑智恒的脸放大数倍，眸子里泛起波澜，他一把拉起我，“快走！”

他的身上有好闻的沐浴露清香，他头发微湿，穿着飞行夹克，帅气而挺拔。万籁俱寂，周遭成了默片，我低头看着他的手，骨节分明，明明有凉意，牵过我后却渐渐变得温暖。

如果有一天，你喜欢的人陪你度过风雨，带你走出水火，那你必定会更喜欢他——于我亦是，那一刻华灯如昼，他在伦敦大雾的街道上走在我前面，那宽厚臂膀替我挡住兵荒马乱，我确信，我已很爱他。

“这么晚你一个女孩子去什么酒吧？”岑智恒停下脚步，皱眉低斥，“吃完饭好好回酒店里看看电视、睡睡觉不行吗？”

“我……我闷得慌，闲着没事就四处走走……”我挠挠头，“呃，你来得真快，我才刚打电话给你，一眨眼你就出现了。”

“什么电话？”他脱口而出，“我是一直跟着你。”

“一直……跟着我？”我没有反应过来，直愣愣地看着他。

岑智恒偏过头，轻咳一声：“我从猫眼看到你走远，就跟上了。”

“你这是在担心我吗？”我喜滋滋地问，“Captain，你是不是也有一点点喜欢我？”

“你想多了，我是怕你遇到什么事，然后班机没有副驾驶，不好和领导交代。”他的脸微红，似乎觉得难为情，便生硬地转移话题，“好了，回酒店睡觉。”

他转过身径自大步离开，我忙跟在他身后小跑：“别走太快，你等等我！”

他没有回头，也没有应话，速度却放慢了很多。我踩着他的影子，心里那颗酸涩的果子变得甜蜜柔软。

梦里常常见到的人，醒来就在咫尺间，纵使一夜无眠，也不觉疲累。

回到香港后，李少朗照常在机场外等我。我刚走出大门，他就急忙跑过来，神色憔悴，拽着我上下打量：“为什么这几天都没接电话？有没有受伤或者不舒服？”

“我忘记充话费了。”我的话音刚落，他突然一把抱紧我：“没事就好，没事就好。”

我拍了拍他的背：“我可是接受过高强度体能训练的飞行员，没什么能难倒我。”顿了一下，我补充，“而且，我遇到危险时，有人会救我。”

“谁？”李少朗松开我，疑惑道。

“就是那个我喜欢很久的人。”我还是憋不住这几天来的喜悦，和他简单陈述了那晚的事，“所以，我想，他应该也是有那么一点喜欢我的。”

他没有应话，我眨了眨眼：“李少朗，以后你就不用给我安排相亲了，等我发喜糖吧。你也要加把劲，不要整天围着公司和妹妹转，你可是全港名媛梦寐以求的金龟婿啊，有多少人排队等着做我嫂子你知不知道？”

他揉揉我的发：“知道了。”

十七年来，他让我不愁衣食，高枕无忧，哪怕自己要去厮杀亦无怨无悔。尽管李少朗与我没有血缘关系，但自来到家里，他便承担了一切艰险，为我铺开如意大道，做了一个尽职的哥哥。

人海茫茫，有心佑我平安的，是我处处与他作对也仍宠我的哥哥。

只是，在我以为爱情路上也同样顺遂的时候，却出现了波折。新出的航程安排表里，明明是由我和岑智恒负责的一趟新加坡航班，却被告知他与别的机长调了班。我以为他是家里有事，却不料等我飞回来时，偶尔在机场碰见过他几次，他都假装没看见走远。我尝试发短信或打电话给他，都没有回音。

原来一切皆为镜花水月，他给我编织的只是梦一场。若即若离，忽远忽近，他让我以为我有希望，可到头来只是我想得太多。

二十七岁生日那晚，我独自去了赤柱。我给岑智恒发了一条短信，希望能做个了断，好绝了我的妄念。

上次的眼科医生应该还没找到女朋友，或者生物学教授……我灰心地想着，出乎意料，岑智恒依约来到我面前。

“今天我二十七岁了。”我很是失落，“再没人娶我，我就老了。”

他永远是那样，清冷孤傲，哪怕我说十句，都换不来他一句回应。

赤柱的灯塔闪烁，海风轻拂，远处的房舍藏在星火点点里，青山染成蓝黑色。我倚在栏杆边，海面没有白天的小艇驶过，往里扔一块小碎石，泛起涟漪。

我静静看着涟漪荡开，风吹得头发掩住脸：“岑智恒，在你心里，我永远都不够位置着陆吧。”

他背对着我，我忍住没有回头，吸了吸鼻子：“我是错误的航班。”

良久，耳边的风突然变热，我刚一偏头，就对上他灼热的目光。

明明是漆黑的夜晚，那双眸子却仿若晨光，冬雪融化，登时和煦。

“我的心是单行航班，你进来，就飞不出去了。”岑智恒的眉眼带笑，“李小姐，你作为唯一有机票的乘客，想好了吗？”

我愣在原地，他的笑容比那落日，比那灯火，更加耀眼灿烂。

“什么够不够位置的，你要来的话——”他轻轻抱过我，“空了这么多年，就等你了。”

“那你为什么……”我难以置信，“对我若即若离，我以为你讨厌我。”

“我们都是飞行员，在一起肯定聚少离多。”岑智恒伏在我耳边，微微叹气，“做我们这行，每次结束任务安全抵达后才算放下心头大石。我害怕有一天，如果我发生意外，只剩下你独自留在世上，漫长地等待一个回不来的人，这种绝望的滋味……我不想你绝望。”

“我爸也是一名机长，在一次失误中坠机身亡，那天他身上的口袋里带着那枚我妈给他求的平安符。爸走之后，我妈开始精神恍惚，直至……”我的颈窝有热泪涌出，他哽咽，“直至她承受不了选择自杀，那枚平安符成了他们最后留给我的东西。所以李子宜，我多少次想靠近你，就有多少次狠心推开你。”

“还记得你那天跟我说的吗？我们是航班乘客的愿望承载者，所以责任重大，谁害怕都可以，但飞行员一定不能退缩。”我与他十指相扣，“我们是同行，更能理解宽容彼此，知道这个行业有多么不容易，能承受的也比常人要多。如果真的这么不幸你走在我前面，我可能会哭一天、哭两天，但不会哭一生，我会带着你和我共同的担当和梦想，认真握好操纵杆，帮更多人完成愿望。”

因为你，就是我的愿望。

晚风徐徐，不远处的花伞圆桌下，五彩砖墙下，有人呢喃唱着动人情歌。岑智恒恢复到原本的自持，看向那片辽阔的海：“那，你是为了我才选择当飞行员吗？”

我摇摇头：“是中学看了《冲上云霄》，觉得在天空驾驶很酷。”

为了这个，我还和李少朗吵过无数次架，他只想让我安分做个律师或者医生。僵持了很久后，他才无奈妥协于我的固执。

“为色所迷，见色起意。”我挑眉，“我像这么肤浅的人吗？”

岑智恒的嘴角微微抽动："哦。"

"开始喜欢你，是在大概两年前，我有一次乘坐飞往墨尔本的班机去探望隐居的父母。有一个女乘客身体突然不舒服，乘务长让你出来给她安慰鼓励。"我说，"那时候我听过你的大名，人人都说你是黑脸关公，但那次……你很温柔。"

岑智恒虽然表面冷漠，实则却很有爱心。他会把在机场迷路的老人送到家人身边；有小孩子冲撞打闹，他会耐心蹲下同他们讲道理。当开始留心一个人，就会发现他的身上有很多平日注意不到的东西，而这些种种日积月累，就成了喜欢。

后来我为了离他更近，能让优秀的自己与他更加匹配，咬牙通过各种训练和考察，坐上了副驾驶的位子。

"怎么那么像剧里Zoe与Sam的初遇？"他莞尔，"那我该感谢不是那个女乘客喜欢上了我。"

"岑智恒，"我踮起脚，贴近他的耳朵，"我喜欢你，很喜欢很喜欢你。"

"嗯。"

依旧是简短模糊的一个音节，可在梦想成真后，听起来却温柔得一塌糊涂。

第五章 波澜

我和岑智恒在一起后，身边的同事都恭喜我坚持不懈地融化了一座冰山。

我总是笑眯眯地看着岑智恒："那我是不是就是你的阳光？"

彼时的他不再是头也不回地走在我的前面，只给我留下一个越走越远的背影，岁月漫漫，如今，我终于能与他肩并肩地走着，得偿所愿。

莉莉每次见到我们走出来，都会打趣道："Lea，这下你还用不用来失物招领处广播寻找未来的男朋友？"

岑智恒淡淡地看过我一眼，轻轻拉起我的手："走吧，失主。"

他的手掌宽厚温暖，我以为，这就是永远。

后来有一日同机结束返港飞行后，因为我临时有检查工作，等完成后去到机场大厅，看见岑智恒正站在失物招领处前，不知和对面的人在说些什么。

我以为他是在和莉莉聊天，便小跑到他的身边："莉莉你们在……呃，你是？"

对面的人不是莉莉，是一个梳着发髻穿制服的女生，年龄比我们小，甜笑道："我叫安琪，刚上岗两周，今天是我代莉莉姐的班，机场那么大，终于再次能见到岑机长了。"她友好地朝我伸出手，"你就是岑机长的女朋友吗？很高兴认识你。"

我愣愣地回握住她的手，又听见她接着说："两年前我乘坐了一班飞往墨尔本的班机，中途旧病复发，多得岑机长出来给我安慰，我才能熬过难关。"

我心里有些莫名忐忑："你就是那个Zoe？"

"Zoe？"她想了想，又豁然笑开了，"我没能有你这么幸运，不过话说回来，这两年很是感谢岑机长给我写信，让我找回人生的方向，所以我下定决心要来这里工作，也成为一名优秀的机场工作人员，不辜负他对我的鼓励。"

走出机场大门后，我闷闷地拉住了岑智恒："你给她写了两年的信？"

"安琪无依无靠，又有病在身，那次下了飞机之后，她千方百计问到我的联系方式，给我写了第一封信。"岑智恒捏了捏我的指腹，"她的情绪很糟糕，我就断断续续给她写些鼓励的话，希望有些用处。"

我不依不饶："那她给你写了什么？"

"普通日常和汇报生活的碎碎念。"他叹了口气，"李子宜，如果我真的和她有什么，我又怎么会第一时间告诉她我有女朋友了？"

我那颗悬着的心总算放下了。

岑智恒去美国进行驾驶进阶培训的前一天，我和他去了一趟赤柱海边。

我拈着两个小葫芦状的东西左看右看，他好奇地问："这是什么？"

"安琪坚持要送的安神油，她听莉莉说起我偶尔有紧张胃痛的毛病，特意托人从巴西带回来的，驾驶前涂一点在太阳穴，对长途飞行会有正作用。我听一些同事说，这款安神油在国外飞行圈里都几近脱销了。"我把另一个塞到他的手里，"她送了两个，说是另一个给你的。"

"我不需要。"他没有接过，"如果你试了有用的话，那以后遇到气流我就不会担心了。"

"你明天不是培训吗，正好当当白老鼠。"我径自放在他手里，随口说。

只是，我没想到，就是这句话埋下祸根，险些断送了我们之间的缘分。

接到长途来电的时候是两天后，我正在家专心做计划，等岑智恒回来，凑好年假就一起去旅行一次。

“Lea，岑机长现在在医院昏迷不醒……”

我的耳边嗡嗡作响：“今天不是愚人节，你别……”

“今天上午的培训里，岑机长操作失误，迎面撞上一群本可以避开的飞鸟，导致两个发动机瞬间失火……”对面的同事声音焦躁，“所幸高度尚矮，发生撞击后，他当机立断采用紧急迫降程序……”

“那他现在怎么样？”我心急如焚，“医生怎么说？”

“飞机降到海面后发生了一些意外，他受了很严重的脑震荡，医生说……”他不忍道，“医生说尽力了，接下来需要看病人的生存意志。”

“怎么会操作失误？怎么会？”我瘫坐在地上，喃喃道，“他向来那么谨慎。”

“他飞行前接触过一个小葫芦，我问他是什么，他说是巴西著名的安神油，他要试试，好用的话他就可以放心让你用了。”同事顿了一下，“后来我交给医生化验，化验结果是里面含有甲氧氟烷成分，也就是有麻醉的效果……”

突然，门铃响起，我像游魂一样开了门，有个小男孩递给我一张字条：“姐姐，刚刚有个姐姐让我交给你的。”

我接过一看，上面是一行字，写字的人很用力，纸上都被戳出许多个洞：我得不到的，你也不会得到。

我的手脚冰凉，发了疯一样打电话给莉莉：“莉莉，你知道安琪去哪里了吗？”

“安琪？我也想找她。”莉莉说，“她昨天上午就递交辞职申请了，本来领导要找她说说辞职后续，她就像人间蒸发一样，所有联系方式都失效了……”

我挂掉电话，脑子一片空白，只想着立刻订机票去美国找岑智恒。外面太阳很大，我刚跑了几步就一阵眩晕，再然后便倒在地上不省人事。

迷迷糊糊间，我只记得有一双手扶住我，却不是记忆里的温度。

第六章 童话

我醒来后，李少朗立刻紧张地迎过来：“好点了吗？”

“李少朗，”我掀开被子想要下床，“你给我订一张去美国的机票好不好？我想见他，你知道吗，他躺在冰冷的医院里……”

他沉着脸，把我摁回床上：“不行，你现在身体吃不消。”

明明盛夏，也仍似寒冬，我努力试图挣开他的手，他叹了口气：“你有多喜欢他？”

“我是知道的，和飞行员谈恋爱，每当出任务，另一半就会担惊受怕，直到对方平安落地才能放下心口大石。”我揉揉酸涩的眼眶，“可我就是喜欢他，又有什么办法？我曾经和他说过，如果他走在我前面，我不会哭一生，可是我现在才发现……我才发现，我不会哭一生，但我这一生都不会快乐了。”

“我答应你，不论用什么方法，我也会帮你带回平平安安的他。”他抚了抚我的发，“哥哥答应你的事，每一件都会做到。”

他不容分说地收起我所有的证件，打电话给我请了假，嘱咐我好好在家休养。

我缩在被窝里，眼睛越来越痒。

后来，我开车去了赤柱，已到黄昏，海面与天边之间只余最后一抹金色。

最好的爱情应该是，能与最爱的人去看一场日出，在朝霞漫卷时紧紧相拥；最悲的等待却是，一个人独自去看一场日落，在天色向晚时回忆过往。

而我等不到日落，也等不到他。

岑智恒是在天色暗下后打来电话的，那时我正准备离开，手机却蓦地振动起来。我看着那串陌生的号码，手止不住颤抖，冥冥中感到会是他。

他的声音虚弱沙哑：“飞行员是整个航班的愿望承载者，所以责任重大，谁害怕都行，但他一定不能退缩。”

这番话跨越了生死线再次在我耳边响起，我擦了擦眼角，他继续说：“我没有辜负任何人，包括你。我答应过你，我会平安回来。”

“有一句话，我一直忘了和你说。”他在那头轻声道，“我喜欢你，很喜欢很喜欢你。”

他说：“李子宜，等我回来。”

“嗯。”我用力地点头，“我等你回来。”

天气不似预期，但从此以后，有你和我风雨共度，星辰月夜亦共度。

远处的灯柱亮起暖橙色的光芒，我等不到日落，但还有灿烂灯光。我等到你陪我世事完美，陪我岁月如歌，你是我的愿望，一生执念。

尾声

一年后。

李子宜和岑智恒的婚礼上，粉色的花毯，郁金香杯装着香槟酒，浪漫唯美胜似童话。

有一对来观礼的老夫妇祝他们彼此要珍惜眼前人，穿着白衫的老婆婆欲言又止："除了爱情，亲情亦是。"

"新婚快乐。"一旁的丈夫微笑，"碧迦，我们走吧。"

他们只是路过，但李子宜不介意，因为任何祝福都值得感恩。台上司仪递给她麦克风让她发言，她说："我要感谢爸妈，因为是他们把我带到这个美好的世界；我要感谢岑智恒，因为他让我如愿以偿；但我最要感谢的，是我的哥哥，李少朗。"

"这是我第一次叫他哥哥。他从千禧跨年那天来到我家，我爸跟我说，以后他就是我的哥哥了。"她说，"数数也有十几年了，他对我真的很好，我不听话，总是忤逆他，让他生气，但我知道，他永远都是我最强大的后盾。"

她提着鱼尾裙下了台："虽然我哥一年前脸被烧伤了，没有以前好看了，可在我心里，他一直是全香港最帅气、最温柔的钻石王老五。"她站在李少朗面前，给了他一个拥抱，"谢谢你，李少朗。"

李少朗回抱她，笑得和煦。

那一天李少朗很晚才回家，他在赤柱的酒吧喝得烂醉如泥，脸上的伤疤太过狰狞，隔壁几桌的人胆怯地离得远远的。

他撑着额头，想起一年前那次离奇的遭遇。在岑智恒遭遇意外后，李子宜第一次在他面前这么脆弱。

她昏睡过去的时候，他无意间点进了一个叫作“换乐”的网站。他本以为是病毒网页，可怎么点关闭都没用，上面说，能换你所想，得你所得。

脑海里有一个念头闪过，李少朗想，那他能不能换来和她共度余生？

李子宜醒来后，坚持要去美国找岑智恒，他不让她去，问她：“你有多喜欢他？”

她的回答让那一个念头熄灭，他听见自己很冷静地说：“我答应你，不论用什么方法，我也会帮你带回平平安安的他。”

关上房门后，他嘲笑自己的妄念是那么不堪。十七年前，他的父母遭遇车祸身亡，亲人都害怕多添一双碗筷连累自家，唯有父亲的好友，也就是李父把他带回了家。李父李母很早就跑到墨尔本过起闲云野鹤的生活，他便承担起打理企业和照顾妹妹的责任。

李子宜喜欢反抗他的安排，觉得处处受限，她想要当飞行员，他却害怕她所在的航班失事，所以每次只有在机场大门外面等到她归来才心安。他亦吞下每一句：“你知不知道我会很担心你？”

可不知从何时起，李少朗发现有些情感却随着岁月流逝变了方向。他急着把她嫁出去，也是因为他迫切想要断绝自己的念想。

她在伦敦错拨他电话的那晚，他听到那头的斗殴声担忧又心急，差点订了去往伦敦的机票，后来问到一个同机的乘务员得知她安然无恙后才松了口气。

可她回来后同他说，她喜欢很久的人，是她的骑士、她的英雄。

李少朗坐在电脑前，盯着幽蓝色的屏幕，黑色的花边勾勒出短短的一句话：“你需要换的话，可承诺不后悔、不遗憾？”

是啊，不后悔，不遗憾，他祝她如愿以偿，祝她一生顺遂。

“你是否确定进行本次交换，以未知的失去为代价？”

奇迹出现，在做交换之后，躺在病床上的岑智恒神奇地苏醒过来。岑智恒回来之后，李少朗站在一旁看着李子宜冲上去抱着她所爱的人，他想，不管是不是换乐的功劳，他答应她的，终究是做到了。

哪怕那一刻他不知道在不久后会在参观工厂时遇到一场火灾，只有他因为折回去捡一枚新给她求的平安符而没逃过火舌，被烧伤了原本帅气的五官，从全港名媛恨不得立马嫁给他的金龟婿，变成人人避之不及的怪兽。

罢了，他疲惫地抚着脸上的伤疤，他的心已经装不下别的人了。

发乎情，止乎礼，他们的关系到最终，也只能给彼此留下一个真心的拥抱。

无关风月，无关缠绵，这便是结局。

他笑着说，阿妹终于可以托付终身了。

她也笑，说那快点给她找个好大嫂。

他点点头，再点点头。

情是饮鸩毒，爱是砒霜一点甜，这杯喝了就醉入浮生戏里的酒，他演了十多年的独角戏。

他这一生，受过最好的教育，有人教会他礼义廉耻，有人教会他知恩图报，却没人教会他怎么才能抑制爱意。

她没叫过他一句大哥，这么多年都是直呼其名。李少朗偶尔会恍惚地想，是不是这意味着，总有一天，他也能以情人的身份站在她身边？

可这条纽带，纵使没有血缘牵连，也牵绊了十七年。这十七年，他们的身份都没有变。

很久以后，李少朗坐在家里宽敞的沙发上，窗外繁星点点，浅水湾的夜柔软安宁，泳池的水泛起粼粼波光，空旷的房间里却关了所有的灯，只余电视上的斑斓画面有刺目光线。

那是一部一九九几年的西方片了，他看了一遍又一遍，台词都已背熟，爱而不得的男二号声音低沉："I loved her."

原来他们都一样，一样在漫长岁月里爱而不得，一生做配角。

他的呼吸声在漆黑里几不可闻，他缓缓地闭上眼，轻声跟着电视里的人说出下半句："And I still love her."

09 再会月光

眼前人，掌间花；
心上人，白月光。
他朝倘再会，
爱你仍如初。

楔子

宝丽金的单碟盒最多天蓝色和玫瑰色，傅永森手边的那盒便是盒子一侧镂有“小画王”三个字的卡带。

吴碧迦再回到1987年的时候，已是12月24日，平安夜的傍晚。

她从茫茫白光中睁开眼，发现自己一觉醒来后已被换乐网站送回十二海味行的门前，刚好看到正中间所对着的傅永森一人趴在柜台上睡着，眼窝凹陷，唇边有青色胡茬，手边的收音机来回放着圣诞歌曲。

她踮起脚，小心翼翼地向他走近，却不小心弄翻了一个罐子。“啪”的一声，傅永森猛地惊醒，待看清来人后连忙起身，动作太急，左脚绊到右脚，重重地摔倒在地板上。

“圣诞老人？”他茫然地揉揉眼。

“我有白胡子吗？”她扶他坐好。

“那，”他还是难以置信，“我的圣诞愿望实现了？”

“现在才是平安夜的傍晚，”她无奈，“还没到许愿的时辰。”

傅永森紧张地抓着她的双肩上下打量：“你那时从那么高的地方摔下去，有没有摔伤哪里？”

吴碧迦摇摇头，他还是不放心：“可是……”

“我只是又回到了我生活的那个时空。”她抿了抿嘴，终于还是坦白，“我来自未来的2017年，通过一个神奇的网站来到这里。”

“20……2017年？”傅永森瞠目结舌，他把和她的几次见面串联起来思索，古怪又神奇，像是梦，又分明真实。

“怪不得，”静默半晌，他苦笑，“没有人认识你，没有人在之前见过你，那天你掉下去后，我请搜救队找了一天都发现不了半点痕迹。”

她随口问："你是不是以为我摔得粉身碎骨、面目全非了？"

傅永森却没有当成玩笑，他定定地看着她，眼里似有漆黑幽潭，弥漫着雾气。他缓缓开口："我怕。"

他怕就此一别，从此只能在孟婆桥上最后一顾。

"你这次为什么来了？"他的眼里有星星点点的希冀，"是因为……"

他咽下了后面那半句话：你再一次回来，是因为我吗？

"我这次……"吴碧迦一时语塞，这次她来，只是为了来看看他，看到他过得不好，她的心会有细细密密的刺，难以言明地发疼。

她只好含糊地撒了个谎："你忘了吗，我上次和你说过的，我要来找一些问题的答案。"

"这样啊。"他心里嘲笑自己的期待，"你和我说说，我会尽全力帮你。"

吴碧迦头皮发麻，不知如何应对是好，吞吞吐吐半天都说不出话来，正当为难时，门外突然闯进一个中年妇女，火急火燎地走到傅永森的面前："上次那个相亲对象，你为什么又没下文了？那姑娘说你们在龙凤茶楼好端端地见面，怎么……"

他打断了她的话："姑婆。"

姑婆却继续絮絮叨叨地数落他："还有上上次，我千辛万苦给你联系了五金行的大小姐在咖啡厅候着你，你连去都不去就……"

"姑婆，"傅永森加重了声音，无奈地说，"我和你说过理由了。"

他的姑婆终于停下了连珠炮弹式的攻击，发现了一直站在他身侧的吴碧迦，上下打量了一会儿，用眼神向他表示询问。

他点点头，然后把几盒燕窝参茸装好递给姑婆，不动声色地把她带到门口："燕窝是印尼进口的，你……"

姑婆远去后，傅永森忙走进来："不好意思，我姑婆她没有吓到你吧？"

"没，没有。"吴碧迦背对着他，装作在认真看着壁橱里的大罐小罐，心里的刺却扎得深深浅浅。

他会去相亲，会有娇妻，会儿孙满堂，很快就会忘了她。

她想，这样也好，他就不会孤独了。可是为什么，她会觉得心里有些生疼？

"碧迦？"傅永森唤她。

她一下惊醒："怎么了？"

他微笑道："今天是平安夜，我带你出去逛逛吧。"

外面风大，吴碧迦一时不适应内外的温差，打了个喷嚏。傅永森立刻担心地看过去，她揉揉鼻子："放心，你看，这次来，我已经事先穿上冬装了。"

他停下脚步，把绒毛围巾解下，径自围到她的脖子上："我不放心。"

距离很近，她稍稍抬眼，就能看到他低下的眸子，专注而认真。脖子有温暖的余温，她往里缩了缩，还能闻到淡淡的草本味。

"还冷吗？"他把她拉到远离马路的一边。

她摇摇头，耳朵微微发烫。

天色已暗，楼宇大厦表面挂着星点的雪花灯饰，圣诞树上串着小彩球，晶莹缤纷。有红彤彤的圣诞老人驾着麋鹿车经过，他行了个绅士礼，把一袋糖果递给吴碧迦，说话的时候大白胡子上下翕动："美丽的小姐，愿你能拥有比糖果更甜的幸福，圣诞快乐。”

麋鹿车开走的时候有铃铛响动，她打开袋子，剥开玻璃纸，吃下小小一粒水果糖，皱眉：“苦的。”

“是吗？”傅永森也拿了一粒，“我这颗是草莓味，很甜啊。”

节日里人流量太大，马路已拉起警戒线严管，有福音会的人向等红绿灯的路人发圣诞帽，吴碧迦顺手接了一个戴在头上：“你的姑婆给你安排相亲，你都三十岁了，也该定下来了。”她顿了一下，“不要再在我身上浪费时间了。”

绿灯亮起，她刚迈出两步，傅永森就一把把她拉到怀里，动作幅度颇大，使得她松松戴上的帽子歪到一边。白色毛绒球垂到眼前，她听见他说：“我和姑婆说，我不会去相亲。”

背后有一片霓虹夜色，有等到绿灯匆匆擦肩走过的行人，全都成了默片画面，他轻轻地把她的帽子扶正：“理由是，我已经有喜欢的人了，我要等到她。”

他说话时呵出一团白雾，缱绻游离：“醉过方知酒浓，爱过方知情重。”

她的左心房像是被那团雾气裹紧，心跳霎时如擂鼓，方才苦涩的水果糖，变成了甜蜜的草莓味。她惊慌失措地挣开他的怀抱：“快红灯了，我们走吧。”

月色皎洁，后面的男人慢悠悠地跟在她的身后，经过水果摊时又忽地驻足。吴碧迦走了一会儿发现不对劲，才又折回去。

傅永森左手付钱给老板，右手提着一袋子水果：“我们回家吧。”

“回家？”她一怔，“可是我不知道这一次什么时候会离开。”

“是啊，我怎么又忘了。”他苦笑道，“你不属于这里，还会再离开。”

她只是这里的过客，始终会再回到未来。

一路沉默，直到进了傅宅，傅永森把手中的水果袋递给她：“送你的。”

“送我苹果和橙子？”

“苹果是平平安安，橙子是心想事成。各两个，成双成对，愿你不孤单。”

她的心蓦地柔软，像被羽毛轻轻拂过。她看着他的轮廓，额头饱满，眉毛齐整，观面相的人最推崇这类长相，评价是不沾桃花，最为痴情。

挂钟敲响十二下，一下又一下，浑厚深重。

“傅永森，我……”吴碧迦提着袋子，“我和你说过，我不属于这里。”

“我知道。”他浅浅地笑道，“你不属于这里，我就去找你，天大地大，总有一天，我们会再次相遇。”

“你……”她心里鼓鼓胀胀的，“你不会找得到的。”

“那我就等你，”他说，“地球是圆的，两点终会交汇。碧迦，我说过，不论多久，我都会等你。”

这番话让她有些恍惚，傅永森上了二楼：“我去客房给你准备床铺，房里有浴室，用品齐全。”

洗漱完毕后，吴碧迦躺在床上翻来覆去，霎时间，灵台清明。

她终于明白那番话中的含义，傅之远也曾对她说，要她等他大富大贵、鱼跃龙门，他永远只顾着自己前行，却把她抛在身后。

而傅永森说的，是他等她。他站在她的身后原地不动，等她爱上他，等她回头便能第一眼见到他。

青春芳华弹指一瞬，每个女人终生渴盼的并非做一块望情石，卑微苦等太煎熬。一生遇见的人太多，有美中不足的，有伤痛浮沉的，也有约错终点的。她们想要的，只是一段纯粹的感情，一段就在身边可触的感情。

是比翼连枝，花好月圆。

是每当事世变迁时，爱人的一颗心永远不变。

第二天早上，吴碧迦下楼后，嗅到了一股焦味。

傅永森系着围裙，头发微湿，他苦恼地从烤箱里拿出一碟烤得黑乎乎的饼干。他朝着吴碧迦叹气："我会煎焖炒炖煮，偏偏不会烤饼干。"

"你烤的是什么？"她拈起一块棱角不明的饼干左看右看。

"圣诞节的姜饼。"他难为情，"算了，你别吃，我去店铺买现烤的。"

"我试试。"她把整块放进嘴里，在他惊诧的目光下咽了下肚，"嗯……还好，我信你下次会做得更好的。"

"下次？明年的圣诞节？"傅永森欣喜地问，"意思是你会一直在，不离开了？"

吴碧迦不敢对上他的视线，低头进了厨房："有点干，我去倒杯水。"

她在厨房发了很久的呆，水漫过杯子也不知。她出来后，他抬头看她，眉目间有愁闷："有醉汉闯进海味行捣乱，我得回去处理。"

海味行数十年如一日，金字招牌，宽大壁橱里陈列着装得满满的玻璃罐，只是现在却一地狼藉，满屋腥味。

店员是个年轻姑娘，自然劝阻不住，吓得缩在里面的休息室。傅永森拿来扫把将碎片扫起，吴碧迦想进来帮他，他却蹙眉：“别进来，踩到玻璃怎么办？”

她便听话地站在门外，看着他妥善地处理好。房间洁净后，她才进门：“凡事亲力亲为，果然好老板。”

傅永森拾掇好零散的牡蛎干：“海味行的家业，我有责任承担。而且，”他顿了一下，“我也是答应过你的，所以无论遇到什么情况，我都会在这里坚持下去。”

“答应过我？”她摸不着头脑。

“你第二次离开的时候和我说过，让我一定要把海味行发扬光大，以后逢年过节你都会来买花胶、刺参。”他轻声道，“所以，我会一直守在这里等你来。”

他的话很轻，却似重锤砸在她的心中。

换乐网站告诉过她，傅永森始终不肯放权的原因，是她。

原来是因为她当时随口一说的，她以后会来找他。

“碧迦，你能不能不走了？”傅永森目不转睛地看着她，“现在这里可能没有未来那么好，可是……可是我想带你去看七月的西贡海滩，夏天到海洋公园骑旋转木马，冬天去半山坐缆车……有很多很多，我都想和你一起去完成。”

他的过去没有她，可他的现在和未来，都是她。

“我……”忽地，她的耳边响起了换乐网站的提示，“第八笔审批所换取的愿望时间已结束。”

“碧迦，”傅永森唤她，重复问，“你可以不走吗？”

那一刻，吴碧迦的脑海里有一个念头一闪而过：留下。

她心生了眷念，回到未来的念头一次比一次弱。她不想只见他一面，她想见他千面万面，朝夕相对。

“留下？”她的心咯噔”一跳，如果按换乐网站所说，那两张照片都是真实发生过的，莫非是意味着……

倏忽间，眼前白光一闪，卷起大风，她被驱使着一步一步向着门外后退。傅永森想拉住她的手，却被风吹起的沙子遮住了视线，待风停下，他的心如坠冰窟。

门口已空空如也，她又消失了，回到2017年了。

2017年。

吴碧迦呆呆地对着电脑屏幕，屏幕里映着她脖子上那条似乎尚有余温的绒毛围巾。她低头凑近围巾，草本味淡了些，下次再见到他，不知又是什么时日了。

如果还有下次，她能不能留得再久一点，久到能有朝夕，有四季？

屏幕的页面闪动几下，吴碧迦开口问：“为什么我每次的穿越都会有时间限制？”

“你的意志心意决定了每次会在什么时候结束。”系统回答，“比如这一次，你回来的念头有所动摇，网站收到指令后就进行遣返。”

第一次，她算错了时间，只好重来；第二次，她救人成功，一心想着可以回到傅之远身边；第三次，她听了表白，心被打动；第四次，她被挽留，生了眷念。

吴碧迦沉默半晌，从大衣口袋里掏出那条带锁手绳，红线牵连。倘若不顾一切，抛开当下所有永远回到过去那个陌生的年代，他会待她始终不变吗？

她已受过一次伤，只愿下一次能顺遂。

“你想好第九次的愿望换什么了吗？”系统问。

换什么？

换再短暂回去一次吗？可她已确定此刻他的心意，确定她对他也有情意，她不能确定的，是未来的变数。

这些天来，她见证了太多悲欢离合，真心和命运，相爱和分离，付出的代价太沉重，他们到底是甘之如饴，还是后悔莫及？

“你需要换的话，可承诺不后悔、不遗憾？”

“你是否确定进行本次交换，以未知的失去为代价？”

屏幕对面的男人，无疑也是这场时间游戏里的当局人，他朝倘再会，情意又会不会被时间所打败？

第一章 一遇

2015年3月初，红磡区某居民楼疑因家用电器年久失修引发火灾。

“四红一白”在一分多钟内赶到现场，我刚下消防车，便开始观察火势情况和建筑布局：“阿勇，你带A组去疏散人群，B组负责上楼搜救被困人群，C组铺设水带连接水源……”

起火地点是三楼，负责灭火的同事用直流高压水枪射击火点后，很快阻止了火势朝更高楼层蔓延。所幸是上班时间，留在居民楼里的人并不多，都被安全救了出来。

突然，一个头发蓬乱的中年妇女向我扑过来，她被浓烟呛得话语断续：“404，咯咯，404还有人没出来。”

我对她稍作安抚，刚想联系负责搜救的B组，他们的组长却出了楼道：“队长，我们已全面搜查过，被困人群都已安全离开居民楼。”

“404还有人吗？”我沉吟。

“小杰负责整层四楼，他刚刚和我汇报完，没发现有遗漏的。”

“阿婶，你确定404还有人吗？”我问，“是不是已经逃出来了，你没有发现？”

她的神色焦急：“是……是菲菲她妈妈，我逃下楼的时候她妈妈刚好把门锁紧，我想去敲门，但被人挤出来了。”

她的话音刚落，一旁有人惊呼：“菲菲的妈妈带她上了天台！”

我的心“咯噔”一跳，循着天台的方向看去，隐约可见一位披着长发的少妇神色憔悴，右手牵着穿粉裙的女孩，扶着栏杆坐下，双脚一晃一晃，似乎下一秒就要跳下来。

旁人的声音细细碎碎地传来：“菲菲的爸爸搭上个小姑娘，两个人合谋卷走家里的钱远走高飞，本来家里就不算宽裕，现在还被烧没了……”

我眯眼一看，那少妇左手紧紧抓着栏杆，右手有意把牵着的女儿拉到后面远离天台：“她的自杀欲望不强，你们迅速给救生气垫充气戒备。阿勇，你立刻联系PNC。”

“让我先来吧。”一个陌生男人凭空出现，“别担心，我是谈判专家。”

我点点头，简短指挥好现场布置，架起云梯后和他一起升上天台。那少妇察觉到我们靠近，凄厉地大喊：“你们别过来，再走近一步我就跳下去！”

她的女儿已经吓得脸色煞白，像木偶人一样被她牵着。男人镇定道：“听街坊说你叫翠姐，我一看你还这么年轻，叫小翠都可以。”他又看向旁边的小女孩，“菲菲这么可爱，在幼儿园一定经常演话剧里的白雪公主吧？之后小学会有小男生送她回家，中学科科拿全优，大学和你出国环游世界……”

翠姐脸色有所缓和，男人乘胜追击：“你只是暂时遇到了难题，但并不是解决不了的。你还身体健康，有手有脚。菲菲还那么小，她还等着你教她做算术，带她买好看的小裙子……翠姐，你难道就不想看到菲菲穿婚纱出嫁吗？”

“幸好最后菲菲张口叫了一句妈妈，打破了翠姐最后仅剩的求死念头。”二十分钟后，她们被警方带了下楼，我才松了口气。

“一般这种情况，亲情是最有效的解救措施。”他道，“后续的心理疏导也要及时跟上，不然翠姐的心结始终还在。”

我裹在厚重的消防服下热得冒汗：“还没谢谢你，我是消防队长温子菀，呃，你叫什么？”

“红磡分区公共关系科督察程翰西。”他递给我一张纸巾，“同时兼任警方谈判小组A组领队。”

那个名字像柔软羽毛拂过心尖，我脱口而出：“这名字好熟悉。”

“缘分天注定。”程翰西露齿笑得明朗，“2015年，初次见面，多多关照。”

手机铃声持续响了十来分钟后，我终于忍无可忍地掀开被子。

“什么事？”我烦躁地吼道，“今天周六，不是我轮值。”

“队长，消防处下通知，召集所有消防队长去听一个讲座。”他小心道，“不去的话，要扣百分之十的工资。”

“前几天不是刚做了指挥培训吗？”我瞥了眼手机上显示的时间，七点十五，扰人清梦。

“听说是谈判专家给我们消防处做的一个心理辅导讲座。”阿勇的语气也是困惑，“说来奇怪，他们可是大忙人，还抽空给我们上课。”

“什么我们，是我！”我破口大骂，“我现在就很抑郁，很有心理问题，让我知道是谁提议的，我今晚凌晨就给他打夺命电话！”

我匆匆赶到目的地后，西装革履的程翰西朝我颔首：“就差你了，我们开始吧。”

我环顾四周，只余第一排正中央有一个空位，刚好对着讲桌，我只得硬着头皮坐下来。程翰西和另一个穿套裙的女人自报家门后，翻开桌上的文件，开始了长达三个小时的授课。我坐在台下昏昏欲睡，眼皮几近合上，又碍于脸面，拿着笔在本子上乱画，假装在认真听讲。

“今天的讲座就到这里了，希望各位回去好好温习所讲的内容，结合自身情况调整心态，乐观面对消防工作。”终于，在我的头都要垂到膝上时，程翰西结束了讲座。

我彻底精神起来，跟着大队还没溜跑，程翰西却用食指钩住我的后衣领：“我见你一时摇头晃脑，一时低头沉思，应该是对今天的课很有感触。今天记了多少笔记？”

他的发丝凌乱，三两下把西服外套除下，挽起衬衫袖子，一把把我横抱起来："菀菀，别怕，我现在开车送你去医院！"

没等走几步，我便立马跳下他的怀抱。程翰西愣愣地看着自己还在半空中的手，再看看我。

"我刚刚只是一时太累。"我无奈，"队里的体能训练，我的成绩都是前三甲，身体素质哪有这么弱？"

"没事就好。"他把我从头到脚打量一会儿，确定无恙后才松了口气，"你知道我有多担心你吗？"

那一瞬，天边的白云好似染上了粉色，我讷讷道："你怎么知道我在这里？"

"你知不知道当今世上有一种能精准定位的追踪仪器，它能时刻关注着目标人物的任何动态，甚至能感知对方的喜怒哀乐，从而做出应对？"程翰西神秘道。

我问："哪里出品的？"

"仅此一家。"他认真道，"出品人程翰西，这种定位器的名字叫作——爱情。"

我瞪大了双眼，这突如其来的告白让我的脑里像炸开了烟花。他见我没反应，想要伸出手来扶住我的双肩，我条件反射地侧身躲开他的手。脚下的泥泞湿滑，程翰西没站稳，整个人眼看就要因惯性摔倒。

"小心！"我惊呼，手只来得及碰到他的衣角。

"小时候玩砌泥人，长大自己变成泥人。"程翰西委屈地看着我，五官都被糊上了脏兮兮的泥巴。

我想了想，还是拿了纸巾出来帮他细心擦拭，两个人距离挨得很近，他的鼻息就在咫尺间，萦绕着忽近忽远的热气。

我突然觉得脸烫得厉害，正欲收回手，他却一把捉住我的手腕："听说你的家就在附近？"

半个小时后。

我皱着眉坐在床边，不明白自己为什么竟然真的答应了程翰西上门来洗澡的奇葩请求。

"是你躲开，我才摔到地上的。"他可怜巴巴地拉我上了楼。

"而且，你还无视我鼓起勇气的表白。"他催我拿钥匙开了家门。

"我只是想洗个热水澡，安抚一下冰冷的心。"随后他指使我去楼下大甩卖的超市随意买了一套衣裤。

"菀菀，我洗好了！"程翰西在浴室里叫我，"我的衣服呢？"

我抬头望天，把衣服递给他。过了一会儿，他开了门，里面水汽袅袅，模糊了一双明眸。

"我觉得，现在我的身体有一把火，空虚寂寞，急需一个人去抚慰。可是现在方圆十里，孤男寡女，除了我，就只……"他倚在浴室门边直勾勾地盯着我，话还没说完，我走进浴室开了花洒，对着他淋。

"温子菀！"他呆若木鸡，浑身湿透，头发不停地往下掉水珠，"你在干什么？！"

"不是要灭火吗？"我把花洒放好，"我可是专业的消防员。"

那天之后，程翰西开始经常出没在我的四周，我甚至怀疑，他所谓的定位仪装在了我的身上。

比如我每周一晚结束常规体能训练后，都会独自去街角处探望那里的两只寄居流浪猫，程翰西就会出现在霜白的月光下，递给我一袋猫粮。

比如我定期去福利院做紧急逃生普及宣传时，他坐在第一排聆听，鼓掌鼓得最大声。

比如我现在随意走进了一家咖啡厅，他也尾随了进来。

“你为什么老是跟着我？”我满肚子疑惑，“而且好像对我的行程了如指掌一样。”

程翰西很自然地坐在我的对面：“我说了呀，因为爱情。”

“明明我们之前都不认识。”我问，“可是你却对我这么了解，完全熟悉我的生活轨迹……你到底是谁？”

“以后你就知道了。”他轻声说，“未来的某一天，我们始终会走在一起”

我涨红了脸：“谁……谁要和你一起了。”

他的语气极真诚，我的心似乎渐渐融化。这种感觉的学名是叫缘分，也是命运，我理解不了。

“菀菀，我想问问你，在你心目中，最好的爱情应该是怎样的？”他又开口。

“不存在吧。”我低头翻看餐单。

“想一想。”他似乎在撒娇，“说不定，我们两个的答案这么巧会相同呢。”

“大概就是，我煮汤的时候，他会知道我需要什么调料；我想要喝咖啡的时候，他会给我递糖。”随口回答完后，侍应刚好路过，我便招他停下，“麻烦来一杯咖啡。”

“还真的这么巧。”程翰西笑眯眯地指了指手边，“我这里刚好有两块方糖。”

第四章 心意

我从消防处出来的时候，青灰色的月光已洒了一地。

夜训完已是晚上八点多，手机铃声响了起来，我看了看，是母亲的来电。

“菀菀，生日快乐！”她的声音欢快，“你猜我和你爸爸现在在哪儿？”

“南极？北极？”我笑着问。

“都不对，你再猜猜，那里是自由女神的故乡……”

我一边同他们聊天，一边往家的方向走去。直至经过一家蛋糕店，我挂了电话后，走进去买了一小块缀着草莓的奶油蛋糕。

我拎着小小的盒子，想起去年在这里买的是一块巧克力蛋糕，苦涩的可可粉溢了满嘴。父母退休后童心大发，把多年来的积蓄都拿出来去环游世界，只余我一人留在香港，看着自己的影子被孤独地拉长。

只是现在，那细长的影子，悄然与另一道影子重叠交会。

我回过头，程翰西静静地站在我的身侧，笑容和煦。

“我今天没有第一个和你说生日快乐，你是不是很失望？”他朝我走近，鼻尖与我的快要碰上。

“我……”我只说了一个字，就咽进了剩下的话。从白天到黄昏，我每逢闲暇就拿出手机，却依旧没有发现那串熟悉的号码，今晚的蛙跳深蹲我也心不在焉，第一次远远落后，成绩掉出前三甲。

“我才没有。”我别过头，重复道，“我没有，没有。”

“心理学上说，重复一句话的次数越多，代表说话者越心虚。”他低低笑着，“今天有联合行动，跑前跑后忙了一天，刚刚才结束，我就第一时间赶过来找你。”

“你来找我干什么？”我瞥到他手中的礼盒，假装不经意地问，“难道是给我准备了生日礼物？”

他说：“你先闭上眼，我再告诉你。”

“我说睁开眼你才能睁开。”他微凉的手覆住我的眼睛，一再叮嘱，“不准耍赖偷看。”

“知道了知道了。”我嘴上嘟囔，心里却像有小鹿乱撞。

“三、二、一——”他缓缓松开手，“可以了！生日快乐！”

我看着眼前被打开的礼盒，粉紫色的丝带松开后，里面是一件剪裁简单的小红裙和同色高跟鞋。

那一刻，心底沉睡已久的少女被唤醒，她悄声对我说：“你看，他居然知道你埋藏得这么深的愿望。”

“送这个给我干吗？又不耐热阻燃，不实用。”我忍着欢喜，装作很嫌弃地盖上盒子，“一年四季大部分的时间都在穿消防服，外号‘男人婆’，你当我是浪得虚名？”

“可是，我听见了你的心里有一个很小很小的声音在说，自从十八岁后，你最想要的生日礼物，是有缘人送给你裙子和高跟鞋，你想穿得漂漂亮亮，和他去吃烛光晚餐，去山顶坐缆车，去维港看夜景。”程翰西又把盒子打开，拿出那双高跟鞋，蹲下身子仰头看我，“一个会把你当明珠、当公主、宠你、守护你、陪伴你的有缘人。”

我呆呆地任由他帮我换上鞋子，然后他维持蹲下来的姿势，转过身，拍拍自己的背：“来吧，我背你回家。”

“啊？”我不明所以，“你送高跟鞋给我，又不让我穿着走？”

“我怕你不习惯，还没抬脚就摔倒了。”他拉过我的手，“来日方长，以后我会做你的扶手，让你一步一步走稳。”

他一直在说笑话，我把头埋在他宽厚的背上，比以往任何时候都要快乐。街灯初上，我们的影子被灯光拉长。

“程翰西，你为什么总是逗我笑？”

“我喜欢看你笑，发自内心的笑。”他说，“我希望我能在现在给你真正的快乐。”

“说这些干吗，”我不满，“又不是生离死别。”

“的确不是生离死别，只不过……”他欲言又止，“算了，总有一天你会知道。”

“以后要知道的事就留给以后，现在我只知道的是——”我伏在他耳边，小声道，“喂，程翰西，我也喜欢你。”

他突然停住了脚步，然后收紧了手臂，莞尔道：“那我就很喜欢很喜欢你，总要比你多一点。”

很多年以后，当我回忆起那个生日的尾声，都会惊叹世事奇妙，冥冥之中，原来我们都是命运的局中人。

“菀菀，你有没有什么害怕的事？”程翰西把我放下，把我垂落的发丝别在耳后。

“你是骑士，你有盔甲。”我抱着他，“那我还怕什么？”

他的眼神柔软，我在那清澈的眸子中见到两个小小的我：“那你呢，你有什么害怕的吗？”

他说：“我只怕在本应相爱的今生放弃了机会，来世不知能否再如愿成双。”

“你在说什么？”我不解，“只要相爱的人在身边，珍惜眼前，哪有那么多今生来世？”

“你说得对，应该学会珍惜眼前人。”他苦笑，“我最恨自己的是，在应该去珍惜的时候没有做到，要等失去了才后悔。醒悟太迟，教训太惨烈。”

这是我第一次看到这样的程翰西，笼罩在一片哀伤阴郁中，霎时间，气氛沉重，似即将大雨倾盆。

我小心翼翼地拍了拍他的肩膀：“所以……是完全来不及了吗？”

“你信不信这个世界上有一个可以让人梦想成真的网站？”他突然抬头。

“不信。”我摇摇头，“哪可能会有天上掉馅饼的好事？”

他展颜，揉了揉我的发：“走吧，我饿了，想吃花生馅饼。”

“程翰西。”我与他十指紧扣，“不管你以前爱过谁，以后会爱谁，我只知道现在你爱着我，我爱着你，那就够了。”

“菀菀，”他牵起我的手背，在上面印下浅浅一吻，“不论从前、现在，还是以后，我爱着的都是你，只会是你。”

那一天是5月29日，本应是寻常的下午，我的右眼皮却跳个不停。

“队长，你怎么了？”阿勇见我不对劲。

“右眼皮总在跳。”我皱着眉。

“左眼跳财，右眼……”蓦地，出警的讯号尖锐地拉响，止住了他未说完的话。

我觉得心里慌得很，俗语说左吉右凶，莫非会发生什么事？

放在桌上的手机屏幕亮起，我匆匆瞥了一眼来电，是程翰西。我来不及接起电话，消防队已全员集合完毕，我只得收回视线，跟着他们出发。

十二层的天台上，有一个缩小的人影，楼下聚集围观的人越来越多，频频交头接耳。

“小兰原本科科全优，一年前父母离婚，她开始沉迷于酒吧，学坏了，男朋友周周换……”报案人神色焦虑，“最近还听说她怀了孩子，男友却人间蒸发了。”

天台上的少女精神涣散，晃着脑袋摇摇欲坠。我迅速做好指挥，让他们展开救生气垫：“她应该是吃了药。这里只有我一个女的，和她沟通比较好，你们按指示做好措施。”

我爬到楼顶，小兰的情绪起伏很大，癫狂的笑声和哭声交织。她见我靠近，声音缥缈：“他人呢？孩子的爸爸呢？”

“孩子的爸爸在楼下等你，小兰，你下来，我带你去见他。”我出言安抚。

“你骗人！他不会来了！你们都是骗子！”她尖声吼道，抓起身边的一块砖头向我砸来。

我躲过后，暗暗估量，想用蛮力直接把她拉到旁边的安全地带，她却软下了性子，向我伸出手：“姐姐，我累了，不想做戏给他看了，你带我回家吧。”

她的语气听起来无异，又主动把手放到我的手里，我渐渐放下心里的警觉，牵着她准备离开。突然，她却狠狠朝我的膝盖踹了一脚，我吃痛，跪倒在地，她立马挣开我的手往天台的另一端跑去。

“小兰！”我挣扎起身，想要抓住她的手。天台的另一端并没有铺设救生气垫，她一旦跳下，必死无疑。

忽地，一个疾驰的人影先于我跑到了小兰的面前，还没等我反应过来，她已经被制服。

“程翰西？”我看清了他的脸，他正用手箍实小兰的两个手腕，她一直在试图挣脱，却抵不过男人的力气，随后赶到的警员把她带了下去。

也就是那一刻，我的右眼皮终于停止了不安的跳动。

“你放心，我会及时对她做心理辅导，直至确保她走出困境。”程翰西一把抱住我，“你没事了，没事了。”

我不解：“我本来就没事啊。”

他抱得太紧，我透不过气，稍稍推了他一下，却被他加重了力度：

“不准推开我。”

“你怎么来得这么及时？”我问，“就好像知道今天我一定会出现在这里。”

“大难不死，必有后福。”他却答非所问，“菀菀，我们去约会吧。”

夏天的夜晚，程翰西和我吃完饭，从黄埔花园走到明安街，我摸着圆滚滚的肚子：“每次和你吃饭你都给我点这么多，以后我吃成大胖子怎么办？”

“不会，相信我，你以后还是和现在一样瘦瘦的。”他捏了捏我的脸，“所以我才想让你多长点肉，不然以后穿婚纱都撑不起来。”

正走到天桥的时候，一个掩在夜色里的算命摊出现在我们眼前。摆摊的老奶奶满脸皱纹，见我多看了两眼，欢喜地迎了上来：“小姐，要算命吗？”

我摇摇头，老奶奶却拉着我不让我走。无奈之下，我只好坐在小板凳上，摊开手掌：“那帮我看看运程吧。”

“真奇怪……”她蹙起眉头，布满老茧的手在我的掌间拂过，嘟囔一番，又凑近细细看了许久。

我被她弄得莫名紧张：“怎么了？”

“你的生命线原本是到这里就结束了。”她难以置信，手指停在了一处，“可是到这里，又莫名其妙接驳上了。”

我反倒松了口气，纯当老奶奶老眼昏花看错了。程翰西却一把抓住她的手，双目瞪大：“你没看错吧？”

老奶奶不满地拂开他的手，双唇一张一合：“这位先生，我虽然老了，但不至于睁眼说瞎话。”她见程翰西愣愣地杵着不动，干脆托起他的手掌，“不信我也帮你看——啊！”

她突然失声尖叫，像触着烫手山芋一样蓦地缩回手，颤巍巍地自言自语：“不可能，不可能……”

老奶奶最后回头看了我们一眼，摊子也不收拾，便哆嗦着落荒而逃了。

“这个老奶奶好奇怪啊！”我觉得好笑，挽着他的手臂准备离开。

“老天保佑。”程翰西突然把我的头摁到他的胸口上，“心口的大石总算放下。”

我闷在他的怀里动弹不得，只听到那强有力的心跳一声接着一声：“什么大石？”

“如果我告诉你，我是来自2017年的，你会不会吓一跳？”他松开我，定定地看着我，眸光闪烁，“你还记不记得，我们第一次相遇的时候，我和你说了什么？我说的是，2015年，初次见面。因为菀菀，我们原本应在2016年才结识的。”

“你别开玩笑了。”

我的耳边嗡嗡作响，他继续道：“我们虽然都属于同一分区，但直到2016年的一次纪律部队联谊才认识对方，之后一起出过几次任务，接触多了起来，很快就走到了一起。”

“可是那时我只顾着忙工作，常常忽略了你的感受，对你关心少，以为你会永远在身边。”他陷入了痛苦的回忆，“我放了你太多次鸽子，每个纪念日和节日，你订好的餐馆我很少应约。你太懂事，不吵不闹，没有怨言地原谅我。后来在2017年，也就是我们结婚的前一天，你……”

“我怎么了？”我紧张地看着他。

“你抱着白色的婚纱，从十二层天台跳了下去，再也没能醒来。”他哑着嗓子，“事发地点，就是今天下午那里。”

“小兰？”我讶异，“怎么回事？”

“在原本的这一天，我并没有出现，所以你没能拦下小兰，眼睁睁看着她从天台的另一端一跃而下，摔得血肉模糊。你认为是自己的失责而导致她的死亡，从此种下心病，常常在夜里做噩梦。你却没同任何人说起，包括认识我之后。”

“可我不是还和你走到了一起吗？”我疑惑。

“你藏得太深，我又对你关心太少，所以并没能帮你渡过难关。”他顿了一下，“你本来已经把这桩事尘封，可婚礼前一天，你从婚纱店出来，对面的大厦楼顶有人跳楼，导致你再次亲眼看到惨剧发生，触发心病。后来你去了十二层天台纵身跃下，再也没能醒来。”

“我不是不爱你的，可是这样的爱在生死面前，却显得那么可笑而单薄。”他惨笑，“你离开我之后，我才知道自己是个多么不称职的男友。后来我重新了解你，把你的生活轨迹熟背，可是……可是我仍旧孤家寡人一个，日日后悔。”

若不是他的神色与以往的促狭嬉笑完全不同，我是无论如何都不相信这荒诞故事的。

我把他的话消化了很久，那些我觉得的似曾相识，以及他对我生活的了如指掌，亦全都找到了源头：“所以，你就回到了2015年，回到小兰那件事发生之前，遇到我，带给我欢乐，为的就是带我顺利渡过这场劫。可是……可是你是用了什么方法回来的？”

“你信不信这个世界上有一个可以让人梦想成真的网站？”程翰西第二次问这个问题，见我愣神，他便接着说，“有一日我误入了一个叫作‘换乐’的网站，换了一个回到过去的机会改变命运，所以我就回到现在与你提前相遇了。”

“有得必有失，这种天上掉馅饼的交换，听起来怎么不太对劲？”我担忧地问，“你别被忽悠了，这会不会要你付出什么代价？”

“那代价要是我灰飞烟灭，能再见到你一次……”他环住我的腰，呢喃道，“能再见到你一次，牡丹花下死，做鬼也风流。”

“别乱说话，要真这样，我不还得患上抑郁症？”我拍了拍他的手，“喂，如果你没有回到过去的机会，最后的结局还是我在2017年离开了你，你会怎样？最多买醉两次，然后就潇洒做人，另结新欢了吧？”

“我会买醉一生。”他正色道，“我会每晚失眠，因为总是梦到你，然后立贞节牌坊，终身不娶。”

我不屑：“你是谈判专家，口才了得，我怎么知道你哪一句是真哪一句是假？”

“有一句是真的。”

“嗯？”

“我胆小说不出口。”他叹气。

“哦？那要不要给你灌几杯酒壮壮胆？”

“我觉得，这样壮胆比较适合我。”他径直吻过来，然后附在我耳边，“嗯，信心倍增……莞莞，我爱你。”

唇上温润的触感还在，我的呼吸恢复畅顺，程翰西的眸子里有盈盈清泉，温柔明亮。我别过头，耳根泛红："我不喜欢你花言巧语。"

"你是不喜欢我花言巧语，还是不喜欢我？"

"不喜欢你花言巧语。"

"嗯，我知道你喜欢我。"他愉悦地挑挑眉，"菀菀，你已经表白过了，不必迫不及待每天都向我证明你的真心。"

第六章 命运

快下班的时候，阿勇叫住我："队长，你今晚去不去联谊？"

"不去。"我道，"等2016年再去。"

"啊？"他奇怪地看了看我，"你是约了男朋友吧？"

"嘘，不是和你说了别提这个吗？"另一个人急着拉走他，声音不大不小地传到我耳边，"之前和队长走得很近那个男的，这段时间消失了，我猜他们肯定……"

我笑着把储物柜关上，看着他们离去的背影。

他们只说对了一半，程翰西的确是消失了，他的意识回到了2017年，而现在，是我们还没相遇的2015年。

可又有什么关系呢？即便再迟一点，那根红线，依旧会把我们紧紧牵连在一起。

我们迟早会相遇，相知，相爱，相守。

2017年，我和程翰西原定的结婚日期即将如约到来。

“你是谁，怎么在我家里？”他穿着拖鞋到客厅，见我捧着白色的婚纱坐在沙发上，警惕地后退几步。

“我是菀菀，你又忘了吗？”我抚着白纱，这已是数不清第几次的相似对话。

“菀菀……”他喃喃道，神色变得柔和，“菀菀，你回来了。”

我把婚纱挂好：“早餐我煮好了，你快去洗漱。”

程翰西乖乖地进了浴室，过了一会儿，我把一条毛巾拿给他，他却含着满嘴的泡沫瞪大双眼，又一次问我：“你是谁？”

“我是菀菀。”我无奈。

“菀菀……”他又一遍忆起，“你回来了。”

有得必有失，我担忧的事情终究发生。缘分天注定，我们的确在2016年相遇，一切都照着命定轨迹进行。可到了2017年，他做交换的前夕，他突然独独对我变得只有七秒钟的金鱼记忆。

他在忘了我与记起我之间不停来回，忘了我时他铁面无情，唯有记起我时，才会恢复我熟悉的温柔模样。

我洗着杯碟，看着水龙头哗哗流下的水柱，心里油然升起一股悲哀。

回到房间后，我打开电脑，蓦地弹跳出一个页面，“换乐”二字显得诡异又真实，黑色的花边勾勒出短短的一句话：“你需要换的话，可承诺不后悔，不遗憾？”

换乐？我的手抖了抖，是程翰西提过的那个网站。

他变幻的面容在我脑里不停交错，我咬咬牙，往那个空栏里输入了几个字。

"你是否确定进行本次交换，以未知的失去为代价？"

世间什么最痛苦？

是爱你的人忘了你，从此两人走上陌路，偶尔的交会重合，短暂如烟花。

一瞬便消逝的美丽，抓不住，终是令人太绝望。

尾声

一年后。

满月宴上，我本抱着襁褓里的婴儿，程翰西却伸手过来："我来抱宝宝。"

"你去招呼客人就好了。"我说，"我来照顾他。"

"我不放心。"他摇摇头，"我怕触到你手臂的伤口。"

"都过了这么久了，没事。"

"昨晚我还看见你的伤痕又流血了。"他紧绷下巴，生气道，"你什么都不告诉我，自己偷偷敷药，知不知道我会很担心你？"

"好好好，程先生，"我举旗投降，"以后我的吃喝拉撒都第一时间向你汇报。"

昨晚的霜白月光下，我忍不住换上短袖，看见有斑驳伤疤的左手臂刺眼不堪，几处结了痂的地方重新裂开流血，我涂了药水之后，蓦地想起了一年前。

那是一次大型的工厂失火，有一个面容俊朗的男人本来已逃了出来，突然又冒着浓烟折了回去。我急忙跟在后面想要救他出来，吐着火舌的房梁轰地倒塌，再后来我便不省人事。

我从医院醒来后，程翰西红着眼一遍遍唤我的名字。

“程翰西，你记起我了？”我虚弱地扯了扯嘴角，“是不是还会忘记我？”

“菀菀，”他抓紧了我的手，“大难不死，必有后福。”

后来我才知道，原来那场可怕的火灾让那个男人毁了容，也毁了我的左手臂，上面狰狞的伤疤，是网站“赠予”我的交换代价。

“菀菀！”程翰西叫住我，“想什么想得那么入神？”

我眨了眨眼：“想你啊。”

“跟我跟多了，也学会了花言巧语？”他挑挑眉，“不过我很受用，以后只准对我说，对儿子都不行。”

一对陌生的白发老夫妇经过，听见我们的话不由得笑了：“恩恩爱爱耍花枪，耍到白头偕老都不厌。”

我与程翰西相视一笑，老妇接着说：“遇到困难也好，同喜乐也罢，都要记得，无论如何也要珍惜眼前人。”

“那是当然。”程翰西温言，“失去会后悔，我不想后悔。”

老夫妇走了之后，他单手拉住我，在我耳边小声说：“有一句话，我是不是很久都没有对你说了？”

“这次又要怎样壮胆？”我涨红了脸，“现在可是大庭广众之下。”

他用眼神示意了一下怀中宝宝，小人儿睡得香甜：“程太太，是这小家伙给我壮胆了。”

“那……”我绞着衣角。

“程温子菀女士，程太太，程嘉宝的妈，”他附在我的耳边，“我爱你。”

屋外的月光淡淡洒来，像极了那一夜，他牵住我的手，坚定地说——

“不论从前、现在，还是以后，我爱着的都是你，只会是你。”

嗯，好巧，我也是。

10 花好月圆

爱是想要触碰又收回手，
从此你有你的白日花，我有我的夜间月，
天上地下，
一秒，一分，一年，一生，到永恒。

楔子

屏幕上有一串数字。

“这是……电话号码？”吴碧迦疑惑。

“你所不能确定的是未来的变数，不能确定傅永森是否会一直不变，”系统的声音响起，“这是一个可以打往未来的号码，去问问未来的吴碧迦。”

“打往未来？”她踟蹰着拿起手机，只觉得心“扑通扑通”跳得飞快，十来秒的“嘟嘟”声仿佛一个世纪般漫长。万一那头的人说，她的未来过得一点都不好，事业无成，爱情失败，傅永森并没有守诺，而是背叛了她……

她揣着明明已泛起情意的心，却畏缩忐忑，唯恐再一次错付一生。

“喂，你好。”那头接通后是一道柔和的女声，只是随着光阴的流逝，添了些厚重感，沉淀祥宁。

“你……你好。”吴碧迦紧紧攥着手机，不知所措，“你是……是吴碧迦吗？”

“我是。”那头顿了一下，“请问你是？”

“我是……”吴碧迦清清喉咙，“我是一档夫妻访谈节目的制片，素闻您和傅先生多年来感情恩爱，所以想要约一个专访……”

那头静了一会儿，吴碧迦感觉自己的心快要提到嗓子眼，正心灰意冷想要挂断电话的时候，却听见对方回应：“不好意思，刚刚在下船……我和傅先生这段时间都在旅游，可能得迟一些时间才能……”

“其实准确说，也不算旅游，”那头低低叹了口气，似乎在自说自话，声音很小，“以前做了一些错事……想看看他们过得好不好……悲欢离合，姻缘注定……”

“今日是四月初八，我们长洲岛又迎来了一年一度的‘抢包山’……”那边很喧闹嘈杂，舞狮锣鼓欢庆声不时传来。

“我们的第一站是长洲岛，接下来还有其余九站，等结束后，我再联系你可好？我们夫妻俩都是五六十岁的老人了，行动比较慢，希望多多见谅。”

2018年，五六十岁，十站行程，刚好对应换乐网站的十笔审批交换。

“碧迦，我们走吧。”电话那头有一个隐隐的男声温和唤她，吴碧迦突然叫住她：“那，你们过得幸福吗？”

“人总是会懊悔自己没有珍惜，或者得不到的，可是从来不会认真看陪伴在自己身边的人，那才是最珍贵的。”她柔声道，“幸运的是，我们都珍惜眼前人。”

吴碧迦终于明白，她到底还是回去了，那两张照片，是她的第二次命运。她未来是有他的，每当世事变幻时，他地始终不变。

无论年轻还是苍老，他永远都是她的眼前人、身边人、心中人。

挂断电话后，吴碧迦释然地笑了。她慢慢把红绳戴到右手上，那把小小的锁，已经有一把钥匙，能开启它紧闭的心门。

“第十次愿望，你确定了吗？”系统的声音传来。

“嗯，”她浅浅道，“回到过去，永远留在他的身边，陪他看尽重演的世事，陪他从年轻到苍老。”

她在这里已无依无靠，了无牵挂，可在三十年前的香港，有一个男人，视她为终生牵挂。

她很想，很想回去看看他。

“你需要换的话，可承诺不后悔、不遗憾？”

“你是否确定进行本次交换，以未知的失去为代价？”

这次的申请者是一个女生，她不知道，她所换来的是放下，也是新的启程。从前种种皆成空，她们都要学会面对未来。

“决定了，不会后悔？”

吴碧迦摇头，页面变成乱码，数据高速运转，她感到自己的身体渐渐湮灭成光，当几近透明时，她忽地问：“那些在进行交换后的人，他们会过得幸福吗？”

“换乐网站将会消失一年，等到你重新走到明年时，才能再度开启，完成最后的审批。用一年时间，他们会更加懂得珍惜，更加明白爱情的意义。他们会得到属于自己真正的幸福，和你一样。”系统的声音变得遥远，“人情非淡薄，这世间，到底还是存在着不顾一切的真爱。”

和她一样，放下，才有新的未来。

第一章 重遇

我重遇李少朗，是在2018年的长洲岛。

长而窄的东湾泳滩就在眼前，五彩的遮阳伞下有比基尼女郎坐着喝果汁，有小童追逐打闹。青山阔海，一片祥和。

一对情侣骑着双人白色单车悠闲地往海滨小路的度假屋前行，双人合唱的声音遥遥传来，女一句“情意誓永无限”，男一句“我两爱不变幻”，好不痴缠。

又见旧人，却隔沧海桑田。不过阔别短短一年，他就已经和我记忆里的模样完全不同。海风有凉意，我拉拢了开衫，仍冷得哆嗦。

“一年不见了，”我没有看他，“你还好吗？”

话一出口，我立刻便意识到失言，忍不住看了他一眼，再怯怯收回目光。

“我的脸是不是很恐怖？”李少朗扯动嘴角，“我听说，全港名媛都在背后叫我怪兽王老五。”

我心里一酸：“哪有，还是很帅啊。”

他陷入了沉默，我看着那片海，渔船零散分布，和一年前无甚差异。

“她前几日结婚了。”他突然开口，“粉色花毯，郁金香酒杯里装着香槟。”

时过境未迁，只一个“她”字，我也知道是谁。因为这么多年，他的脑里心里，只装得下唯一一个她。

“那你呢，这一年过得好吗？”李少朗莞尔，“又去了什么地方？一年里都没有收到过你的明信片了。”

来自国内外各大省市的印有不同邮戳的明信片，哪怕再偏远，我都固执地给他寄了许多年。直到一年前在长洲岛话别后，我忍着不打探有关他消息的欲望，也没向他露出半点行踪，所以我不知道他遇上了火灾毁容，不知道他的妹妹与别人终成眷属。

若不是在温哥华遇到了以前念书的同窗，我也不会知晓竟然发生了那么多事。

“多谢关心。”我道，“你年纪也不小了，遇到有缘人就定下来吧。”

李少朗却转移了话题：“你……你怎么回来了？”

“我回来参加一个影展。”我知道他在顾虑什么，大方地拍拍他的肩，“你都不知道，那些追我的金发洋人都排队到澳洲了。”

“那就好。”他隐隐松了口气，“你能找到自己的幸福，我很开心。”

我别过头，逃开他的视线，他不知道根本就没有所谓影展，我回来，只是想见见他，见见被岁月残酷烙伤的他。他还是没变，以友情的名义衷心祝我幸福，而我也没变。

“放心，我说话算话。”

情意未变，单恋未变，变的只是潮起潮落后，我选择撒谎。

这便是我们，从一开始就注定的结局。

第二章 初识

我认识李少朗是在2005年，那一年的九月，迪士尼乐园正式开幕。而对大部分人而言，海洋公园才是承载集体回忆的地方，所以在那一天，我和同学去了万圣节鬼屋，拎着一盏南瓜灯，直到天黑才回家。

彼时浅水湾的新家空无一人，我开了灯，疑惑地打开桌上一封信，信上写着让我到李宅去会会新邻居，留个好的邻里印象。

父母已率先登门造访，我只好硬着头皮摸索方向，明明只隔着几幢房子的路程，却走了足足二十分钟。

而我也不会知道，后来即使是蒙上双眼，我也知道每一步应该怎么走。

从后花园穿过的时候，一个掩在夜里的身影突然出声，把我吓得不轻，我定睛一看，才发现秋千上坐着的是个和我年纪相仿的女生。

“真漂亮的灯。”她艳羡。

“这是海洋公园的特别版南瓜灯。”我骄傲道，“今年的‘全城哈啰喂’，我勇闯了三次鬼屋才拿到这个奖品的。”

“我给你做的那盏你不喜欢吗？”另一道男声传来。

我回首一看，只一眼，往后却哪怕是奔波辗转于异国他乡，我也会在相似的夜晚里恍惚地想，会不会再有这么一个少年，从稀疏星空下向我走来。

“丑。”她不满地摇摇头，“你把南瓜的眼睛嘴巴雕歪了。”

男生好像有点失落：“那我练练，元宵给你做花灯。”

宅子的门被打开，照亮了原本乌漆墨黑的花园。母亲自来熟地朝我们招手：“盈盈来了，你们快进来吧。”

李父李母慈眉善目，对刚搬来的我们一家很是热情。互相做了简短的自我介绍后，李少朗进了厨房，给在座的人都盛了一碗刚煮好的糖水。

“小心烫。”他修长的手指托着玉白瓷碗，温声嘱咐。

“你是转学到了圣玛丽中学吗？”他接着问，见我点点头，又道，“那正好，以后我们三个可以一起上下课。”

水汽氤氲中，我没来由地觉得心底生出雀跃。

“这样我没时间的话，也能有人看牢她。”他无奈，“不然连司机都接不到人。”

那南瓜灯里的烛火，在摇曳的明亮中忽地熄灭，好比我一颗心，莫名变得暗淡。

往后那几年，李父李母去了墨尔本，过起闲云野鹤的生活，我的父母也忙于生意，所以每天我都早早起床，背着书包站在李宅的门口等他们兄妹俩出来，再一起由司机送去学校。

从盛夏到寒冬，从暮春到深秋，每一朝，我多困都好，只要看到穿着灰白制服的少年走出来，那倦意都会被拂去。

“猜猜我是谁？”有时我挨着铁栅栏迷迷糊糊地打盹儿，李子宜就会躲到我身后，压低声音，玩起蒙眼认人的小把戏。

我猜对之后，她往往会很气馁：“怎么你每次都猜到是我，不会猜是李少朗？”

她松开手之后，我一时间失神，站不稳，跌进了一个怀抱里。李少朗礼貌地扶住我，身上清冽的气息从我鼻尖滑过。我看向她：“因为只有你才这么幼稚。”

他松开我，顺手将她头顶上的一片落叶轻轻拨开：“走吧，快迟到了。”

我靠着车窗，看着外面向后不断快速倒退的景色，才明白那个问题真正的答案其实是什么。他不愿显露出一分幼稚，对人总带有规矩的疏离感，不过是他为数不多的细腻情怀，都只赠予一个人。

“盈盈，下周你生日，我给你送大礼。”李子宜神秘道，“我早就给你准备好了。”

李少朗正安静地坐在副驾驶的位子上，我从倒后镜里看了看那双眉眼，假装不经意地问：“那你哥呢？”

“他也早就准备好了。”她止住了话，“不行，再说下去，到时候你就没有惊喜了。”

我日思夜寐盼到了生日，等到李少朗亲手送上的礼物，惊讶地发现那是一个嵌有世界版图的镇纸。

“中国有山河，欧洲有古堡，南美有雨林。”他脸上带有笑意，“希望你能有机会走遍世界，领略不同风景的美好。”

“那你呢？”我问，“你不想环游世界吗？”

“我？”他想了想，低声道，“我大概会永远留在原地，挡风遮雨，做不冻港。”

中学毕业后，我去国外修读了摄影课程，跟着不同团队全世界跑。可无论走得多远，我都能忆得那个穿着灰白制服的少年，在我诗歌朗诵会演因紧张而忘词时，会上台送上一束花；在我考试失利时，会说着蹩脚的笑话逗我开心。

哪怕，只是因为他把我当作好朋友。

母亲打电话来的时候，我正在南非草原上捧着相机，看着那群羚羊在水潭边喝水解渴。

她问：“你什么时候回来？三姑给你定做了一身旗袍，穿起来一定秒杀菲林。”

我随口回答：“还得等等。”

“唉，你们这些年轻人，一个个都长了翅膀。”她感慨，“现在的女儿，都往外飞了。”

我听出了她话里的含义：“嗯？”

“子宜瞒着少朗递了飞行员报名申请表，说什么都要退学，不念律师了。”母亲道，“兄妹俩吵了好几天，家里能摔的都摔了，还没和好。”

“妈，”我攥紧手机，“动物保护基金会的公益拍摄明天结束，我去订机票回家。”

刚下飞机，我匆匆把行李放好就赶到了李宅，小心翼翼地越过满地狼藉走到沙发边。

从少年到男人的短短几年，他脸上柔软的棱角变得冷硬，青色的胡茬隐隐可见。我环顾到处都是的玻璃碎片，犹豫地开口：“你还好吗？”

我抬眼瞥了眼二楼，听母亲说，这几天他把子宜关在了房间里，只按时送上一日三餐，不许她再乱动心思。

“我放心不下，一个女孩跑去做飞行员。”良久，他走到窗边，叹了口气，“我虽然不是她亲哥哥，但这么多年了，总归……总归是她的亲人。”

我站在他身侧，眼角的余光看到窗外有一个灵敏跳下的身影，她在松软的草地上滚了两圈，之后很快跑出了大门。

我大惊，李少朗却苦笑：“你看，她向来喜欢和我对抗，我说东，她往西。”

“要不要把她带回来？”我担忧地问。

“不用了，她想要做什么，我就随她喜欢吧。”他背过身，“我知道留不住她的。我只是觉得，手中有根线，再也牵不牢了。”

美国同事Alice每次见我写明信片时，总是好奇地问："Ying，你怎么每到一个新地方都会寄明信片到这个地址？你是寄给谁的？"

很多时候在户外没有桌椅，我拿着一支圆珠笔，把卡片放在膝盖上，或是随处找一面墙，顶着烈日或寒风，认真地写着哪里的河流很清澈，哪里的美食很诱人："偷偷告诉你，这是寄给我暗恋的人。"

"那为什么你不直接在上面写下你对他的告白？"她学过几年中文，勉强能辨认我写的内容，凑过头一看，又摇摇头，"真搞不懂你们东方女人，这么含蓄内敛，喜欢都不直接说出口。"

我把邮票粘上，淡淡笑道："即使我说了，又有什么用呢？"

他的眼里和心里，从来只容得下一个她。我能做的，只是执着地守着十七岁生日那年，也许只是他随口对我一提的祝愿。他不能去踏遍世界，那么就由我去为他领略四季变换，一双眼，两颗心，唯有以这样的方式，我才能离他更近。

那一两年，李子宜赴国外进行飞行培训，只余李少朗一人留在香港。于是我接了很多本地的拍摄项目，又打着关心老友的旗号，往李宅跑得更加勤快。

父母偶尔才有闲暇，也不会怀疑我的小心思。

我端着一盘桂花糕，算准李少朗从公司下班的时间，在他家门口忐忑又欢喜地等着。

"盈盈？"他有点惊讶，"你怎么来了？"

"我不小心做多了桂花糕。"我熟练地背着台词，"爸妈今晚飞新加坡，我想也不能浪费，就拿过来给你尝尝。”

他侧身让我进门：“你怎么这段时间都老实留在香港了？”

“看过那么多景色，还是觉得这里的最美。”我小声道。

“什么？”他没听清楚。

“没什么，刚好本地项目多，妈又老是唠叨我不念家，我就留下了。”

“多陪陪家人。”他咬了一口桂花糕，嘴角有星点碎屑。我下意识伸手帮他擦掉，他似乎是没料到，愣了半晌才道谢。

“对了，”我为了掩饰尴尬，只好转移话题，“还记得教我们中学地理的王sir吗？我听说他得了重病，明天有空的话，我们去长洲岛探望他？”

从中环地铁站出来沿着天桥一直走，下楼梯后，五号码头泊有去长洲岛的渡轮。

时刻表赫然显示在大屏幕上，李少朗叫我：“我们搭快船吧。”

“我的八达通钱剩不多了。”我拿出卡，“刚好够慢船的费用。”

“那要不现在去充？”他问。

“我没带现金，而且下一班慢船就在两分钟后，别等了。”说完，我加快脚步，径自刷了卡进站。

李少朗无奈地随我一同进来：“你走得那么快，我有现金啊。”

我找了个靠窗的位置坐下，忍着笑意，心里像怀揣着一颗软糖。

快船半个小时，慢船却时间翻倍。他不会知道，这是我为了与他多共度半个小时所制造的小把戏。

“你在笑什么？”他好奇。

我才发现笑意已经爬上嘴角，忙敛起笑意：“没什么，没什么。”

下船后，我们提着果篮和营养补品去见了老师，聊了很久，直到他的妻子叮嘱他该服药休息了，我们才道别。

“人的生命很脆弱，有些话，如果能一早说出口，是不是能少点遗憾？”李少朗突然问我。

我哑口无言，自问这道题我永远是得零分的差生。斜阳慢慢落下，在柔软的沙滩上洒下一片金色余晖。成双成对的情侣携手走在海滩上，看夕阳，听海涛，宁静安详。

晚霞一缕接一缕，云彩缠绵，染红了那片青山绿水。

“日出和日落，你喜欢哪个？”李少朗问。

“在泰山玉皇顶看日出，在马萨诸塞州的玛莎葡萄园岛看日落。”

“一个人？”

我看着我们的影子被拉长、重叠：“不然呢？”

“日出后是白天，日落后到黑夜。我害怕日落。”他顿了一下，“夜航危险性大。”

天空逐渐变暗，镀金火焰散尽，掩上一层幽暗的深蓝幕布。我低下头，重叠的影子已逐渐变淡：“你是瞎操心，阿宜以后会成为经过专业训练的资深飞行员，一天飞足二十四小时都撑得住。”

香港仔和南丫岛的灯火明明灭灭，他凝神看着对岸，眉眼间，亦有孤寂灯火：“对我来说，她飞一个小时，我都撑不住。”

我蓦地想起一句歌词：情或爱是否可终老未会相告，俗世中情长短早有定数。

缘未到，或者等不到，世间浮沉中总有命数。

“天黑了，我们走吧。”李少朗收回视线。

各怀心事的两个人一路沉默地走着。不知过了多久，我突然停下脚步，李少朗疑惑：“怎么了？”

“你还记不记得这家粥档？”我指了指不远处。夜色中，老板娘在无片瓦遮蔽的露天店里生火忙碌。

袅袅升起的白烟时淡时浓，他展颜道：“时间过得真快。”

中学的时候，校里组织来白普理营地露营。那时候入夜，我们实在饿得慌，便下了山来找夜宵，零钱没带够，只好一碗艇仔粥两个人分着狼吞虎咽。

“你那时候一见葱花就烦。”我回忆起了往事，“还好我全帮你挑了出来。”

一切都恍若昨日，海边的岩石、盛开的野花、树林的蝴蝶、掉落在步行道上的野果，还有那个如璞玉一样的少年，面对面与我窝在油腻矮小的凳子上。

“多谢关照。”李少朗夸张地朝我作了个揖。

“你还特别傻，居然跑去问老板娘粥的配方。”我忍不住笑出声，“缠得她差点要揍你了。”

他的笑意却滞住，慢慢地，脸色变得黯然：“饮粥养胃，我想学着煮给子宜喝——只是从今往后，她会有别的大厨。”

“哥哥牌的粥，不比满汉全席要好吗？”我问。

“但有爱情牌，即使是白粥也完胜。”他默然。

海傍路最鼎沸，一旁热情的海鲜店老板卖力揽客：“进来试试，我们这里的海鲜最好吃。”

头顶忽地绽开一声响雷，我们只继续前行了一小段路，就看到雨水顺着屋檐滚落下来。我为难地看着手中仅有的一把小伞，若跑到码头，必定浑身湿透。

“先进去避避雨。”李少朗随意挑了一家。

我坐在塑胶椅上，拿出纸巾来擦脸上的水。

“纸屑粘脸上了。”他伸手过来，却在离我鼻尖一厘米的位置停住，“你拿化妆镜看看。”

我从包里拿出镜子，小小的镜面刚好挡住他，映出我的一双眼。里面原本因他的动作所蕴满的希冀，渐渐化成空。

他向来彬彬有礼，凡事注重尺寸，哪怕只是稍稍亲昵的小动作。

“这是喜结良缘鳝，金童玉女虾，还有永结同心蟹。”老板利落地把几碟盘子放到我们桌上，豪爽道，“很多情侣都喜欢这名头。”

“我们不是情侣。”李少朗用滚烫的茶水洗净筷子，递一双给我，“是朋友。”

第四章 勇气

“那你是从来没有想过告诉他，你喜欢他吗？”寄了第五十六张明信片后，我站在绿色的邮筒前，听到Alice问，“这么多年，你都能忍住？”

绿灯亮起，马路对面有一对老夫妇挽着手臂，车辆似在行注目礼，斑马线便是走向婚礼的殿堂红毯。

“有啊。”我咧了咧嘴，“有的。”

日复一日，年复一年，暗恋的幼苗已成长为大树，扎根心田，垂挂枯枝，落下败叶。开花结果，是我脑中千万遍的念想、痴想，也是妄想。

李子宜正式通过飞行考试后，兴冲冲地给我打电话报喜：“盈盈，你快回香港，我请你吃豪华大餐。”

彼时我刚经历一场浩劫，虚弱地躺在床上，声音有气无力：“恭喜你正式冲上云霄，不过我这段时间很忙，可能赶不回去了。”

她失落地嘟囔：“李少朗特意订了你最爱的那家法式餐厅，说好久都没有三个人一起吃那里的鱼子酱了。”

我昏沉的脑袋涌起绚烂烟花，明知他的特意只是单纯为了友谊，可人在最苦楚艰难的时刻，任何海市蜃楼，都让我甘愿自欺欺人，信以为真。

我挣扎着下床：“我刚看错行程表了，你等我，我尽快回去。”

“哇，你竟然去了雪山！”李子宜盘腿坐在地板上，如获至宝地看着我相机拍下的照片。

“喀喀，是啊，我……”肺部不适感加重，我捂着嘴闷咳，转而把行李箱里的衣服一件件拿出来整理，准备挂好羽绒大衣的时候无意抖落几下，把一张白色的小字条抖落在地。

“这是什么？”李子宜好奇地捡起字条。我眼明手快地夺过字条，头脑一片空白，竟把字条揉成小团放进嘴里，咽了好几下才下肚。

“里面是有什么国家机密吗？”她焦急又好笑地帮我拍背，又给我倒了一杯水。我连灌了几口水，好不容易咽下后，忽地觉得很烦躁：“我下飞机有点累，明天再见吧。”

她离去后，我瘫倒在床上，想起那场雪崩浩劫。天地之间白茫茫一片，我被卷入雪流后，心里充斥着濒死的绝望。像我这类摄影师，常年以户外为主，工作风险性大，所以随身衣物里常备有空白字条来写遗言。那一刻我意识混沌，却有一个声音在耳边鼓噪。

那个声音说：“邵子盈，你如果现在不说，就再也没有机会让他知道你喜欢他了。”

所以我写了什么呢？我一笔一画地在上面写：李少朗，我喜欢你很多年了。

我万般不愿李子宜得知我最大的秘密，是我的嫉妒与自卑作祟。她唾手可得、弃如敝屣的，偏偏是我终其一生都求而不得的镜花水月。

而我也没料到这句简短的话，酝酿再久，有再多机会，竟还是说不出口。

在李子宜回来之后，母亲突然开始操心起我的婚姻大事。她马不停蹄地向亲戚同事打探合适的才俊，我每日都被唠叨得不行，直到她下强硬命令让我必须赴相亲宴。

“你也到适婚年龄了。”母亲道，“别再乱跑了，妈放心不下，像子宜那样整天让家人担惊受怕的。今晚那个是我一个朋友的侄子，我见过几次，还不错，银行高管，收入稳定，五官端……”

我依旧只当耳边风，她见我没反应，终于气急：“这不行，那不行，你到底想怎样？”

“妈！”我不耐烦地脱口而出，“你别操心了，我已经有喜欢的人了。”

母亲霎时间喜上眉梢：“那你快带回家呀。”

我自知失言，心里五味杂陈。

我敷衍道：“他不喜欢我。”

“你不试试怎么知道？”她坚持，“我的女儿条件又不差。”

“要不……试试？”内心那个熟悉的声音又开始叫嚣。

我惴惴不安地在房间来回踱步，本想放弃，母亲的逼婚又迫在眉睫，我只得咬咬牙，打电话给李少朗。

电话接通后，我舌头早已打结：“那个，你……你今晚有空吗？”

那头传来敲钟的声响，还伴随着隐隐的佛咒音乐。隔了一会儿，他好像走远了，压低声音问：“怎么了？”

“我……我有事想对你说。”我补充道，“很重要的事。”

他过了几秒钟才匆匆回复我：“好，我大概今晚八点回来。”

那一天是平安夜，浅水湾的每幢房门口都串挂着亮晶晶的小彩灯。我裹着厚厚的棉衣，抱着一个粉色礼盒，里面有我亲手做的拐棍糖和姜饼，还有一封信，写尽了这么多年对他的情意。

寒风越刮越猛，我缩在围巾下，看着手机上不断变化的时间。八点半，九点半，十一点……直到这条路上最后一家的灯火熄灭，我在台阶上坐到腿发麻，李宅还是漆黑一片，大门紧锁。

我揉揉通红的鼻子，再次打了电话给李少朗，他终于在第十个未接来电后接起：“盈盈，对不起啊，子宜进的航空公司有点事需要处理，我忙着陪她……”

“没事。”我打断他的话，走到一个垃圾桶面前，把礼盒扔了进去，“其实也没什么事，我就是想和你说声节日快乐。”

“你也是。”他说，“很晚了，早点休息。”

我觉得眼睛有些痒，眨了眨，有咸味的液体顺着脸颊流下来。后来我才知道，原来那个平安夜，李少朗去了寺庙，跪在蒲团上虔诚祈祷，为她求得一枚平安符。

“李少朗真是啰唆。”李子宜同我抱怨，手里是一个系绳符袋。

“人海茫茫，难得有人有心佑你平安。”我闭上眼，又缓缓睁开，“亲情也好，爱情也好，都意义非凡。”

“盈盈，”她弯着眉眼，“我听伯母说，你有喜欢的人了？”

“是啊。”我笑，“好遗憾，他也有喜欢的人了。”

第五章 放手

我最后一次动了告白的念头，是在2017年的夏天。

那个夏天，Alice跟一个团队去了撒哈拉沙漠拍摄，却把自己永远留在了那里。得知噩耗后，我粒米未进，把自己关在房间里足足两天两夜。相熟的同事担忧，一遍遍敲着房门，从夹缝里塞进一张皱巴巴的白色字条，上面是Alice歪歪扭扭的中文字迹。

她说：“Ying，能不能让我在天堂看到你穿上婚纱嫁给你心爱的他？”

我把那几近烟消云散的念想拾起，约了李少朗吃早饭。他心不在焉地一直在喝黑咖啡，我同他说的每一句话，都只得到敷衍应答。

“你昨晚没睡好吗？”我问。

“子宜飞了伦敦。”他眼底乌青一片，显得十分憔悴疲倦，“快凌晨四点，她那边晚上八点多吧，大概是遇到了暴乱，她打了电话过来，我急着去打听……”

“你是好哥哥。”奶茶变得苦涩，我低下头，“你……你有没有考虑找个女朋友定下来？钻石王老五，也是时候娶老婆了。”

“公司生意太忙，我哪有空去谈恋爱？”他摇头轻笑。

“事再多，对她你也还是二十四小时随叫随到。”我轻声问，“李少朗，你是喜欢阿宜的对吧——我是说，男女之间的那种喜欢。”

他的勺子落到空空的杯底，发出清脆的响声。良久，李少朗才苦笑道：“只有你看出来了。”

她从未发觉李少朗对她的心意，李少朗也从未看穿我的心思，只是因为，我和他都身陷此山，隐蔽得太好。

又或者说，不在乎，就不会舍得花时间看透。我看懂他的隐忍，源于爱；他看不穿，也不过是因为不爱罢了。

“那……那你打算怎么办？”我哑声问。

“能怎么办呢？”他低喃，“一秒，一分，一年，一生，到永恒。”

什么是永恒？

我爱他是永恒，他爱她是永恒。

而他不爱我，亦是永恒。

李子宜告诉我她恋爱了之后，我下意识问：“那李少朗呢？”

“他？”她不明所以，“他当然是祝我幸福啊。”

她不知道的是，李少朗搭船到了长洲岛，我千辛万苦找到他，只见一个颓丧的人影仰躺在沙滩上，酒气熏天。

“起来。”我用力把他拽起来，“李少朗，你给我起来！”

“她恋爱了。”四周堆满啤酒罐，他迷蒙着双眸，“我呢？”

我蹲在他身边，那一刻，哀莫大于心死。

“李少朗，”我说，“你还记不记得有一年的平安夜，我打电话给你，说有很重要的事情要对你讲？”

他迟疑着点点头，我深呼吸一口气：“那我现在第一次，也是最后一次对你讲。李少朗，我，邵子盈，喜欢了你很多年，直到刚才——”

他的瞳孔倏地变大，整个人难以置信地往后踉跄几步。

“但是现在我累了。”我静静地看着那片海，“我不等了。女人的青春只有那么几年，我等不起，我退出。”

“盈盈，”良久，李少朗叹了口气，“好好过。”

他始终画地为牢，囿于空城，孤守镜中花，遥盼水中月。我们都一样，执念太重，相思太深，最后痛如抽筋拔骨，也镌心铭骨。

我这一生，走过许多路，拍过许多令人叹为观止的照片，挪威的极光、南美的树懒、新疆的葡萄架，一年四季轮回，十二个月，我永不停泊靠岸。

可我见过最令我心动的景色，却是他。他的轮廓是山川，他的眉眼是河流，他的心是千堆雪，他如苍劲青松，遮蔽了我一人的兵荒马乱。

我最想要的，是等到十二月，为爱人洗手做羹汤，夏花冬雪，携手共赏。

好可惜，他不愿给，我便永世等不到。余生梦里不是尼亚加拉大瀑布，不是塞纳河畔，不是七月的雪利酒庄和迪纳尔的长廊舞曲，而是他。

是单恋过，不会回应的他；是别离后，不会重逢的他。

是他，统统都是他。

从此，东半球是失意，西半球是空欢，南北之间，亦不会再有斑斓万花筒。

第六章 奇遇

长洲岛一别后，整整一年，我拼命地用工作麻痹自己。父母偶尔打电话来，只要一有提到李少朗的苗头，我都会立刻转移话题。

我写了一张又一张明信片，整齐地按日期码好，然后被我妥善放在行李箱最底层，再也没有贴上过邮票寄出。

若不是偶然在温哥华遇到熟人听到了这个骇人消息，我仍然一无所知。

“少朗现在……”昔日同窗惋惜，“唉，好好一个钻石王老五，有财有貌，重度烧伤毁容了……现在人人避而远之……”

“毁……容？”我手中的相机落地，“什么意思？”

“他去参观工厂的时候遇上失火，本来已经逃出来了，又不知折回去拿什么东西，结果没能及时再逃出来……”

我蹲下身，颤抖着手想要捡起相机残骸，眼前却蒙上一片水雾，遮住视线。

“你能找到自己的幸福，我很开心。”

阔别一年，我们再次重聚在长洲岛，却已物是人非。

“放心，我说话算话。”我掏出一个符袋递给他，“对了，我去庙里给你求了平安符。”

他迟疑着没有伸手，我径直塞到他的手中：“拿着吧，这纯粹是老友的心意。”

李少朗接过后，驻足凝神望向那片海，和以往的每次都一样，眼里都有孤寂灯火。我看着他脸上狰狞交错的伤痕，忍住眼泪：“痛不痛？”

他好像知道我在问什么，淡淡道：“嗯，心最痛。”

一场雨倾盆而下，浇熄了那微弱的灯火。我陪他在雨中站了很久很久，水珠钻进每一处毛孔，冰冷入骨。

是雨，也是心雨。

我回到家后发了低烧，烧得浑浑噩噩，以至于打开电脑的时候以为自己出现了幻觉。

屏幕上出现了一个我从未见过的网站，黑色的花边勾勒出短短的一句话：“你需要换的话，可承诺不后悔、不遗憾？”

我皱着眉，试图关闭这个诡异的页面，可连续点击好几次都失败了。我正想强硬关机时，一句提示弹了出来——“能换取心中所想，能换得迫切需要。”

“我路过幼儿园，小朋友当我是怪物，立马吓得躲进爸爸妈妈的怀抱；我去谈生意，连一贯的宿敌都怕得要避我三分。”李少朗自嘲的话在耳边回响，“若是电视台请我去演动画片里的怪兽，恐怕我都不必化妆了。”

我停住了手，这些年来的一幕幕像幻灯片在脑海里闪过。

他从前不爱我，现在不爱我，未来，也不会舍得割舍时光深处里的唯独一个她。

我只对他说过一次喜欢，却是在扬言放手的那刻。这场交换是真是假都好，我都心甘，愿能免他遭苦受嘲，从今往后，他仍是原来的他。

“你是否确定进行本次交换，以未知的失去为代价？”

我点了“确定”后，忽地忆起那年的诗歌朗诵会演，我是忘了哪一句——

“爱是想要触碰又收回手。”

一秒，一分，一年，一生，到永恒。

尾声

长洲岛的情锁墙向来被奉为情人的必去圣地，那面承载着伴侣誓言的墙上挂着数把大小不一的锁。我站在一把爱心锁面前，仔细地看了许久。

爱心锁上面用黑色水笔写着一句话：我答应你，不论富贵与贫穷，这一生都与你共度。

“听说这把锁的背后是一个曲折的爱情故事。”苏烨牵着我的手，“女主角是这里如花鱼蛋店的老板娘，男主角可是中环的金融才子。”

我不满道："你也写一句给我。"

苏烨把我们交缠的手微微抬起，指了指左心房的位置："都在这里了。"

母亲这时打来电话："盈盈，今晚记得回家吃饭，少朗买了新鲜螃蟹。"

"谁是少朗？"我一头雾水。

她叹了口气："是我们多年的邻居。"

"好。"我稍稍记起了这个名字，说，"我和苏烨一起回。"

苏烨是我有一次去澳门拍摄认识的摄影师，一见如故，不久后我们就确定了恋爱关系。

他摩挲着我的指腹，语气温柔："我们回家吧。"

我不知道的是，母亲挂了电话后，转头和父亲又开始百思不得其解。她不明白的是，为什么在一夜之间，李少朗的面容会恢复到从前的模样，而我却莫名其妙忘了他，连名字都觉得陌生，所有岁月积攒下来的情感，都一瞬化为乌有。

一对白发老夫妇经过情锁墙，穿白色衣衫的老妇眉目温婉，见我和苏烨难舍难分的模样似有感慨，她微笑道："你们要写情锁吗？"

我甜蜜地摇摇头："这人说，情话都在心里了。"

"年轻真好。"她眯起眼，偏头看了看身边的爱人，"所以呀，一定要珍惜眼前人，能彼此相爱的时候，就不要错失。"

我认可地点点头，她的爱人柔声唤她："碧迦，眼前人，我们去看海吧。"

苏烨牵着我往码头走去，我隐隐听到身后的老妇在说："她忘了也好，这样才有勇气去找新生活。”

“在听什么，那么入神？”苏烨问道。

我回过神来，已经到了码头，夕阳西下，晚霞通红。

“我在听——”我拖长了尾音，“你心里的情话。”

“有些话要及时说出口，不然会遗憾。”他的唇贴近我的耳郭，“盈盈，我爱你。”

脑里蓦地有一个模糊的身影显现，我努力辨认，却仍看不清是谁。

相思也好，忘了也罢，此山彼山，都已成了过往云烟。旧的他，新的他，只要确定身边的他与我是真心相爱的，那有幸携手从日出看到日落，便足够了。

“我也爱你。”我说，“一秒，一分，一年，一生，到永恒。”

11 最终章

1987年12月31日。

吴碧迦结束了最后一笔交换审批，用第十个心愿，向换乐网站提出要永远留在过去，留在傅永森的身边。

换乐网站把她送过去前，留下了最后一句话："他们会得到属于自己真正的幸福，和你一样。"

有情人终会成眷属，在故事的最后，他们将更加懂得珍惜，更加明白爱情的意义。

苦过也好，痛过也罢，都甘之如饴，只要最后的情事不残缺，命里有彼此便好。

吴碧迦就像做了一个长长的梦，在梦里湮灭成一道光，等到醒来，原本虚无的身体却真真切切地站在似曾相识的街角。又有一个穿着夹克马甲的男人靠近她："小姐，我是星探，你有没有兴趣拍一支汽水广告？"

她摆摆手，星探却煞有介事地说："整个香港也只有你适合拍这个广……"

"你怎么不进来呢？"熟悉的温润声音在她身后响起，"这次又是我出来找你。"

星探讪讪离去。吴碧迦站在原地，鼻子发酸，傅永森绕到她面前，把她碎落的刘海别到耳后："你这次回来了，还会离开吗？"

那个黄昏，吴碧迦站在海味行的门口，向他细细说了这个天方夜谭的奇遇，他脸上的表情不停变幻，他的眉皱得深深的，可到最后，终是舒展开来。

她朝他伸出右手，那条红手绳系在皓白腕上："我这次回来，就不会再走了，我从今能想到幸福最好的样子，和你一样。"

她说：“因为，我的幸福就是你。”

她不是集万千宠爱于一身的幸运儿。

她从小就是孤儿，在福利院长大，从未见过父母家人一面；她工作不顺，遇到无良老板常年压榨；她谈了一场为期两年的初恋，却在结婚前夕惨被无情抛弃。

她渴盼万家灯火，疲惫了能回家喝口热汤；她也渴盼能遇到一个能与她白头偕老的爱人。

刮风下雨，头顶有伞遮挡；寒冬冷冽，身有棉袄取暖。

“我现在举目无亲，身无分文，甚至本不是属于这个年代的，”吴碧迦莞尔，“我只有你，所以，你愿意和我走完剩下的路吗？”

“你回来了，”傅永森牵过她，左手的红绳有一片小巧钥匙，和她的那把锁轻扣，“那我们就回家吧。”

日斜归路，晚霞绯红。

幸福有千百种模样，有千百次机会，能及时珍惜，才能爱得更久，不负有心人。有人相遇太早，有人爱得太迟，他们何其幸运，一切都刚刚好。

比翼齐飞，飞过连理枝，共朝夕，度四季。世事或苦或甜，情事有圆有缺。所幸，她遇上了一个他，他护着她，为她吞风吻雨，欺山赶海，免她再彷徨绝望，免她再流离颠簸。

他给了她世间最好的亲情与爱情。

从此往后，他就是她的家。

傅永森求婚时，是在1990年的跨年夜。

香港的冬天不算冷，他却感觉额前一直有热汗冒出来。临窗的桌前有两份西冷牛排，吴碧迦往嘴里送了一口又一口，却见对面的男人一只手拿着叉子，一只手塞进西服口袋里。

“你那只手放在口袋里干吗？”她喝了口红酒。

傅永森并没有喝酒，闻言抬眼，隔着花瓶里那枚红玫瑰问她：“你……你吃完了吗？”

“快了。”吴碧迦疑惑，“你急着去哪儿？”

他把那只放在口袋里的手拿出来，握拳轻咳：“不急。”

只是等待的时间太煎熬，他怕准备已久的台词会突然忘记。

从海景餐厅出来后就是维港，夜色流离，人影幢幢。他们来回走了一圈又一圈，直到吴碧迦冷得打了个哆嗦：“都十点了，回去吧？”

傅永森连忙把西服外套脱下来披到她身上，清隽的面容涨红，半天也只是讷讷一句：“我们，嗯，要不再……”

他眸中的希冀渐渐泯灭，吴碧迦本也没留意，手垂下时不小心拂到一个硬硬的小盒子，她不动声色地暗暗掂量一下尺寸，很快便心思明了。

“我刚吃得太饱，还是再逛一会儿吧。”她努力抑住笑意，“那个，我突然觉得好热，外套还是还给你好了。”

“不行，”傅永森摇头，“海边风大，我怕你受凉。”

“热着呢。”她悄悄指了指左心房的位置。

他没有再坚持，却在重新穿上外套后紧紧搂住她的肩，西服熨得服帖，柔软舒服。

时针指向十一点，原本拥挤移动的人群忽地驻足。蓝紫色的天幕下，六座标志性建筑向天空发射一道又一道许愿流星，划破上空。

"快许愿！"吴碧迦连忙双手合十，余光瞥见傅永森弯着眉眼看着她，"你怎么不许愿？"

"又不是真的流星。"他揉揉她的头发。

她气鼓鼓地别过头，挡掉他的手："是我傻。"

"遇见你，本来就比遇见流星罕见又珍贵。"傅永森缓缓道，"流星一生能见多次，但碧迦，你是一生一遇。"

她纵使心里早有准备，也被这男人眼里的星光所倾倒。她听见自己问："可是新的一年快到了，你不许个愿吗？"

"你都在我身边了。"他把她的手放在自己宽厚的掌间，轻轻摩挲，"许愿是虚，这样的真实才是实。"

年年如此，岁岁亦然，花木盛了又枯，潮汐涨了又退，他陪她迎春，她与他送冬，这世间永恒不朽的，唯有痴情爱意。

"这话你排练了多久？"吴碧迦忍不住莞尔。

"临场发挥。"傅永森下意识地回答，待明白她的问题含义时，又迟疑着问，"你……你是不是知道了什么？"

"知道什么？"她无辜装傻，"我什么都不知道啊。"

傅永森放下心头大石："再等等。"

许愿流星每隔十五分钟一次，等到最后一次流星划过后，他们静静看着那片泛着五彩璃光的海，海边零星泊着几只船。

"碧迦，"傅永森深呼吸一口气，他朝着她，半跪下身子，"你愿意靠岸吗？"

"我们的相遇太离奇，离奇到你每次离开，我都以为只不过是一场梦。有时我在想，算了吧，不等了，我们根本就是两条平行线。可是——”他慢慢把天鹅绒的盒子打开，“可是不等的话，梦醒了，你就不会回来了。”

是海市蜃楼也好，是昙花也罢，情事总有月圆之时。一生一遇，于他而言，便是一生一世。

“经历了那么多事，我们都曾失去过，也得到过，才真正明白该好好珍惜眼前人，因为我们都承受不了失去对方的代价。”他把戒指拿出来，轻轻牵起她的无名指，“碧迦，我爱你，哪怕……哪怕我不知道未来会发生什么事，苦难或富贵，我也不知道我能否长命百岁，陪你做偕老鸳鸯。”

“我知道。”她轻声道。

她来自未来，知道1998年赤鱲角机场开始正式运营，知道1999年会有一场名为约克的十号风球，知道2003年令全城恐慌的沙士疫情……她都知道，苦难或富贵，种种她从前经历过的，都会再重演一遍。

“可是，”她说，“从今以后，有你。”

你如细雨带风，凛凛入我眼；

你如霜雪月光，深深住我心。

“我希望每天清晨起来，第一眼见到的是你；说完晚安之后，闭上眼前最后一个看到的，也是你。”傅永森仰着头，风微微吹乱了他的发丝，却吹不走柔情，“碧迦，你愿意嫁给我吗？”

耳边有人欢呼：“十、九、八……”

最后一个数字的尾音刚落，声势浩大的零点烟火便绚烂绽满了整片夜空。烟花一朵接一朵，散开后落下，明亮如眼前男人的双目。

“我愿意。”她看着那枚套在无名指上的戒指，熠熠生光。待他起身，她便一把将他抱住，把脸埋进他的怀里。

“傅永森，”她重复道，眼角有温热的液体流下来，“我愿意。”

很多年以后，当吴碧迦忆起这一幕的尾声，她都会看向身边的男人，他的鬓角染上风霜，他的腰背已经佝偻，他变得和寻常老人一样，比如睡眠浅，比如看报纸时要戴着老花镜，比如冬日穿着针织马甲衫，时间慢慢把他变得不再年轻。

可他仍旧是当年那个单膝跪地，许下一生诺言的傅永森。

那时的天空在绚烂过后恢复寂静，他的额头抵着吴碧迦的额头，拥抱隔绝了寒风凉意。

“谢谢你让我爱你。”他说，“谢谢你也爱我。”

清浅的吻，缠绵的吻，吻到天荒与地老，跨过山川，渡过江海，他们终于在日出相遇，在日落相爱，最后相守走向未来的无尽岁月。

“傅永森，”她问，“你怕不怕变老？”

“我期待变老。”他与她十指紧扣，“老了子孙满堂，老了和你坐在壁炉边烤火，老了和你去公园赏鸟练太极。”

年轻与年老之间有数十年光阴，他却恨不得一夜之间能白头，看到他们幸福偕老。

“那，”吴碧迦笑着看他，“我也很期待看到在你身边变成老婆婆的我。”

余生有多长？

长到岁岁年年，陪他看尽繁华，挨过困境，一同变老也甘愿。

1997年，香港回归。

原来本应才五岁的吴碧迦，今年已经过了三十五岁的生日。当时懵懂的她，现在已变成亲眼见证这场庆典盛事的一员。她站在窗前，看着外面的滂沱大雨。

四处封路，出行不便，大多数市民只能通过电视见证回归过程。零时一到，那枚新戴上的紫荆花徽章铿亮。

“碧迦，外面封路，我去不了李记买你最爱的细蓉，不过回来的时候给你买了菠萝油，新鲜滚热辣，你肯定喜欢。”傅永森进门时，头发挂着细小水珠。

吴碧迦拿了条毛巾，细心地帮他擦拭。良久，她凝视着他：“时间过得真快，我已经来了十年了。”

她一直觉得他们的相遇很奇妙。因为一个神奇的交换网站，她换得了很多心愿，比如认清了前男友的真面目，比如回到过去救了傅永森，两个人的命理开始交缠。最后，她用最后一个心愿换了永远留在过去，余生重新开始。她从受了心伤不敢袒露心扉，再到被他的坚持和深情所打动，最后，她选择永远留在过去，陪伴他从年轻到苍老。

她的眼角生了细纹，她能感觉自己在世事变迁中一点一点变老。

“你也在我心里住了十年，”他笑了，“时间还长，还有一辈子。”

“你会不会嫌我老？”她低下头，“或者嫌我以后变成黄脸婆？”

“我还比你大五岁，我今早看镜子，找出好几根白头发，儿子说爸爸很快成老头了。”他细心给她打开包装。

她笑笑：“等明柏睡醒，我得好好问问他有没有说谎。”

明柏是他们的爱情结晶，四五岁的年纪，出生在几年前掀起一波汹涌的移民潮的香港。当时“坐移民监”和两地分居的“太空人”的数量日益递增，他们认识的人大部分都在筹划着要入英籍，或是跑到温哥华。而他们显得过于悠闲和淡定，白天去海味行处理生意，晚上对坐在窗台边，泡一壶栀子花茶，熄灯看星星。

“你们怎么不走？”有熟人一边忙着打包行李，一边问他们。

“马照跑，舞照跳，情照旧。”傅永森喝了口茶，“我为什么要走？”

问的人多了，他就干脆笑而不语，搂过她的肩，眼神专注。

旁人明了，便问吴碧迦：“但是这种时势，你们留在这里不怕吗？”

她往他身上靠得更近：“有他在。”

回到家后，吴碧迦又问了他一遍：“你不怕吗？”

“怕，怕你在别国，遇上开放的金发洋人，就被拐走了。”傅永森帮她梳直头发，故作严肃，“所以我要把你留在香港，天天对着我。”

她坐在梳妆镜前，他微微俯下身，贴近她的耳郭：“一梳梳到尾，二梳白发齐眉，三梳儿孙满地。碧迦，我已经梳到第三下了，什么时候才能有儿女绕膝？”

后来她成了母亲，感慨人之幸事得之有二，一是和真心相爱的人共度余生，二是能拥有一个可爱的儿子。

儿子最喜欢听她讲故事，她拿出一本写得厚厚的手札，里面是她手写记录的，关于这一系列奇遇的故事。她对着似懂非懂的他轻声念：“世界太奇妙，如果没有爸爸和妈妈的相遇，也不会有你。那是一个神奇的换乐网站，某一天，我……”

她不是想对明柏过早灌输情爱理念，她只是想告诉他，无论什么时候都要相信，人情并非淡薄，只要彼此付出真心实意，伟大的真爱就是永远存在的，亲情、友情，与爱情。

珍惜眼前人，不论何时，幸福都是把握在自己手中的。

回过神来，吴碧迦看见傅永森一边为她打开餐盒包装，一边说：“你是黄脸婆，我就是黄脸夫，剩下的时间，就你看我我看你，看一辈子。”

是的，看一辈子，是他所求，也是她所愿。

2003年，“非典”袭港，全城愁云惨雾。

人到中年，事务繁忙，身体抵抗力有所下降。傅永森戴着口罩，有条不紊地指挥着海味行的运转，偶尔无暇休息，累得回家后一头倒在沙发上睡着。

吴碧迦也自身难保，就职的公司已有同事被隔离，人心惶惶。

傅永森睁开眼后，电视上正播着六点半新闻报道，确诊病例数量增多。

水泥森林太压抑，在“非典”疫症与都市病的重压之下，傅永森当机立断，周末带上妻儿去郊野公园行山。

“为什么要出来？”吴碧迦鲜少运动，气喘吁吁地问。

“总要出来透透气，听说机舱会传播‘非典’，外出旅游不方便，就近郊也有清新空气。”傅永森拉过她的手上了一个坡，“你看，沿路风景多美。”

走过晦暗山路，一片蔚蓝大海映在眼前。

“而且，我现在的身体时常敲响警钟，我害怕走在你的前头，”他的额头沁着汗，“我想与你白头偕老，老到一百岁，也有力气能拉过你的手。”

“只要一有时间，我们就出来吧。”吴碧迦捏了捏他的拇指，“我说过我要做你身边的老婆婆，缠你缠到一百岁。”

一百岁太远，只争朝夕，活在当下；但又贪生，望生生共对。

2018年，傅永森61岁，吴碧迦56岁。

他们已经有些老了，坐公交车的时候会有年轻人让座，硬一点的食物咬得有点儿费劲，看报纸要戴老花镜，偶尔早早醒来再无法入睡，偶尔健忘，偶尔需要别人大声重复两遍说的话。

“阿伯小心。”在码头下船时，一个年轻力壮的小伙子扶了一下轻微晕船的傅永森。

“多谢。”他温和一笑，“年轻真好。”

他看向身后的吴碧迦，她在打着电话，对着那头轻声道：“我们的第一站是长洲岛，接下来还有其余九站……”

暖暖的阳光落下，他轻声唤她：“碧迦，我们走吧。”

她向他点头示意，本想挂了电话，可那头好像有人叫住她，不知问了什么，她听了之后，温柔地回答：“幸运的是，我们都珍惜眼前人。”

说完，她抬头看他，然后牵起他伸过来的手。

“谁打来的？”傅永森问。

“一档夫妻节目的制片，想要约我们做个专访。”吴碧迦说，“我应下了，不过得迟些，等我们结束这十站旅程。”

“现在是第一站。”他笑笑，握紧了她的手，“走吧，眼前人。”

吴碧迦一直记挂着当年换取第十个心愿时换乐网站所留下的话，它将会消失一年，等到她重新走到2018年时，才能再度开启。如今，她如约开启这个尘封已久的网站，令她惊讶的是，当时被牵扯进来做交换的有情人，相隔一年，他们的另一半竟也找到了网站，提交了申请。

她替他们完成了最后的审批，然后向傅永森感叹世事奇妙。

“只要心中有爱，便能心甘情愿。”他说，“就像我们一样。”

情事就如圆圈，命里有时终相逢。

她仍旧放心不下，时隔多年，始终愧疚自己做了错事，连累这么多人姻缘跌宕起伏，受尽折磨。所以，她千方百计地找到了那十对男女，想看看他们过得好不好。

幸运的是，一切都如换乐网站所说的一样，他们和她一样，得到了属于自己真正的幸福。

第一站是长洲岛。那面情锁墙前，浮浮沉沉后，第一眼爱上的人，即便失去记忆，再一眼，也还是会许下心意。吴碧迦从朝夕旅舍出来，看到他们两手相叠，戒指在阳光的折射下晶莹剔透。傅永森走到她身边：“怎么我们的平安包这么久还没来？”

“你看，”她指了指不远处，悄声道，“我想，平安包的豆沙馅，都没有他们半分甜。”

第二站是西环。日落后的西环码头天色渐渐昏暗，那个女生还在踌躇要不要回到故人身边，有人在等她，她却胆怯。

“不论谁等谁，都是煎熬的事。如果你们之间是真心的，就不要蹉跎。”

她听了吴碧迦的话，终于鼓起勇气，回到那个等她的人的身边。

傅永森孩子气地问：“你说她回去后，他会怎么向她求婚呢？”

“我想，他会把戒指放在奶茶里，或是把银行卡夹在多士里。”吴碧迦故作思考状，又认真道，“怎样都好，他都等到了，以后无论贫穷或富贵，困苦或圆满，余生都有她。”

第三站是旺角。病床上的铁马玫瑰已经睡了一年，醒来时，一束香水百合在花瓶里静静绽放，一旁打开的爱心卡片上有着娟秀的字迹，里面有吴碧迦写着的短短一句话：珍惜眼前人，莫等失去时才懊悔。

傅永森和她走出医院：“为什么想到送香水百合？”

“因为呀，”她说，“香水百合的花语，是伟大的爱。”

第四站是尖沙咀。傅永森又问：“那这次呢，为什么送红玫瑰？”

“是深爱。”吴碧迦在随花卡片上端端正正写下“傅吴同心”四个字，“他是她的软肋和铠甲，为她遮风挡雨、乘风破浪。”

钟情至此，最饱满的红色，代表最炽热浓烈的爱。

第五站是油麻地。收银台边，吴碧迦装作不经意撞跌那位女生的袋子，为她拾起时，她无名指上的戒指熠熠生辉，光芒从未褪却。

真心永不熄灭，兜兜转转，最初的便是永远的。

第六站是元朗。吴碧迦把画着两朵粉色小花的卡片递给小女孩，嘱咐她拿回家给爸爸妈妈。小女孩扎着双辫，粉嫩的苹果脸很是可爱，她的声音软软的：“仙女婆婆，你在卡片上写的是什么呀？”

吴碧迦微笑着蹲下身子，揉了揉她的头发：“这五个字，你长大后遇到了那个人，就会懂的。”

第七站是上环。摩罗街最多怀旧古董和二手货，吴碧迦算准时日，和傅永森在这租了一个小摊档，琳琅商品中，有两样东西最为别致。一样是嵌着并蒂莲的簪子，另一样是一个正方形小框，里面裱有一张墨画，一个女子的背影伏在窗边，头顶是一轮皎皎明月，旁边写有五个字：玲珑望秋月。

吴碧迦终于等到那个女生，并且发现了这幅画："这是一个先生昨天刚寄放在这里的，他说，如果有有缘人发现，那就送给她。"

而有缘人，就在她的身后，等她回头看见他。

一把心锁，一把枷锁，解开后，从此缠绵合欢，永结同心。

第八站是赤柱。吴碧迦和傅永森去了一场浪漫唯美的童话婚礼，跨越生死线之后，珍惜显得格外重要。

离开婚宴前，他们与那个脸上都是狰狞伤疤的男人擦肩而过，吴碧迦对着穿婚纱的女生说："珍惜眼前人，除了爱情，亲情亦是。"

第九站是红磡。主人翁的宝宝满月宴上，屋外洒落一片霜白月光，照得里面一派恩爱动人。美丽景象不再像烟火般一瞬即逝，而是长长久久，生生不息。

年轻夫妇说着甜言蜜语耍花枪，吴碧迦也和傅永森相视一笑。

失去会后悔，他们都不想后悔。

第十站，也是最后一站。吴碧迦和傅永森又回到了长洲岛。这笔交换里，女生忘了不爱自己的人，也忘了多年的执着，放下过去，找到了幸福。

夕阳西下，晚霞通红，吴碧迦看着他们朝着码头离去的背影："她忘了也好，这样才有勇气去找新生活。"

傅永森搂过她的肩："碧迦，我很幸运，崎岖路径后，能成为你的新生活。”

她说：“岁月长流，傅永森，我也很幸运。”

能携手从日出看到日落，一秒，一分，一年，一生，到永恒。

历时几个月，他们的十站旅程终于结束，他们遇见的那些有情人，虽有遗憾，却到底还是把握住了属于自己真正的幸福。

起点是终点，终点也是起点，两点终会相遇交会。他们离开最后一站的长洲岛后，下了码头，踩着金黄落叶，请了一位路人帮他们合了张影。

她问：“这么多年，你有过遗憾吗？”

他答：“有，遗憾没有再早点遇见你。”

“迟点遇见也好，”她说，“太早相遇，我还没有学会珍惜，只有受过伤，才明白你的难能可贵。”

拍结婚照的时候，她矜持害羞，他紧张失措，年轻得像是朝阳。而如今年届黄昏，在镜头之下，他们相拥着，眉眼间都是恩爱。执子之手三十一年，该吃的苦一起吃，该分的甜，也共享。

时光是沙漏，把青春筛尽，留下结发白头。

既恋你年轻的容颜，也爱你衰老的模样。

天地为证，日月起誓。

我爱你从没觉乏味。

同声自相应，同心自相知，要说遗憾，也并无所剩了。

2057年，高新科技的开发运用随处可见，比如足不出户就可以环游世界，衣服是新型纤维合成的，机器人有喜怒哀乐，是人类生活的得力助手。

时间可以被掰成越来越多份，眨眼间的工夫就能完成以前需要数日完成的事情。高效率和高速度不再是需要担心的问题，似乎一切都只需要弹指一瞬，毫不费力。

恋爱可以速成配对，婚姻可以运用择偶系统挑选。真心实意，变成了荒诞的笑话，而非童话。

傅楚亭回到电子研究所的时候，她的同事正在激烈争辩着当今时代是否人情淡薄，一派坚持在走得越来越快的时间里，所谓真爱早已被科技磨灭；另一派则认为人性本如此，哪怕在以前，这样伟大的真爱也是不存在的。

有同事问她："Ting，你认为到底存不存在不顾一切、只为对方的真爱？"

她茫然地摇头："我不知道。"

话音刚落，她耳边的无线手机忽然有了来电。

"楚亭，爷爷身体不太好了，"她的父亲说，"这段时间，我们回一趟香港。"

她对爷爷很陌生，从小到大也只是见过几次。她听父亲说过一次，爷爷傅明柏是香港十二海味行的第四代继承人，时世不同，代代变更，风光散去，他终究还是没能守住家业。到他从父亲手中接手时，海味行的生意已开始连年亏损，走下坡路，但他还是租着铺面，寻着越来越短缺的货源，也不肯让招牌蒙尘。

后来他的儿子，也就是傅楚亭的父亲不愿继承家业，带着刚有身孕的儿媳跑到美国做电子生意，他便一人留在香港继续守着冷清店面，日日空等客人。

他们很快订了机票。从美国回来后，傅楚亭陪爷爷傅明柏度过了余生最后的岁月。她推着他的轮椅去十二海味行，那个以往被擦得洁净的金字招牌，在黄昏夕阳下，映照着迟暮的光。

他精神尚好的时候，会让她打开店门，教她如何辨别上等花胶。

“爷爷，这个好腥，”她捏着鼻子蹙眉，“现在都没有人吃这些东西了。”

傅明柏看着那些玻璃罐，有些落寞：“是啊，现在的人，吃几片药片就能饱肚，冲一颗胶囊只需几秒钟，我们以前炖鱼肚汤，可要细细等几个小时。”

“为什么不买个机器人看店？”傅楚亭困惑，“或者关掉海味行，去做别的生意啊。”

“我担起责任，就要亲力亲为做好本分。”他说，“也许我和你的太爷爷一样，执着，又长情。”

她没再回答，短短时间的相处里，她觉得爷爷有些固执，墨守成规，他不太愿意接纳流行的一套，在人人都享受高科技带来的便利时就像个局外人。

她给爷爷泡了一壶栀子花茶，这是他教会她的手艺，在胶囊液体的时代里仿佛格格不入。他说，这是他的父亲最钟情的，晚上坐在窗台边，茶在手边，一家三口熄灯看星星。

他喝了口栀子花茶：“可惜你出生的时候，太爷爷和太奶奶已经不在了，不然你还能听听他们讲故事。”

“故事？”她好奇，“什么故事？”

“一个关于他们相遇相爱的离奇故事，”他说，“世界太奇妙，如果没有他们的相遇，也不会有我和你。”

她想追问下去，爷爷却疲倦地松开了手，缓缓闭上了眼睛，在那带着夕阳残温的海味行里，再也没能醒来。

哪怕科技再发达，也很难让人免受病痛，长生不老。

很多人都认为，在这越跑越快的时代里，等待、深情、长情、眷恋、珍惜这些词语，是不是已经埋入历史尘土，早就过时了？

“过时了吗？”爷爷的头七葬礼上，傅楚亭抱着他的骨灰盒，站在十二海味行的门前，看着那紧闭的店门，想起他所说的执着大半辈子。

她开始有点理解，他们那一辈人所说的永恒。

回到家后，傅楚亭把爷爷所有留下的东西都整理好，唯独他的房间床头柜最下层的抽屉始终紧锁。她花了很长时间才撬开，累得满头大汗地坐在地上。昏黄台灯下，那本牛皮封面的笔记本上有着厚厚一层灰。

爷爷应该很久都没有打开过这个尘封的抽屉了，她这样想着，难耐窥探之心，把笔记本翻开，墨迹已淡去不少。那大概是一本日记手札，泛黄的纸页上是一行行秀丽的小楷，每一个字都触目惊心。

“2017年7月29日，临近结婚前夕，我在中环婚纱店挑婚纱的时候，傅之远竟向我提出分手……我误打误撞研发出了一个叫作‘换乐’的神奇网站……”

“2017年8月1日，我接受了成为主操控手的事实，处理了第一笔审批，那是一个想换取荣华富贵的男人……”

“2017年8月5日，我处理了第二笔审批……我的第二个愿望是回到1987年，那是我第一次遇见傅永森，却……”

傅楚亭的头皮发麻，手变得冰凉。她一页页翻看这本不可思议的手札，看到二分之一时，刚好结束第十次审批，十对被牵扯进换乐网站的有情人的故事告一段落，记录的时间倒退回了1987年，往后的历史，都由这一年重新开始。

“1987年12月28日，我来到了1987年，回到傅永森的身边，再也不走了。”

“1989年12月31日，跨年夜，维港烟火很美，傅永森向我求了婚。”

“1993年9月24日，我们的儿子呱呱落地，傅永森给他取名明柏，希望他长大后明辨是非，挺如松柏……”

“2001年7月3日，傅之远在这次命运转盘里再度出现了转折，他的姑姑把他带去美国定居念书，从此鲜少回香港……”

“2003年，‘非典’期间，傅永森……”

不知看了多久，傅楚亭的腿已坐得发麻，眼睛涩痛。她翻到最后几页，时间停留在2018年，记载了吴碧迦和傅永森的十站旅程，第一站是长洲岛，第二站是西环……他们找到当时与网站结缘的十对有情人，经历一年的爱恨离别后，发现他们最终都能找到属于自己真正的幸福。

哪怕遇到再大的苦痛困难，他们都义无反顾为了彼此，无惧失去，学会珍惜眼前人。

最后，那行结尾的字力透纸背，仿佛穿透岁月。

她写下：傅吴同心，永世不变。

永世不变。

“这是爷爷所说的……太爷爷和太奶奶的故事？”

傅楚亭正出神，捧着的手札失手落地，年份太久远，线装的装帧已不牢固，掉了几页出来，她连忙小心地按照年份重新塞好，却看到夹层处露出一角褶皱。

那是两张老照片，一张是年轻时的结婚照，白婚纱衬黑西装，另一张是年老时的日常照，背景是一地落叶。

她读过不少天方夜谭的故事，也以为这不过是一本虚构小说。可把他们的故事完整地读完，把末尾那个附上的网站地址输入到电脑后，她却开始坐立不安。

爷爷曾说，如果没有这个故事，没有引发他们离奇相遇的契机，那么就不会有他和她的存在。

而如今她再次开启这个本已随着岁月尘封的网站，屏幕出现高速运转的数据乱码，等她修复完毕，黑屏半晌后，出现了一幅清晰的影像画面。

那头是一个穿着细肩带白裙的年轻女子，她正满脸甜蜜地打着电话："我等等去试婚纱……对，中环那家……你没空？傅之远你……好，如果你今晚没有带我去吃大餐作为补偿，那我就……"

她挂断电话，走到客厅中央，挂着的日历清清楚楚写着日期：2017年7月29日。

傅楚亭只觉后背被汗浸湿，倘若年轻的吴碧迦仍生活在2017年，那这本手札是怎么出现的？爷爷和她的存在，又是……她觉得害怕，万一吴碧迦没有按照这本手札回到傅永森的身边，那她是不是也会消失在时空旋涡里？

画面转移到了婚纱店，吴碧迦和傅之远电话分手，然后是无良老板的斥责，接着她回家砸了键盘……

傅楚亭心里“咯噔”一跳，这个开始，和她现在手中捧着的手札里记载的一模一样。这些事，冥冥中早已注定，在轮回之中，一切都是缘分。

一行空白栏显现在屏幕上，傅楚亭愣神片刻，余光瞥到手札，她缓缓在空白栏上打上那句话：“吴碧迦小姐，你已成功研发出换乐网站，被选中成为主操控手，必须服从安排审批每对世俗男女的命运。请留心客户的提交申请。”

她压低了声音，尝试开口：“这是命运，你必须要服从。”

那头的吴碧迦听见了，猛地缩回关掉主机的手。

“难道……换乐网站的出现，是因为我……”门没有关紧，灌进冷风，傅楚亭登时清醒。

她看着那两张照片，一边摩挲着卷起的褶皱，一边想，其实到头来，从他们出现的一刻开始，红线就已牵连，缘分天注定，就算中途有擦肩而过，有遗憾懊悔，也始终会相遇交会。

是的，这场奇遇，是命运的一次又一次轮回，而时空圆圈，再一次回到了起点。

有起点，才有终点，才有他们的爱情，才有他们后世的存在。他们的故事在这一刻，才正式拉开序幕。

很久以后，当所有人的故事都画上完美句号后，傅楚亭把抽屉上锁，尘封起这段岁月往事，若是以后有有缘人能看到，那他们大概也能读懂，这里面兜兜转转，又终成眷属的幸运。

当再次有人问起她那个曾令她茫然的问题时，她已有了答案。

“人的天性很复杂，在当今高科技的时代，的确依然在变。”她开口，“可再怎么变，不论以前还是现在，只要彼此之间情意在，爱意在，不论遇到什么样的阻挠或者困境，真心相对的，就能一同携手跨过。”

末了，她说：“我相信人性并非淡薄，在过去、现在、未来，只要我们学会珍惜眼前人，世间的情事，就能双双对对，永恒不朽。”

情意深深，永恒不朽。

图书在版编目（CIP）数据

今知昨日情事 / 番薯糖水著. --南昌：百花洲文艺出版社，2017.6
ISBN 978-7-5500-2128-0

Ⅰ. ①今… Ⅱ. ①番… Ⅲ. ①短篇小说—小说集—中国—当代
Ⅳ. ①I247.7

中国版本图书馆CIP数据核字（2017）第041009号

出 版 者 百花洲文艺出版社
社　　址 江西省南昌市红谷滩世贸路898号博能中心Ⅰ期A座20楼 邮编：330038
电　　话 0791-86895108（发行热线） 0791-86894790（编辑热线）
网　　址 http://www.bhzwy.com
E-mail bhzwy0791@163.com

书　　名 今知昨日情事
作　　者 番薯糖水
出 版 人 姚雪雪
总 监 制 杨翔森 曾筱佳
编辑总监 调调小狸
责任编辑 周振明 邹婧
特约编辑 谢瑞婧
封面设计 小乔
版式设计 李映龙
经　　销 全国新华书店
印　　刷 湖南天闻新华印务有限公司
开　　本 880mm × 1230mm 1/32
印　　张 10
字　　数 258千字
版　　次 2017年6月第1版
印　　次 2017年6月第1次印刷
书　　号 ISBN 978-7-5500-2128-0
定　　价 32.80元